Das Herz des Milliardärs

EIN MILLIARDÄR VOLLER LEIDENSCHAFT

Sam

J. S. SCOTT

Das Herz des Milliardärs

(Ein Milliardär voller Leidenschaft, Buch 2 ~ Sam)

Englischer Originaltitel: »Heart Of The Billionaire (The Billionaire's Obsession ~ Sam)«

Deutsche Übersetzung: Martina Risse für Daniela Mansfield Translations 2016

ISBN (Taschenbuch): 978-1-939962-65-2
ISBN (eBook): 978-1-939962-64-5

Danksagung der Autorin:

Für all die wunderbaren Leserinnen und Leser, die wissen möchten, wie es mit Sam weitergeht… Sie werden es bald herausfinden.

Für Mom und Dad für ihre Hilfe und Unterstützung. Danke, Mom, dass ich Deine Liebesromane lesen durfte, nachdem Du sie geschrieben hattest. Damit hast Du in mir schon früh die Liebe zu romantischen Romanen geweckt.

Karma… wie immer… du setzt mich mit deiner Freundschaft und Unterstützung in Erstaunen.

Vielen Dank an Cali MacKay von »Covers By Cali« für die wunderschönen Titelbilder.

Und für meinen Ehemann, der meine Träume unterstützt.

~J.S.~

Ebenfalls von F. A. Scott

»Entfesselte Leidenschaft« (Buch 1 der Serie »Ein Milliardär voller Leidenschaft« erzählt die Geschichte von Simon und Kara)

Inhalt

Prolog

15. September 1996

ER hat heute wieder neben mir gesessen. Ich muss annehmen, dass dies nur durch Zufall geschah, denn ich kann mir nicht vorstellen, warum er den Wunsch haben sollte, neben mir zu sitzen oder mir sein unglaubliches Lächeln zu schenken, das den recht trostlosen Raum unserer Englisch-Literatur-Hochschulklasse zu erhellen scheint. Ich bin mir nicht sicher, ob ich glücklich darüber bin, dass er ausgerechnet neben mir saß. Ehrlich, ich musste mich erst umschauen, um genau zu sehen, wen er eigentlich anlächelte. Gewiss nicht mich, nicht Madeline Reynolds, die unscheinbare rothaarige Frau mit der idiotischen Brille und zu viel Fleisch auf den Knochen. Aber zu diesem Zeitpunkt war niemand anderes im Raum, also gehe ich davon aus, dass sein Lächeln mir gegolten hat. Ich erwiderte sein Lächeln aber nicht. Es fiel mir äußerst schwer, mit IHM neben mir, mich auf die Klassiker zu konzentrieren.

16. September 1996
SEIN Name ist Sam Hudson. Heute hat er sich mir vorgestellt. Dieser Mann bringt meine Handflächen zum Schwitzen, und mein Mund wird so trocken wie die Wüste, sobald ich ihn nur sehe. Als er heute seine Hand ausstreckte und sich vorstellte, musste ich meine Hand an meiner Jeans abwischen, bevor ich meinen Namen stammelte wie die letzte Idiotin. Er schoss wieder sein strahlendes Lächeln auf mich ab, was mich umgehend in einen Zustand des kompletten Hirntods versetzte, unfähig auch nur ein intelligentes Wort auszusprechen. Warum muss er auch so attraktiv sein... und groß? Alles an dem Mann ist einfach... zu viel. Morgen wird er vielleicht neben jemand anderem sitzen. Fast hoffe ich darauf. Er macht mich zu nervös. Etwas muss mit einem so attraktiven Kerl nicht in Ordnung sein, wenn er ausgerechnet mir seine Aufmerksamkeit schenkt, obwohl so viele andere wunderschöne Frauen im selben Klassenraum sitzen.

17. September 1996
Heute Abend nach der Schule ist Sam hinter mir hergelaufen, um mich zu fragen, ob ich mit ihm lernen wollte. Im Moment macht er das Gleiche wie ich, tagsüber arbeitet er und belegt abends so viele Kurse wie möglich, um einen Betriebswirtschaftsabschluss zu bekommen. Ich zweifle nicht daran, dass er geschäftlich sehr erfolgreich sein wird. Er hat einen hungrigen Blick, und seine wunderschönen smaragdgrünen Augen zeigen die Gewissheit, erfolgreich zu werden. Ich habe ihm erzählt, dass ich Ärztin werden will. Ich weiß nicht, warum ich ihm das überhaupt erzählt habe. Ich vertraue das nur sehr wenigen Menschen an, weil es so lachhaft ist, dass die arme kleine Maddie Reynolds, die von Pflegeheim zu Pflegeheim gewandert ist, nun nach dem Doktortitel verlangt. Sam hat nur gelächelt, aber nicht spöttisch. Dann hat er mir ganz ernsthaft erklärt, dass er glaubt, ich werde eine wunderbare Ärztin sein. Wie kann er das wissen? Er kennt mich ja noch nicht einmal. Aber wenigstens hat er mich nicht ausgelacht.

14. November 1996
*Ich war so beschäftigt, dass ich seit einiger Zeit nicht mehr
zum Schreiben gekommen bin. Im Pflegeheim mache ich alle
Doppelschichten, die ich bewältigen kann, plus die Abendkurse.
Ich muss genügend Geld zusammenbekommen, um mein nächstes
Semester finanzieren zu können. Heute Abend hat mich Sam zum
Lernen in sein Apartment mitgenommen und er schien äußerst
verlegen zu sein, weil es eine Einzimmerwohnung in nicht gerade
der besten Gegend ist. Ich weiß nicht, warum er verlegen sein
sollte. Er arbeitet so hart. Sein Baustellenjob ist harte physische
Arbeit, und ich weiß, dass er normalerweise vom frühen Morgen
bis zum Abend arbeitet und das fast sieben Tage die Woche. Er
versucht, genügend Geld zu verdienen, um seine Mutter und seinen
jüngeren Bruder hierher nach Tampa zu holen, damit sie hier leben
können. Sam redet meist über die Zukunft, vielleicht, weil seine
Vergangenheit nicht so toll war. Das kann ich gut nachempfinden.
Ich habe noch gar nicht so sehr über die Zukunft nachgedacht. Ich
kenne Sam erst seit ein paar Monaten, aber er ist der beste Freund
geworden, den ich je hatte, Crystal ausgenommen, die schon vor
so langer Zeit von mir gegangen ist. Ich komme mir etwas dumm
vor, dass ich jemals an Sam gezweifelt habe. Er ist ein sehr guter
Mensch, der beste Mann, den ich je gekannt habe. Er unterstützt
mich vorbildlich bei allen meinen Zielen. Ich wünschte nur, er
würde aufhören, mich seinen »Sonnenschein« zu nennen und das
Haargummi aus meinem Haar zu ziehen. Er sagt immer, es sei eine
Schande, so schönes Haar zu bändigen. Ist der Junge blind? Mein
Haar ist eine absolute Tragödie!*

12. Dezember 1996
*Sam hat heute etwas zu mir gesagt, das ich etwas befremdlich
finde. Er sagte, die Freundschaft mit mir lässt ihn wünschen, ein
besserer Mann zu sein. Ich bin mir nicht sicher, was er eigentlich
damit ausdrücken wollte. Als ich ihn fragte, was er damit meinte,
hat er nur mit den Achseln gezuckt. Was könnte er denn noch besser
machen? Er reißt sich den Arsch auf, versucht, seiner Familie zu*

helfen, und arbeitet an seiner Ausbildung, um sich zu verbessern. Glaubt er etwa, reich zu sein, mache einen Mann gut? Ich wünschte, er würde das nicht glauben. Sam Hudson ist genau richtig, so wie er ist. Er ist perfekt. Ich wünschte nur, er müsste nicht so hart arbeiten.

10. Januar 1997

Sam und ich haben dieses Semester nicht einen einzigen Kurs zusammen, aber es vergeht kaum ein Tag, an dem ich nicht mit ihm spreche. Ich weiß nicht, ob ich es fertigbringen würde, nicht mit ihm zu reden oder sein hübsches Gesicht zu sehen. Er bringt mich zum Lachen, wenn ich müde und mürrisch bin, und ich versuche, immer eine Tube Muskelentspannungscreme griffbereit zu haben, wenn er seinen Körper durch zu viele Stunden harter Arbeit bis zur Grenze belastet hat. Er bemüht sich, meine Psyche aufzuheitern, während ich versuche, seinen physischen Schmerz zu lindern. Ich denke, das ist wahre Freundschaft. Heute hat er sein T-Shirt ausgezogen, damit ich seinen Rücken eincremen konnte. Jedes Mal, wenn ich das tue, wird es für mich schwieriger, meine zittrigen Hände ruhig zu halten. Ich hasse mich dafür. Sam und ich sind Freunde. Er gibt mir so viel Unterstützung, und ich bin schon abhängig von seiner Freundschaft. Ich bin eine Schwesternhelferin, um Gottes Willen. Es ist ja nicht so, als wäre ich nicht mit dem menschlichen Körper vertraut. Es ist nur… eben Sams Körper. Seine Haut ist immer flammend heiß und seine Muskeln angespannt. Manchmal entweicht ihm ein tiefes, männliches Stöhnen vor Erleichterung, wenn ich die Creme auftrage, und ich werde ganz nass zwischen meinen Schenkeln und meine Brustwarzen werden hart. Dann denke ich unweigerlich an andere Dinge als nur an seine Rückenschmerzen. Ich weiß, ich sollte das nicht, aber ich tue es. Ich weiß, dass die meisten Frauen in meinem Alter »es« schon gemacht haben, aber ich nicht. Ich wollte es auch niemals. Nicht bevor ich Sam getroffen habe. Aber er ist nur ein Freund und ich muss mich jeden einzelnen Tag selbst an diese Tatsache erinnern, auch wenn mein Herz und mein Körper so viel mehr von ihm wollen.

❦ 4 ❧

14. Februar 1997
Heute ist Valentinstag und es ist etwas geschehen, etwas
Außergewöhnliches. Sam Hudson hat mir eine einzelne rote
Rose geschenkt... und dann hat er mich geküsst. Es war nicht der
gewöhnliche Kuss auf die Wange, den er mir als Freund gibt. Es war
ein echter, heißer, nasser, verlockender Kuss. Mein Herz hämmerte
wild und mein in Flammen stehender Körper *verlangte nach mehr.*
Keuchend lösten wir uns aus dem Kuss. Ich bin sicher, dass ich
betäubt und verwirrt aussah, denn genau so fühlte ich mich. Sam
sah eher entsetzt aus. Er fluchte und stammelte, wie er das habe
tun können, ich hätte etwas viel Besseres verdient. Er sagte, ich
sollte Dutzende Rosen haben, nicht nur eine. Ich versicherte ihm,
diese einzelne rote Rose sei mir so viel mehr wert als alles, was
irgendjemand jemals für mich tun könnte, weil sie von ihm kommt.
Ich weinte. Ich konnte mich nicht dagegen wehren. Also küsste er
mich wieder... und wieder.

10. April 1997
Sam und ich sind nun schon seit zwei Monaten ein Paar und
immer noch will er »es« nicht mit mir machen. Ich will es aber.
Das habe ich ihm auch gesagt. Mein Körper reagiert auf jede seiner
Berührungen, auf jeden Kuss. Ich liebe ihn so sehr, dass es wehtut,
aber das habe ich ihm noch nicht gesagt, weil er es mir auch noch
nicht gesagt hat und ich nicht sicher bin, ob er es von mir hören
will. Er sagt, ich schnurre wie ein Kätzchen, wenn er mich berührt,
mich küsst. Leider glaube ich das auch, aber es ist so beschämend.
Nicht, dass ich so viel Erfahrung hätte, aber ich glaube nicht, dass
irgendein Mann so gut küssen kann wie Sam. Er weiß, dass ich
noch Jungfrau bin. Ich habe es ihm gesagt. Er behauptet, er hätte
manchmal Angst, mich zu berühren, weil ich zu rein, zu gut sei.
   Wenn er meine Träume über ihn kennen würde, würde er mich
nicht mehr für so furchtbar gut halten. Ich liebe ihn so sehr und
ich will, dass er mein Erster ist. Mein Einziger. Ich will ihm meine
Liebe gestehen, aber ich fürchte mich davor. Was ist, wenn er für
mich nicht das Gleiche empfindet?

T. A. Scott

12. Mai 1997

Ich bin wieder allein, so wie ich es immer war. Sam und ich hatten uns gestern zum Kaffee verabredet. Als ich mich dem Café näherte, sah ich sie draußen in der Gasse. Die Frau war wunderschön – groß, dünn und hübsch – alles, was ich niemals war und nie sein werde. Sam lehnte mit dem Rücken gegen die Backsteinmauer und die Frau war über ihm, ihre Hände in seinem Haar. Sie küsste meinen Sam, als ob er zu ihr gehören würde. Seine Hände lagen auf ihrer Brust und ihrem Po und drückten ihren schlanken Modelkörper gegen den seinen und er rieb sich an ihr. Ich fröstelte und erstarrte zu einer verdammten Salzsäule. Ich weiß nicht, wie lange ich so dastand und sie anstarrte, mein Herz wollte mir aus der Brust springen. Ich war unfähig zu glauben, dass dort wirklich mein Sam diese Frau küsste. Aber – oh mein Gott – so war es. Als sie sich voneinander lösten, um nach Luft zu schnappen, traf Sams Blick direkt auf meinen, und der Ausdruck auf seinem Gesicht war unmissverständlich. Schuld. Befriedigung. In diesem Moment zersprang mein Herz in lauter kleine Stücke, und Sam wusste es. Er wusste es und hat noch nicht einmal versucht, es zu erklären. Ich glaube, nichts wird mein Herz jemals wieder zusammenfügen. Ich musste fortlaufen und Sam ließ mich gehen, ohne ein einziges Wort. War ich wirklich so dumm, so naiv? Hatte ich wirklich geglaubt, Sam Hudson würde irgendetwas anderes mit mir vorhaben, als sein Spiel mit mir zu treiben? Niemand wollte mich jemals. Nicht als Kind, nicht als Jugendliche und nicht als Erwachsene. Wahrscheinlich wird mich nie jemand wollen. Ich werde noch etwas weinen und dann einschlafen. Ich muss vergessen, wie es sich anfühlt, gewollt zu sein. Es war alles nur eine einzige große Lüge.

Kapitel 1

Dr. Madeline Reynolds kaute an ihrem Daumennagel. Voller Konzentration blätterte sie die Krankenakte einer ihrer fünfjährigen Patienten durch. Es war sieben Uhr abends, höchste Zeit für sie, nach Hause zu gehen, um sich etwas auszuruhen, doch irgendetwas an diesem Fall ließ ihr keine Ruhe. Sie musste etwas übersehen haben, etwas Wichtiges. Timmy war ständig müde und apathisch und litt unter gelegentlichem Brechdurchfall. Das musste mehr als ein Virus sein. Der arme kleine Racker befand sich schon seit Wochen in diesem Zustand.

Seufzend lehnte sie sich auf ihrem Stuhl im Büro der Praxis zurück und verzog das Gesicht, als sie ein wenig zu heftig auf ihren Fingernagel biss. Sie würde einen Kinderarzt hinzuziehen und mehr Tests machen müssen. Maddie schickte ein stummes Gebet zum Himmel, dass Timmys Mutter zum nächsten Termin mit ihrem Sohn erscheinen würde. Dann schloss sie die Akte. Das arme Kind hatte kein einfaches Leben, und seine Mutter war nicht gerade konsequent.

»Hallo, Madeline.« Ein heiserer Bariton erklang in der Türöffnung und ließ sie auf die Füße springen. Sie war bereit, den Alarmknopf an der Seite ihres Schreibtisches zu drücken. Die Praxis lag nicht gerade in einem guten Viertel, und die gute Kara wäre hier einmal fast erschossen worden.

»Ich wollte dich nicht erschrecken.«

Ein kalter Schauer lief Maddie über den Rücken, jedoch nicht, weil sie sich ängstigte. Sie erkannte die Stimme. Mit zusammengekniffenen Augen warf sie einen Blick auf den Körper und das Gesicht hinter der samtweichen, männlichen Stimme und betrachtete den Mann, der vor ihr stand. »Wie bist du an Simons Sicherheitsdienst vorbeigekommen? Und was zum Teufel machst du hier?«

Ihre Freundin Kara hatte eingewilligt, Sams Bruder Simon zu heiraten. Unglücklicherweise war sie deshalb während des letzten Jahres öfter gezwungen gewesen, die unmittelbare Nähe des Mannes zu ertragen, der ihr vor vielen Jahren das Herz gebrochen hatte. Diese Zusammentreffen waren zwar immer kurz, aber unglaublich angespannt. Glücklicherweise hatte sie es geschafft, jegliches bedeutsames Gespräch mit ihm zu vermeiden… bis zu diesem Augenblick.

Sam Hudson zuckte mit den Schultern und trat in das Zimmer, als würde es ihm gehören. Sogar in legeren Jeans und einem burgunderfarbenen Strickpullover mit Zopfmuster strotzte der Mann vor Kraft und Arroganz, die er wie einen eleganten Mantel auf seinen breiten Schultern trug. »Das sind auch meine Wachmänner, mein Sonnenschein. Sie arbeiten für die Hudsons. Denkst du, sie würden etwas anderes tun, als mich mit einem höflichen Gruß durchzulassen?«

Arroganter Mistkerl. Maddies Herz raste und ihre Handflächen überzogen sich mit Schweiß. Sie wischte sie an ihrer Jeans ab und wünschte, sie hätte nicht in der winzigen Dusche im hinteren Bereich der Praxis geduscht und sich frische Kleider angezogen, bevor sie in ihr Büro gegangen war. Vielleicht wäre es einfacher gewesen, Sam in ihrer Berufskleidung und einem konservativen Knoten im Haar gegenüberzutreten. Sie versuchte, eine vorwitzige Korkenzieherlocke hinter ihr Ohr zu streichen, und drückte den Rücken durch, um größer zu erscheinen als nur ein Meter sechzig. »Was willst du,

Sam? Das hier ist nicht deine Gegend. Und ich glaube kaum, dass du die Dienste einer Nutte benötigst.«

Ihre Stimme klang hart und brüchig. Verdammt! Warum konnte sie nicht entspannt sein? So viele Jahre waren seit dem schmerzhaften Vorfall mit Sam ins Land gezogen. Jetzt war er für sie ein Fremder. Warum konnte sie ihn dann nicht als solchen behandeln?

Sam kam näher und antwortete mit finsterer Miene: »Würde es dir etwas ausmachen, Sonnenschein? Würde es dich kümmern, wenn ich jede Frau in dieser Stadt ficken würde?«

»Ha! Als hättest du das nicht schon. Und hör auf, mich mit diesem albernen Kosenamen anzureden«, konterte Maddie sarkastisch, doch ihr Herz raste und sie hielt den Atem an, als Sam ihr so nahekam, dass sie einen Hauch seines verführerischen Duftes nach Moschus und Mann wahrnehmen konnte, ein würziges Aroma, das sie leicht benommen machte. Sein Duft hatte sich nicht verändert, und er war immer noch so verführerisch wie vor all den Jahren.

»Warum bist du noch hier? Meine Sicherheitsleute haben mich alarmiert, weil du noch hier bist, obwohl es draußen schon dunkel ist. Du solltest zu Hause sein. Diese Gegend ist schon tagsüber nicht sicher, geschweige denn nachts«, knurrte er leise.

»Simons Sicherheitsleute.« Irgendwie konnte Maddie die beiden Männer nicht miteinander in Verbindung bringen, obwohl sie Brüder waren. Simon war nett und hatte ein Herz aus Gold unter seiner rauen Schale. Aber Sam war der Teufel schlechthin, der Satan, verkleidet als ein GQ-Model. Kein Mann sollte das Recht haben, so viel Geld und Macht zu besitzen. Und schon gar nicht ein Mann wie Samuel Hudson.

»Was, wenn sich irgendein Gangster an dem Wachdienst vorbeischleicht und dich hier allein und schutzlos vorfindet?« Sam kam noch näher, so nahe, dass Maddie spüren konnte, wie sein warmer Atem ihre Schläfen liebkoste.

Gott, er war so groß, so breit und muskulös. Sam hatte auf dem Bau gearbeitet, als Maddie ihn vor Jahren kennengelernt hatte. Die harte körperliche Arbeit hatte einen perfekten Körper hervorgebracht. Merkwürdigerweise hatte der sich kein bisschen verändert. Wie um alles in der Welt erhielt ein Mann diesen fantastischen Körper, wenn er den ganzen Tag hinter dem Schreibtisch saß? Maddie versuchte, sich von seiner einschüchternden Gegenwart zu befreien und stieß mit dem Hintern gegen den Schreibtisch. Nun blieb ihr kein Platz mehr, um weiter von ihm wegzukommen.

»Ein Mann könnte es zu seinem Vorteil nutzen, dass sich eine Frau allein in ihrem Büro aufhält«, fuhr er mit leiser, gefährlich klingender Stimme fort.

Maddie schlug auf Sams Brust ein und versuchte, sich aus ihrer eingezwängten Lage zwischen ihm und dem Schreibtisch zu befreien. »Beweg dich! Geh mir aus dem Weg, Hudson, bevor ich gezwungen bin, dir deine Eier in den Hals zu befördern!«

Sein muskulöser Oberschenkel schob sich über ihre Beine und machte es ihr unmöglich, ihm ihr Knie zwischen die Beine zu stoßen. »Ich habe dir diese Abwehrmaßnahme beigebracht, erinnerst du dich? Und teile einem Angreifer nie deine Absichten mit, Madeline.«

Sie legte den Kopf in den Nacken und sah ihn an. Seine smaragdgrünen Augen beobachteten sie aufmerksam. Genau wie vor Jahren ließ ihr sein schönes Gesicht den Atem stocken. Er hatte sie immer an einen antiken, blonden Gott erinnert, so verdammt perfekt, dass sein Körper und seine Gesichtszüge in Marmor gemeißelt werden sollten. Im Augenblick erschien er in der Tat so *hart* wie Marmor, war aber weit davon entfernt, kalt zu wirken. Sein Körper strahlte in Wellen Hitze aus und sein Blick war feurig und glühend. »Fick dich ins Knie, Hudson!«

Sams Mundwinkel verzogen sich nach oben und zuckten verräterisch, als versuchte er, ein Grinsen zu unterdrücken. Seine Hände ergriffen ihren Rücken und zogen ihren Körper eng an sich heran. Dann flüsterte er ihr ins Ohr: »Ich würde lieber dich ficken, mein Sonnenschein. Das ist viel befriedigender. Du bist immer noch die schönste Frau, die mir je unter die Augen gekommen ist. Du bist sogar noch schöner als damals.«

Lügner! Er ist so ein verdammter Lügner! Wenn ich so begehrenswert gewesen wäre, hätte er mir das nicht angetan. »Lass mich los und verlass sofort mein Büro!« Der Mistkerl manipulierte sie und das war unerträglich. Sie war nicht schön und sie hatte keinerlei Ähnlichkeit mit den spindeldürren, blonden Models, mit denen er angab und die er in sein Bett schleppte.

»Küss mich erst! Beweise mir, dass zwischen uns nichts unerledigt geblieben ist!«, verlangte Sam hart und fordernd, während in seinen dunkelgrünen Augen feurige Funken glühten.

»Das Einzige, was zwischen uns unerledigt geblieben ist, ist die Tatsache, dass du dich nie entschuldigt hast für das, was du mir angetan hast. Dir war das scheißegal. Du hast nicht…«

Maddie bekam keine Gelegenheit, den Satz zu beenden. Sams heißer, harter Mund erstickte ihre bitteren Worte; er bat niemals, sondern forderte einfach. Seine großen, flinken Hände wanderten ihren Rücken hinunter, griffen nach ihrem Hintern und setzten sie auf den Schreibtisch, um ihren Mund leichter verschlingen zu können.

Sam küsste niemals nur, er setzte sein Zeichen und manifestierte seinen Anspruch. Maddie stöhnte in seinen Mund, als seine Zunge vor- und zurück stieß, vor und zurück, sodass es Maddie den Atem nahm. Kapitulierend schlang sie ihm die Arme um den Hals, vergrub ihre Hände in seinen seidigen Locken und genoss den weichen Fall seiner Haare über ihre Fingerspitzen.

Sie schlang ihre Beine um seine Hüften, da sie einen Anker brauchte, der sie davor bewahrte, auf einer Welle der Lust davonzugleiten. Sie erlaubte ihrer Zunge ein Duell mit seiner, während sie seine Erregung an ihrem erhitzten Geschlecht spürte. Ihre Hüften drängten mit jedem harten Stoß seiner Zunge gegen seine Erektion.

Sam stöhnte. Seine Hände schoben sich unter ihren Pullover und seine Fingerspitzen strichen über die nackte Haut an ihrem Rücken, was sie vor Verlangen zittern ließ. Und Maddie ertrank. Verloren in einem Meer der Begierde und Wollust wurde sie langsam von einer Kraft, die stärker war als ihr Wille, in die Tiefe gesogen.

Ich muss aufhören. Das hier muss beendet werden, bevor ich völlig verloren bin. Ruckartig riss sie den Kopf zurück, löste ihren Mund von seinem und schnappte nach Luft. Sie zitterte am ganzen

Körper. Aber Sam zog ihren Kopf zu sich heran und bettete ihn an seine wogende Brust.

»Scheiße. Maddie. Maddie«, stieß er hervor, während eine Hand in ihre Locken fuhr und sie ehrfurchtsvoll streichelte.

Oh Gott. Nein. Sie konnte sich nicht wieder von Sam Hudson vereinnahmen lassen. Auf gar keinen Fall. Kraftvoll stieß sie ihn gegen die Brust, löste ihre Beine von seinen Hüften und ließ sie herunter, bis sie den Boden erreichten. »Lass mich!«

Die Wut in ihrem Inneren baute sich zu einem lodernden Inferno auf. Wie konnte er es wagen, sie zu benutzen und mit ihr zu spielen, nur, weil er sich langweilte und sie das einzige verfügbare weibliche Wesen im Gebäude war. Sam Hudson war ein Playboy, ein Mann, der Frauen in sein Bett zerrte und sie anschließend wegwarf, um sich kurz darauf ein anderes Spielzeug zu suchen. Hatte der Mann kein Gewissen? Kümmerte er sich um niemanden, außer sich selbst?

Maddie hätte sich am liebsten zusammengerollt, um sich zu schützen. Sie schämte sich dafür, wie sie auf Sam reagiert hatte, obwohl er ein solcher Schuft war. Was für ein Licht warf das auf sie? Sie wich mit einem Achselzucken zurück, drehte sich um und hastete zur Tür.

»Maddie! Warte!« Sams Stimme klang heiser, flehend, fordernd.

Er packte sie am Arm und drehte sie zu sich herum, bevor sie die Tür erreichen konnte. Maddie starrte ihn an. Sie hätte nicht sagen können, ob sie eher ängstlich oder eher wütend war. »Fass mich nicht noch einmal an! Nie mehr! Ich bin nicht mehr die dumme, naive Frau, die du mal gekannt hast. Ich habe dir einmal vertraut und verzeihe mir das nur, weil ich jung war. Aber ich tue das nicht noch einmal. Ich hätte nicht einmal mehr die Entschuldigung, zu jung zu sein, um so viel Blödheit zu rechtfertigen.«

»Du willst mich immer noch«, entgegnete Sam heftig. Sein Blick wanderte über ihren Körper und blieb an ihrem Gesicht hängen.

Maddie blickte ihm direkt in die Augen und antwortete zornig: »Nein, das will ich nicht. Mein Körper mag auf einen traumhaften Mann reagieren, aber das ist nur eine physische, eine sexuelle

Reaktion. Du«, sie stupste ihn mit dem Finger auf die Brust, während sie das Wort ausspuckte, »bedeutest mir absolut nichts mehr.«

»Du willst, dass ich dich ficke, bis du schreist. Ich bringe dich immer noch zum Schnurren, Kätzchen«, sagte Sam arrogant und mit einem zufriedenen Lächeln auf dem Gesicht.

Maddie zuckte mit den Schultern und versuchte, dem dringenden Wunsch zu widerstehen, ihm den eingebildeten Ausdruck aus dem Gesicht zu schlagen. »Woher soll ich das wissen? Du hast mich nie gefickt und wirst es auch niemals tun.«

Sie befreite sich aus seinem Griff, hechtete mit einem Satz durch die Bürotür, riss noch ihre Jacke vom Kleiderhaken neben dem Empfangstresen und stürzte durch den Vorraum aus der Praxis heraus. Maddie sah sich nicht um. Das konnte sie nicht. Einer von Hudsons Wachmännern begleitete sie zu ihrem Auto, und Maddie raste davon, als wäre sie auf der Flucht. Nichts wollte sie so sehr, als sich so weit wie möglich von Sam zu entfernen.

Maddie raste wie benebelt davon, nur zwei Worte wiederholten sich in ihrem Gehirn wie eine gesprungene Schallplatte.

Nie wieder.

Nie wieder.

In Gedanken versunken ging Sam Hudson langsam durch den Empfangsbereich von Maddies Praxis. Was zum Teufel war gerade passiert? Er hatte angehalten, nur um nachzusehen, ob es ihr gutging, weil er wusste, dass sie so spät noch in der Praxis war. Verdammt! Konnte er diese Frau je ansehen, ohne von Besitzgier erfasst zu werden, ohne den Wunsch zu verspüren, dass sie ihn so sehr begehren sollte wie er sie?

Du bist nie über sie hinweggekommen. Und das wirst du wahrscheinlich auch nie. Sie verfolgt dich seit Jahren, wie ein Holzsplitter, der unter die Haut geraten ist. Immer ein bisschen wund und gereizt, aber nicht zu entfernen.

Sam schloss die Praxistür hinter sich und sah einen der Sicherheitsbeamten an. »Können Sie abschließen?«

Der Mann nickte. »Ja, Sir. Ich hoffe, ihr Zusammentreffen mit Dr. Reynolds verlief zufriedenstellend?«

Sam stieß ein humorloses, selbstironisches Lachen aus. »Ja. Es war sehr aufschlussreich.« *Ich habe herausgefunden, dass sie mich immer noch so verdammt hasst, wie sie es schon immer getan hat.* Während er zu seinem Auto ging, winkte er den anderen Wachmännern zu. Ja. Das Zusammentreffen war wirklich gut gelaufen, dachte er düster, als er in seinen Bugatti stieg und den Motor startete.

Du hast ihr niemals auch nur gesagt, dass es dir leidtut.

Die Worte quälten ihn und würden ihn ab jetzt wahrscheinlich immer quälen. »Scheiße!« Frustriert schlug Sam mit der Faust aufs Lenkrad. Nein. Er hatte ihr nie gesagt, dass es ihm leidtat. Aber Maddie hatte ihm auch nie die Gelegenheit dazu gegeben. Dennoch hätte er es sagen müssen. Er hätte einen Weg finden müssen, sich zu entschuldigen. Er hatte damals keine Chance dazu gehabt, und gerade, vor ein paar Minuten, hatte er seine zweite Chance vertan. Was hatte Maddie an sich, das ihn so um den Verstand brachte?

Du benimmst dich wie ein Arschloch, weil sie nicht mehr wirklich etwas für dich empfindet, und das frisst dich bei lebendigem Leibe auf. Du könntest vielleicht ihren Körper haben, wenn du sie verführst… aber niemals ihr Herz. Nie wieder.

Es hatte eine Zeit gegeben, da hatte ihn Maddie mit vor grenzenloser Liebe funkelnden Augen angesehen. Eine dämliche Aktion, eine idiotische Begebenheit, und er hatte für immer diesen Ausdruck aus ihren wunderschönen Augen gelöscht. Sam legte seine Stirn aufs Lenkrad und schloss die Augen. Noch immer konnte er sich die Maddie vorstellen, die ihn mit Respekt und Liebe angeschaut hatte, auch als er keinen roten Heller besessen hatte. Es war schon paradox: Jetzt, wo er einer der reichsten Männer der Welt war, sah sie ihn an, als wäre er ein Insekt, das man zerquetschen musste, oder ein Nagetier, das es auszurotten galt.

Du wirst sie wiedersehen. Sie wird gezwungen sein, auf Simons und Karas Hochzeit mit dir zu reden. Die Trauung sollte in seinem Haus stattfinden, also hatte Maddie keine Wahl. Er war der Trauzeuge des Bräutigams und sie die Trauzeugin der Braut. Maddie würde sich zumindest anständig benehmen müssen, und Sam wusste, dass sie das tun würde. Sie war rücksichtsvoll und loyal jedem gegenüber, den sie als ihren Freund ansah. Sie würde ihre eigenen Gefühle in den Hintergrund stellen, um sicherzustellen, dass Kara eine fröhliche Hochzeitsfeier haben würde, ohne Auseinandersetzungen oder Ärgernisse.

Und egal, wie Maddie mich behandelt oder wie sie mich ansieht, ich werde mich ihr gegenüber nicht mehr wie ein Arschloch benehmen. Verdammt. Ich hoffe, sie wird keinen Kerl mitbringen. Ich habe Simon niemals gefragt, ob sie sich mit irgendjemandem eingelassen hat.

Sam lehnte sich mit einem tiefen Seufzer in seinem Sitz zurück und legte den Gang ein. Er fragte sich, ob es ihm überhaupt noch möglich war, *kein* Arschloch zu sein. Die Wahrheit war, dass die Jahre ihn verändert und in einen Mann verwandelt hatten, von dem er nicht mehr sicher war, dass *er* ihm gefiel. Und wenn Maddie einen Mann in ihrem Leben hatte, wäre es sogar noch wahrscheinlicher, dass er ausrasten würde.

Such dir eine Frau, die dich von Maddie ablenkt.

Er rastete den Sicherheitsgurt ein und fuhr rückwärts aus der Parklücke. Dann holte er tief Luft und ging im Geiste die Liste williger Frauen durch… bis er einen verlockenden Duft wahrnahm, einen schier undefinierbaren Duft, der beharrlich seinem Pullover entströmte. *Ihr* Duft. Er erinnerte ihn an das, was sich gerade in ihrer Praxis abgespielt hatte.

»Verdammt! Ich kann es nicht. Ich kann mich nicht mit einer anderen Frau vergnügen. Nicht jetzt«, flüsterte er vor sich hin und ärgerte sich, dass er sie geküsst und ihre üppigen Kurven an seinem Körper gespürt hatte. Der Gedanke, jetzt die Nacht mit einer anderen Frau als Maddie im Bett zu verbringen, ließ ihn kalt. Tatsächlich hatte es ihn seit dem Moment kaltgelassen, in dem er Madeline vor über einem Jahr wiedergesehen hatte.

Sam bremste in der Ausfahrt des Parkplatzes, warf schnell einen Blick auf seine Uhr und grinste, als er, statt nach rechts, nach links abbog, um zu Simons Wohnung zu fahren.

Es war Zeit.

Simon hatte ihn vorhin angerufen, um ihm mitzuteilen, dass er Onkel werden würde, und ihn um einen Gefallen gebeten, was bei Simon absolut selten vorkam. Ganz ehrlich, es gab nichts, das Sam nicht für seinen kleinen Bruder tun würde. Einmal war es Sam nicht gelungen, Simon zu beschützen, und das würde nicht noch einmal vorkommen. Was auch immer Simon brauchte, Sam würde für ihn da sein.

Gott sei Dank hatte Simon Kara gefunden. Sam vergötterte die Verlobte seines Bruders und hätte am liebsten den Boden unter ihren Füßen geküsst, weil sie seinen kleinen Bruder bedingungslos liebte und ihn glücklicher machte, als Sam ihn je erlebt hatte. Und Simon verdiente dieses Glück, diese Art von Hingabe seitens einer Frau. Wenn er Simon und Kara zusammen sah, wurde Sam aber auch bewusst, wie leer sein eigenes Leben war, wie trostlos und oberflächlich sein Dasein erschien.

Als ob ich das nicht schon immer gewusst hätte? Seitdem ich Maddie verloren habe, erscheint mir nichts mehr realistisch.

Maddie zu küssen, sie nach all den Jahren wieder in den Armen zu halten, hatte es noch schwerer gemacht. Es war, als wäre tief in seinem Innersten etwas erwacht, ein Gefühl, das ihm vertraut war, und doch wieder nicht. Auf jeden Fall war es nicht angenehm.

Vergiss sie. Vergiss es, wie es sich angefühlt hat, sich in Maddies Sanftheit, ihrem Duft, ihren Kurven und ihrem köstlichen, begierigen Mund zu verlieren.

Sam fluchte, da er wusste, er würde heute Nacht alleine schlafen und selbst Hand an sich legen, während er von Maddie träumte. Und dieses Mal würden die Erinnerungen viel lebendiger sein, viel frischer und realer als je zuvor.

Scheiße! Er war völlig am Arsch… und selbst schuld.

Maddie blätterte die Seite des Buches auf ihrem Schoß um und fragte sich, warum sie nicht aufgab und ins Bett ging. Eigentlich nahm sie die geschriebenen Worte gar nicht mehr richtig auf.

»Verdammt«, flüsterte sie, schlug das Buch zu und legte es auf den Tisch neben dem Sofa. Eigentlich wollte sie nicht ins Bett gehen. Dort würde sie nur wieder an ihr Zusammentreffen mit Sam denken und sich mit den Erinnerungen an jenen heißen Kuss am frühen Abend quälen.

Sie schnappte sich die Fernbedienung vom Tisch, schaltete mit einem Knopfdruck den Fernseher ein und hoffte, dass sie ihre Gedanken mit den Zehn-Uhr-Nachrichten ausblenden konnte. Gerade als der Nachrichtensprecher das Neueste vom Tage berichten wollte, klingelte es an ihrer Haustür.

Wer zum Teufel konnte das sein? Sie hatte keine Familie, und keiner ihrer Freunde würde um diese Zeit noch bei ihr klingeln, es sei denn, es wäre ein Notfall. Maddie sprang auf die Füße und lief mit klopfendem Herzen zur Tür. Ein Blick durch den Spion, und sie sah einen Mann in Uniform, in einer Hudson-Sicherheitsdienstuniform.

»Wer ist da und was wollen Sie?«, rief sie laut durch die Tür.

»Eine besondere Valentinstaglieferung für Dr. Reynolds«, rief der Mann zurück.

»Stellen Sie sie vor die Tür und gehen Sie.« Maddie würde auf keinen Fall die Tür öffnen, auch wenn der Mann offensichtlich von Hudson war.

»Ich verstehe, Madam. Ich lasse es hier vor der Haustür stehen.« Der uniformierte Mann bückte sich kurz, richtete sich wieder auf und ging.

Maddie öffnete die Tür einen Spalt, ließ jedoch die Sicherheitskette vorgelegt. Sie sah, wie der Mann in seinen Transporter stieg und davonfuhr. Nachdem sie die Tür wieder zugezogen und die Kette entfernt hatte, öffnete sie die Tür erneut und traute ihren Augen nicht.

Vor der Tür stand der unglaublichste Strauß roter Rosen, den sie je gesehen hatte. Es waren mehrere Dutzend, zu viele, als dass sie sie in ihrem verblüfften Zustand hätte zählen können. Maddie hob die schwere, stabile Vase hoch, die aus Kristall zu sein schien, schloss die Tür hinter sich und trug die Rosen zu ihrem Esstisch. Nachdem sie die Vase in die Mitte der runden Eichenholzplatte gestellt hatte, zog sie die Karte aus der Mitte des Straußes.

Sie setzte sich, denn ihre zitternden Knie trugen kaum ihre Beine. Die Karte war klein und der winzige Umschlag mit Herzen und einem niedlichen, kleinen Amor in der Ecke verziert. Das Einzige, was darauf stand, war ihr Name. Sie öffnete den Umschlag mit zitternden Fingern und zog die Grußkarte heraus. In einer Handschrift, die sie noch immer wiedererkannte, standen dort nur vier Worte.

Es tut mir leid.

Keine Unterschrift, keine anderen Hinweise auf den Absender.

Maddie ließ den Umschlag und die Karte auf den Tisch fallen, vergrub ihr Gesicht in den Händen und weinte.

Kapitel 2

Genug! *Das ist kompletter Blödsinn.*

Sam Hudson verstaute sein Handy in der Tasche seines grauen Armani-Anzugs und trat so hart auf die Bremse seines Bugattis, dass die Räder protestierend quietschten. Dann legte er einen anderen Gang ein und wendete mit einer illegalen Kehrtwende mitten auf einer Seitenstraße in Tampa. Er biss die Zähne zusammen, trat brutal aufs Gaspedal und flog in die entgegengesetzte Richtung, weg von seiner am Wasser gelegenen Villa.

Was zum Teufel macht sie? Will sie sich selbst umbringen?

Ehrlich, Dr. Maddie Reynolds war dabei, *ihn* umzubringen. Sie war wieder in ihrer kostenlosen Praxis in Tampa. Nach Einbruch der Dunkelheit. In einer verrufenen Gegend von Tampa. Zwei Wochen lang war sie nun schon jeden Abend dort gewesen, seine Wachmänner hatten ihn jedes Mal informiert, wenn sie nachts dort noch arbeitete. Vierzehn verdammte Tage lang hatte er zu Hause gewartet, um von seinem Sicherheitsdienst zu hören, dass sie nachts unbeschadet aus der Gegend herausgekommen war. Jede Nacht war es nach dreiundzwanzig Uhr. Heute Nacht war schon der fünfzehnte Tag und es war bereits Mitternacht. Und Maddie hatte die Praxis noch nicht verlassen.

Sie behandelte in dieser Praxis kostenlos Patienten, nachdem sie ihren regulären Job als Krankenhausärztin für den Tag beendet hatte. Offensichtlich blieb sie noch, um den nötigen Papierkram zu erledigen und Krankenakten auszufüllen, nachdem sie die Praxis um neun, manchmal zehn Uhr geschlossen hatte. Wenn sie einige zusammenhängende Tage frei hatte, verbrachte sie diese immer in der Praxis. Jeden Tag. Und die halbe gottverdammte Nacht. Wie sollte sie dieses Arbeitspensum aufrechterhalten und nicht vor Erschöpfung zusammenbrechen?

Voller Frustration schlug er mit seinen Händen auf das Lenkrad. Er war fest entschlossen herauszufinden, was zum Teufel da vor sich ging. Maddie hatte immer wie der Teufel gearbeitet und unzählige Stunden unbezahlt an ihren freien Tagen in ihrer kostenlosen Praxis verbracht, aber nicht so wie jetzt, nicht jede einzelne Nacht. Sie wurde von Hudsons Sicherheitsdienst überwacht, weil sein Bruder Simon dies veranlasst hatte, nachdem seine Verlobte Kara bei einem Raubüberfall auf die Praxis beinahe erschossen worden wäre. Aber es war immer noch nicht sicher, und Maddies Pensum war einfach lächerlich. Bekam sie jemals Schlaf? Aß sie genug?

Sam hatte Maddie seit dem Zwischenfall in ihrer Praxis vor fast einem Monat nicht mehr gesehen, ein kurzes Zwischenspiel, das zu vergessen ihm eine schwierige Zeit bereitet hatte. Er konnte nicht anders, als pausenlos an diesen Kuss zu denken oder ihren Duft aus dem Pullover aufzusaugen, den er in jener Nacht getragen hatte – ein Kleidungsstück, das er aus irgendeinem seltsamen Grund bis jetzt noch nicht hatte reinigen lassen – und sein Schwanz war hart genug, um Nägel damit einzuschlagen.

Scheiße. Sie macht mich wahnsinnig.

Finsteren Blickes machte er eine scharfe Wende und beschleunigte. Sein Herz hämmerte wild bei dem Gedanken, Maddie wiederzusehen. Er fragte sich, was sie mit den Blumen gemacht hatte, die er ihr zum Valentinstag geschickt hatte. Einmal, vor vielen Jahren, hatte er ihr nur eine einzige rote Rose schenken können. Nun hatte er ihr endlich die Dutzende von Rosen geschickt, die sie verdiente. Ja, es war ein verdammt schlechter Weg, sich für das zu entschuldigen, was vor all diesen Jahren passiert war, aber er war nie besonders gut darin gewesen, sich zu entschuldigen. Er war Sam Hudson, Milliardär und Miteigentümer der Hudson Corporation. Zum Teufel, er hatte sich niemals für etwas entschuldigt seit... eigentlich... niemals, außer letztes Jahr für seine betrunkene Aktion auf Simons Geburtstagsparty.

Okay, vielleicht hatte er sich vor Jahren mal für etwas entschuldigt, aber nicht seit seine Mutter ihn als kleines Kind am Ohr gezogen und ihn für seine schlechten Manieren zur Rechenschaft gezogen hatte. Er hatte es sich zur Gewohnheit gemacht, nichts zu tun, was er später bereuen würde, außer dem Vorfall mit Maddie so viele Jahre zuvor und dem jüngsten Ausrutscher mit Kara. Aber immer noch konnte er sich nicht völlig schuldig fühlen für sein Benehmen Maddie gegenüber, ausgenommen bei dem Teil, als er sie mit seinem Verhalten verletzt hatte. Ehrlich, die einzige Entschuldigung, die er seit Jahren ausgesprochen hatte, war die gegenüber Kara und seinem Bruder für sein Verhalten auf Simons Geburtstagsparty gewesen. Er war betrunken und deprimiert gewesen. Aber das entschuldigte noch lange nicht sein scheiß Verhalten. Glücklicherweise hatten Simon und Kara ihm vergeben und waren bereit, den Vorfall in der Vergangenheit ruhen zu lassen.

Ich habe Maddie tief verletzt, die einzige Person, die ich niemals verletzen wollte.

Aber er hatte es getan, und er bereute es bitter.

Sie wird mir niemals vergeben.

Sams Kiefer verspannte sich, als er sich nach links wandte, um zur Praxis zu gelangen und in den schäbigen Stadtbezirk eindrang. Ja, er wusste, dass Maddie für ihn verloren war, er wusste es seit dem Moment, an dem er sie für immer weggestoßen hatte. Der Schmerz zerriss ihm noch immer die Brust, wenn er an den verstörten Ausdruck auf ihrem Gesicht und die Verzweiflung in ihren wunderschönen nussbraunen Augen dachte. Das war der Tag, an dem er seinen Sonnenschein verloren hatte, und auch nach all den Jahren des Erfolgs, des Geldes und der Macht war sein Leben immer noch verdammt trist und manchmal völlig düster.

Ich kann immer noch ihr Freund sein, auch wenn sie mich hasst. Ich schulde ihr das als Freund. Sie bringt sich um mit ihrer Arbeit, und ich muss sie davon abhalten.

»Scheiße«, fluchte Sam mit leiser, feuriger Stimme. Wen wollte er hier verarschen? Er war nicht so ein selbstloser Typ Mann. Die Wahrheit war, er wollte sie sehen, wollte sie beschützen. Das Probeessen für Simon und Karas Hochzeit fand morgen statt und Maddie würde dort sein, aber er konnte es keine Nacht länger aushalten, sich Sorgen um Maddie zu machen. Er würde das nun beenden, bevor diese verrückte Frau sich durch zu viele Stunden ohne Schlaf selbst zu Grunde richten würde.

Er scherte sich nicht darum, einen Parkplatz zu benutzen. Er steuerte seinen teuren Sportwagen auf den Bordstein und winkte aufgeregt den beiden Hudson Wachleuten vor dem Eingang der Klinik zu.

»Ist sie noch hier?«, fragte er den am nächsten zum Eingang postierten Wachmann.

»Ja, Sir. Ist noch nicht raus.« Der ältere der beiden beeilte sich, den Schlüssel herauszuholen, um ihm die Tür zu öffnen.

Das wird sie aber. Und zwar, verfluchte Scheiße, genau jetzt.

Sam stieß die Tür auf. Der Ärger verursachte ihm Magengrummeln. Als er durch den Empfangsraum stürmte, hörte er das laute Klicken der Tür, die hinter ihm ins Schloss fiel. Er ignorierte es und stampfte durch den Empfangsbereich in die hinteren Räume. Bevor er die Tür zu Maddies Büro öffnete, hielt er inne, um tief Luft zu holen. Er musste sich auf eine unangenehme Konfrontation vorbereiten.

Sein angehaltener Atem entwich mit einem hörbaren Pfeifen, als er realisierte, dass es in nächster Zukunft keinen Kampf geben würde. Seine potentielle Gegnerin, gekleidet in einen alten Krankenhauskittel, ihre flammenden Locken über den Tisch gebreitet und ihren rechten Arm angewinkelt, um ihren Kopf zu stützen... war eingeschlafen. Auf dem Weg zu ihrem Schreibtisch verfinsterte sich seine Miene, als er die dunklen Ringe unter ihren Augen bemerkte. Immer noch sah diese Frau wie ein Engel aus, ihre makellose Haut wirkte wie cremiges Elfenbein und ihr Mund ähnelte der Farbe reifer Erdbeeren. Als er ihr Gesicht genauer betrachtete, sah er, dass sie noch nicht einmal Make-up aufgetragen hatte. Vielleicht hatte sie nach ihrer Arbeit hier schon geduscht. Vorsichtig schob er eine Hand unter ihren Kopf. Ihr feuchtes Haar bestätigte seine Vermutung bezüglich der Dusche. Einem unwiderstehlichen Drang nachgebend, den er vergeblich zu bezwingen versuchte, vergrub er seine Hand in den wilden Locken und ließ ihr flammendes Harr durch seine Finger gleiten.

»Scheiße«, murmelte er sanft, während er ihr zärtlich über die Haare strich und sich daran erfreute, wie ihr leichter blumiger Duft seine Sinne betörte. Er beugte sich zu ihr hinunter, um sein Gesicht auf gleiche Höhe mit dem ihrigen zu bringen. »Maddie«, sagte er leise und streichelte mit der Hand immer noch ihr Haar.

Sie hob ihre linke Hand, die auf ihrem Schenkel geruht hatte, und schlug nach ihm, verfehlte ihn aber, weil er nach hinten auswich, um dem lahmen Schwung zu entgehen. »Muss meine Augen für einen Moment ausruhen. Nur eine Minute«, murmelte sie und schürzte missbilligend ihre Lippen aufgrund der Störung.

Sams Lippen verzogen sich zu einem amüsierten Lächeln, als er ihr zärtlich über den Kopf strich. »Zeit zum Schlafen, Sonnenschein.«

Maddie schlug erneut nach ihm, traf seine Schulter dieses Mal aber nur mit einem pathetischen, halbherzigen Schlag. »Schlafen. Geh weg«, stammelte sie, hielt aber die Augen geschlossen.

Gott, sie ist wirklich vollkommen daneben.

Er hielt seine Hand gegen ihren Kaffeebecher und bemerkte, dass er noch etwas Wärme abgab. Sie war noch nicht lange in diesem Zustand, aber offensichtlich so erschöpft, so unausgeschlafen, dass ihre kognitiven Funktionen unglaublich langsam waren.

Sam zog einen Wochenplaner unter ihrem Arm hervor und warf einen kurzen Blick auf die geöffnete Seite. Hm. Die nächsten fünf Tage hatte sie frei. Nicht, dass er wirklich erstaunt wäre. Alle Termine für Simons und Karas Hochzeit starteten morgen, beginnend mit dem Probeessen.

Er schloss den Terminkalender und schob ihn in seine Anzugtasche. Dann rollte er ihren Stuhl, in dem immer noch ihr herrlicher Arsch saß, gerade so weit zurück, dass er einen Arm unter ihre Knie und den anderen hinter ihren Rücken schieben konnte. »Zeit fürs Bett, Maddie«, flüsterte er mit heiserer Stimme.

»Müde«, sagte sie irritiert. »Geh weg!«

Sam warf einen Blick auf Maddies Gesicht, als er mit dem kleinen Bündel Weiblichkeit in seinen Armen so dastand. Sie hatte noch nicht einmal die Augen geöffnet. Aber sie war immer noch streitsüchtig. Ihren Kopf gegen seine Schulter gelehnt bewegte sie sich etwas und schlang instinktiv die Arme um seinen Hals, um es sich bequemer zu machen. »Du kannst mich nicht tragen. Ich bin zu dick«, protestierte sie lallend, als ob sie betrunken wäre.

Maddies Kommentar war so lächerlich, dass er grinsen musste. Er ließ seine Augen über ihren Körper gleiten, als er ihr Gewicht gegen seine Brust verlagerte. Ihr Körper war wie gemacht für die Sünde, ein Körper, der für ihn immer die teuflischste Versuchung darstellte, die er je gesehen hatte. Sam liebte Frauen mit Kurven, und Maddie hatte diese im Überfluss. Ihre rundliche Brust füllte eine Männerhand, und ihre Haut war weich wie Seide. Dieser füllige, kurvenreiche Arsch war straff und Sam wurde schon heiß, wenn er nur darüber fantasierte, wie sie, ihre wohlgeformten Schenkel um seinen Leib geschlungen, ihn darum anbettelte, von ihm gefickt zu werden. Allein ihre Weichheit zu spüren, brachte seinen Schwanz dazu, gegen den Reißverschluss seiner Hose zu pulsieren, begierig darauf, sich in sie zu graben und sich in diesem kleinen kurvigen Körper zu verlieren.

Maddie hat ihren Körper nie gemocht, obwohl sie mein Idealbild einer Frau darstellt.

Er kicherte, als er sich ihre Handtasche vom Bürostuhl schnappte und auf ihren Bauch legte. Dann trug er Maddie langsam aus dem Büro in die Eingangshalle. An der geschlossenen Tür wartete er auf die Wachmänner, damit sie ihm öffneten. Er legte seinen Mund an Maddies Ohr. »Du hast den Körper einer Göttin, mein Sonnenschein«, sagte er mit einer leise knurrenden Stimme, wohl wissend, dass sie nicht anwesend war, aber er musste es ihr einfach mitteilen.

»Zu fett«, antwortete sie mit einem kleinen Seufzer.

»Perfekt«, sagte er amüsiert.

»Hässliches rotes Haar«, flüsterte sie mit geschlossenen Augen.

»Wunderhübsch«, erwiderte er.

»Du bist verrückt«, entgegnete sie mit einem weiblichen zweifelnden Grunzen.

»Wahrscheinlich«, erwiderte er und ging mit ihr auf dem Arm durch die Tür, die sein Angestellter ihm aufhielt. Er brachte sie auf die Beifahrerseite seines Bugattis. Der Wachmann verstand den subtilen Hinweis und beeilte sich, die Wagentür zu öffnen. Maddie ließ ein weiteres leichtes Stöhnen vernehmen und ihr warmer Atem streifte seinen Nacken. Sam ächzte.

Erleichtert atmete er auf, als er Maddies kuscheligen Körper auf den Sitz gleiten ließ. Er konnte ihr nicht so nahe sein. Ihr Geruch, ihr Körper, dem seinen so nahe, brachten ihn zum Wahnsinn. Er legte ihr den Sicherheitsgurt um und deponierte ihre Handtasche auf ihrem Schoß, bevor er die Tür schloss. Er nahm einen tiefen Atemzug, umrundete den Wagen, winkte dem hilfsbereiten Wachmann ein stummes Dankeschön zu, öffnete die Fahrertür und ließ sich in seinen Sitz fallen. Während er die Tür zuzog, startete er den Motor und legte sich seinen eigenen Sicherheitsgurt an. Dabei fiel sein Blick auf Maddie.

Scheiße! Er hasste es, Maddie so zu sehen, so offensichtlich erschöpft. Auch wenn es wehtat, sah er sie lieber Feuer nach ihm spucken, mit blitzenden Augen und einer Stimme, die mit Sarkasmus oder Ärger nur so überschäumte. Sie so müde, so verloren, so verletzlich zu sehen, riss ihm sein verdammtes Herz aus der Brust.

Er wendete seinen Blick von ihr ab, legte den Gang ein und traf eine Entscheidung, die Maddie mit Sicherheit wütend machen würde. Aber scheißegal. Wenn er nicht eingriff, würde sie gleich morgen früh zweifellos wieder in Aktion treten und ihren erschöpften Körper noch vor dem Probeessen am Nachmittag aus dem Bett und in die Praxis schleppen.

Das wird nicht geschehen! Aber was ist, wenn sie mich dafür hasst? Sie hält mich doch schon längst für ein Arschloch. Egal. So lange sie gesund bleibt.

Er steckte sein Handy in die Halterung am Armaturenbrett, weil er einige Anrufe tätigen wollte, und wendete sein Auto, um die Richtung einzuschlagen, in die er schon früher am Abend gefahren war.

Er grinste, als er einen schnellen Blick auf Maddie warf, bevor er die erste Nummer wählte. Dann bellte er Anordnungen ins Telefon, auch wenn es schon nach ein Uhr morgens war. Glücklicherweise war sein persönlicher Sekretär noch wach und nahm das Gespräch sofort an. Es passierte ja auch nicht jede Nacht, dass Sam seinen Sekretär zu dieser Stunde anrief; tatsächlich hatte er das noch nie um diese Uhrzeit getan, weshalb David annahm, dass die Anordnungen seines Chefs wichtig sein mussten.

Immer noch total abwesend schlummerte Maddie weiter und war sich der Tatsache nicht bewusst, dass sie nun einen Kurzurlaub antreten würde, ob sie nun wollte oder nicht.

Sam legte Maddie auf seine sauteure, feingewebte ägyptische Baumwollbettwäsche und beobachtete, wie sie sich in den weichen Stoff kuschelte und das Kissen mit einem zufriedenen Seufzer unter ihren Kopf zog – ein kehliger, erotischer Laut, der ihn beinahe um den Verstand brachte.

Nicht ein Tag vergeht, an dem ich mich nicht nach ihr verzehre, nicht seit ich sie zum ersten Mal gesehen habe.

Ja, schon damals wollte er sie besitzen. Ihre glänzende, flammende Mähne, aus dem Gesicht gehalten und über ihren Rücken herunterwallend, hatte seinen Blick magisch auf sich gezogen. Sein Schwanz hatte angefangen zu pulsieren, als sein Blick auf ihrem wunderschönen Gesicht landete, mit dieser ach-so-altmodischen Brille auf der Nase und diesen vor Verwirrung leicht gekräuselten kirschroten Lippen. Sie sah wie eine verdammt unartige Bibliothekarin aus. Seit diesem Tag war er jedes Mal sofort hart geworden, wenn er sie sah.

Was wohl aus ihrer Brille geworden ist?

Vorsichtig hob Sam eines ihrer Augenlider an, um sicherzugehen, dass sie keine Kontaktlinsen trug, die man abends hätte herausnehmen müssen. Er kicherte, als sie auf diese Störung mit einem ärgerlichen Grunzen reagierte. Zufrieden, dass sie ihre Augen mithilfe einer Laserbehandlung hatte korrigieren können, nahm er seine Hand von ihrem Gesicht und seufzte. Verdammt... er liebte es so sehr, ihr diese Brille von der Nase zu nehmen und sie dann atemlos zu küssen. Ein kleiner Teil von ihm bedauerte den Verlust, aber der größere Teil freute sich, dass sie sehen konnte und ihre verhasste Brille losgeworden war.

Er zog ihr die Tennisschuhe aus und ließ sie auf den Boden fallen. Er entschloss sich, sie in ihrem Krankenhauskittel schlafen zu lassen, der offensichtlich sauber und bestimmt bequem war.

Er begann, sich auszuziehen. Stück für Stück legte er seine Kleider ab, bis er nur noch in seinen Boxershorts dastand. Er umrundete das Bett, schlüpfte unter das Laken auf der anderen Seite und knipste die Nachttischlampe aus. Sein Körper verspannte sich. Das Bett war groß, aber nicht groß genug. War er total krank? Dies war ein unwirklicher Augenblick, eine Situation, von der er immer geträumt hatte, um den sich seine Fantasien drehten.

Du musst schlafen, Arschloch. Du passt auf sie auf. Wenn du nicht bei ihr bleibst, entwischt sie dir vielleicht, bevor du sie einfangen kannst.

Oh nein, zur Hölle. Auf keinen Fall würde sie morgen arbeiten. Dieser Schwachsinn musste gestoppt werden.

Er zog die Decke über sich und rollte sich Maddie zugewandt auf die Seite. Mein Gott, war sie schön. Alles an ihr war absolut perfekt. Unfähig, sich zu kontrollieren, streckte er die Hand aus und rutschte näher an sie heran, wie von einem Magneten angezogen. Er betastete ihre Locken und strich mit dem Handrücken über ihr zartes Gesicht. Der Raum wurde nur vom Mondlicht erhellt, aber es war hell genug, um ihre Umrisse zu erkennen. Als seine Hand über ihren Arm glitt, erzitterte sie und ihre Augenlider flatterten. Unruhig bewegte sie ihren Körper, rückte näher an ihn heran, rieb sich an ihm und presste sich an ihn. Dann schlang sie ihre Arme um seinen Nacken und kuschelte sich an seinen Körper, als ob sie dorthin gehörte.

»Sie gehört zu mir«, flüsterte er wild. »Wie könnte sie sich so verdammt wohlfühlen, wenn sie das nicht täte.«

»Sam?«, murmelte sie verwirrt.

Mit hämmerndem Herzen antwortete er: »Ja?«

»Ich hasse dich. Warum bist du hier?« Trotz ihrer ablehnenden Worte schmiegte sie sich an ihn und presste sich wie eine hitzesuchende Rakete gegen seinen heißen Körper.

»Ich weiß, mein Sonnenschein. Schlaf einfach!«, antwortete er ernst.

Er schlang seine Arme um sie. Sie mochte ihn vielleicht hassen, aber sie brauchte ihn jetzt. Und er war entschlossen, für sie da zu sein.

So wie ich immer für sie hätte da sein sollen. Verdammt, soviel ich weiß, ist sie nicht verheiratet. Außer sie hat geheiratet und ihren eigenen Namen behalten. Aber welcher Mann würde seine Frau so arbeiten lassen wie sie es tut? Eigentlich sollte sie schon ein halbes Dutzend Kinder haben.

Sam war überzeugt, dass es wenigstens einen Mann in ihrem Leben geben musste, und erschauderte bei dem Gedanken.

Mein. Sie gehört – verdammt noch mal – hierher zu mir.

Er schloss die Augen. Mit allen Sinnen sog er ihre Anwesenheit auf und gab sich ganz dem Gefühl ihrer Nähe hin, dem Gefühl, wie ihr Körper sich gegen seinen presste.

Qual. Ekstase. Alles gleichzeitig.

Dort lag er und lauschte Maddies gleichmäßigen, tiefen Atemzügen, die bewiesen, dass sie endlich zur Ruhe gekommen und in einen erholsamen Schlaf gefallen war.

Seltsamerweise folgte Sam ihr nur einige Augenblicke später in den Schlummer, sein Körper entspannt und zum ersten Mal seit Jahren völlig zufrieden.

Kapitel 3

Verwirrt erwachte Maddie am nächsten Morgen. Sie hatte fürchterliche Kopfschmerzen, wie bei einem ausgewachsenen Kater – aber sie hatte doch nicht mehr als ein Glas Wein getrunken.

Was zur Hölle ist passiert? Wo bin ich?

Sie strich sich die Haare aus dem Gesicht und blinzelte, als sie die Augen öffnete. Ihr Kopf war völlig benebelt.

Als sie neben sich ein männliches Stöhnen hörte, setzte sie sich ruckartig auf. Ihre Finger berührten heiße Haut und angespannte Muskeln, als sie gegen eine massige männliche Brust stieß.

Was zum Teufel...?!

Maddies Augen weiteten sich und innerhalb von Sekunden war sie hellwach, als sie den Körper neben dem ihren erkannte. »Hudson!«, kreischte sie. Sie lag mit gespreizten Beinen auf ihm, nachdem ihr Kopf zuvor auf seiner Schulter geruht hatte. »Nimm deine Hände von meinem Hintern!«

Mit seinen weit geöffneten Augen schoss er einen heißen, intensiven Blick auf sie ab, der sie beinahe verbrannte. Ihr Herz hämmerte heftig, während seine schimmernden grünen Augen sie verschlangen.

»Letzte Nacht hast du mich Sam genannt, Sonnenschein«, erzählte er ihr mit seichter, tiefer Stimme. »Und wenn du deinen Luxuskörper so verschwenderisch über meinem ausbreitest, solltest du damit rechnen, dass man deinen hübschen Arsch begrapscht. Ich bin nicht gerade ein Heiliger.«

Maddie erzitterte, als er ihren Hintern mit seinen starken Händen umfasste und ihr Geschlecht flach auf seinen erigierten Schwanz presste. *Letzte Nacht? Letzte Nacht?* Was genau geschah denn letzte Nacht? Sie dachte hektisch nach und versuchte, sich zu erinnern, ob sie und Sam... intim gewesen waren. Das Letzte, woran sie sich erinnerte, war, dass sie ihren Kopf auf den Schreibtisch gelegt und gedacht hatte, sie müsste ihre brennenden Augen einen Moment ausruhen. Und dann... nichts. »Ich kann mich nicht an letzte Nacht erinnern. Haben wir...« Sie stockte plötzlich, unfähig, Sam Hudson *diese* beschämende Frage zu stellen.

»Haben wir... gefickt?«, fragte er beiläufig. Ihm entwich ein bedrückter männlicher Seufzer, als er weitersprach: »Leider... nein, wir haben es nicht getan. Aber wenn wir es getan hätten, würdest du dich daran erinnern.«

Gott sei Dank!

Sie schwang ihre Beine über seinen Körper und kroch von ihm weg auf die andere Seite des Bettes. Während sie sich die störrischen Locken aus dem Gesicht wischte, warf sie ihm einen wütenden Blick zu. Sie trug immer noch den sauberen Kittel, den sie nach dem Duschen in der Praxis angezogen hatte. Aber er war nackt – wenigstens von der Taille aufwärts. Sie versuchte krampfhaft, diese wohlgeformte, mit hellem blondem Flaum bedeckte Brust zu übersehen, und vor allem diesen verlockenden Streifen, der von seinem Bauchnabel abwärts zu seinem...

Scheiße!

Mit Mühe wendete sie ihren Blick von ihm ab, ärgerlich auf sich selbst, dass sie über seinen maskulinen Körper in Verzückung geraten war. »Was ist passiert?«, fragte sie unvermittelt. »Warum bin ich hier?« Sie vermutete, sich in seinem Haus zu befinden, weil sie in seinem Bett aufgewacht war. Ein Bett, das, wie sie zugeben musste, verdammt schöne Bezüge hatte, und ein Schlafzimmer mit wunderschönen Möbeln.

Sam setzte sich auf und Maddie hielt den Atem an, als die Decke tiefer rutschte und sie ihren Blick zielsicher zurück auf seinen Waschbrettbauch richtete. Dann bemerkte sie das elastische Band tief auf seinen Hüften, der Beweis, dass er nicht komplett nackt war. Sie atmete aus und hasste sich selbst dafür, enttäuscht zu sein.

»Ich würde dir ja gern erzählen, dass ich in deine Praxis gekommen bin und du dich vor Lust nicht beherrschen konntest und mich angebettelt hast, dich zu ficken«, antwortete er, während seine heißen grünen Augen sich in ihr Gesicht und ihren Körper gruben. »Aber das war nicht der Fall, und nichts ist geschehen. Ich kam in dein Büro und du warst an deinem Schreibtisch eingeschlafen. Ich habe versucht, dich aufzuwecken, aber du warst so erschöpft, dass ich dich hierher und ins Bett gebracht habe.«

Vom Bett rutschend fragte sie: »Warum? Ich wäre schon wieder aufgewacht.« Sie stemmte die Hände in die Hüften, aufgebracht, weil er in ihre Praxis eingedrungen war. Schon wieder.

Er warf die Decke zurück, sprang auf und warf ihr einen gefährlichen Blick zu. »Verarschst du mich? Du warst vollkommen unzurechnungsfähig. Was, zur Hölle, hast du vor, Maddie? Willst du dich selbst umbringen, durch totale Erschöpfung? Keiner bricht so vollständig zusammen, außer vor Trunkenheit oder totalem Schlafentzug. Ist doch Scheiße«, brummte er und ging quer durchs Zimmer, um nach einem grauen Seidenbademantel zu greifen.

Sie öffnete den Mund, um ihm eine scharfe Antwort zu geben, schloss ihn aber gleich wieder, als sie ihn durchs Zimmer stolzieren sah. Gütiger Himmel, diese Muskeln – der Mann hatte einen Arsch, so knackig, dass sie jede seiner Bewegungen im Muskelspiel verfolgen konnte, jede einzelne Kontraktion und jede Entspannung. Ja, solch einen Hintern wollte wohl jede Frau einmal anfassen. Sams herrlicher Körper war von oben bis unten bestens trainiert. Er war so verdammt perfekt, so unbeschreiblich maskulin, dass es ihr den Atem raubte. Er hatte noch immer die hellen Narben auf dem Rücken, Streifen bestehend aus hellerer Haut, nach denen sie ihn schon vor Jahren gefragt hatte. Aber nie hatte sie eine einleuchtende Erklärung bekommen, wie er sie sich zugezogen hatte.

Als er in seinen Bademantel schlüpfte, drehte er sich um und gönnte ihr einen kurzen Blick auf seine Morgenerektion, die sich prall in seiner knappen Unterhose abzeichnete. Er fing ihren Blick mit seinen Augen auf und lächelte zynisch, während er frech eine Augenbraue hochzog.

Schau ihn nicht so an. Das ist Sam Hudson. Das unglaubliche Arschloch. Er mag unverschämt gut aussehen, aber sein Herz ist so schwarz wie Kohle.

Sie entzog sich diesem ärgerlichen smaragdgrünen Glanz seiner Augen und versuchte, sich zu erinnern, was sie sagen wollte. *Ach ja.* »Was ich tue, geht dich gar nichts an. Du hast kein Recht, mich aus meinem Büro zu entführen.«

Er schnaubte. »Du hast dich nicht wirklich beschwert. Du hast sogar deine Arme um meinen Hals geschlungen, als ich dich zum Auto getragen habe.«

Oh. Mist. »Du hast mich getragen?«

Warnend hob er eine Hand. »Fang jetzt nicht damit an! Dein Körper ist perfekt.« Mit grimmigem Gesicht fuhr er fort. »Was tust du überhaupt so viele Stunden in der Praxis? Du hast doch schon einen Vollzeitjob. Du kannst nicht so weitermachen und die Last von zwei Jobs tragen.«

»Das muss ich aber. Diese Menschen brauchen mich«, flüsterte sie. »Sie haben sonst niemanden, zu dem sie gehen können.« Maddie hatte vor fast einem Jahr ihre private Praxis aufgegeben, um als Krankenhausärztin zu arbeiten. Sie hatte gehofft, so mehr Zeit für die unentgeltliche Sprechstunde zu haben. Sie hatte nun zwar mehr freie Tage für ihre Arbeit in der Praxis, aber es war ein hartes Arbeitspensum und sie fühlte bereits die Belastung.

Sams Gesichtszüge wurden weich, als er sich ihr näherte. »Du kannst nicht die ganze Welt retten, Maddie. Du bist nur ein einzelner Mensch. Das wird Crystal auch nicht zurückbringen.«

Maddie zuckte zusammen. Die Erwähnung ihrer besten Kindheitsfreundin bereitete ihr immer noch Schmerzen. Crystal war im Alter von zehn Jahren an bakterieller Meningitis gestorben, weil sie nicht schnell genug behandelt worden war. Ihre von Armut geplagten Eltern waren nicht krankenversichert gewesen. *Das muss ich Sam vor Jahren erzählt haben und er erinnert sich immer noch daran.* Crystals unnötiger Tod war einer ihrer Gründe gewesen, warum sie Ärztin hatte werden wollen. Auch heute noch war es ihre größte Motivation, mit der Praxis weiterzumachen.

Sie lehnte sich gegen den dicken Bettpfosten und schaute zu ihm auf. »Glaubst du nicht, dass ich das weiß? Ich hatte da ein fünfjähriges Kind, dessen Erkrankung ich beinahe nicht rechtzeitig diagnostiziert hätte. Er war chronisch krank, müde und erschöpft. Es dauerte einige Zeit, alle Tests durchzuführen, weil ich nicht jeden Tag in der Praxis sein kann. Er hatte Typ-1-Diabetes. Er hätte sterben können.« Sie legte ihren Kopf zurück und starrte an die Decke. Sie dachte daran, was hätte passieren können, wenn sie nicht doch noch die richtige Diagnose gefunden hätte. »Ich muss so viel Zeit wie möglich dort verbringen.« Der Vorfall mit Timmy hatte ihr Angst eingejagt und sie dazu gebracht, sich noch härter zu fordern. Was wäre, wenn es dort noch einen weiteren Fall wie diesen gäbe und sie ihn nicht rechtzeitig würde behandeln können?

Sam rückte näher an sie heran und presste seinen starken Oberkörper gegen sie, sodass sie zwischen seinem kraftvollen Körper und dem Bettpfosten eingezwängt wurde. Er legte ihr seine Finger unter das Kinn und hob ihren Kopf, bis sie ihm in die Augen blickte und sein intensiver, durchdringender Blick den ihrigen traf. »Er ist nicht gestorben, weil du dort warst. Aber du hilfst den Armen nicht dadurch, dass du dich völlig erschöpfst. Es gibt eine Grenze für das, was du tun kannst.«

»Ich brauche…«

»Du brauchst eine Pause. Du musst voll funktionsfähig sein, um den Kranken dein Bestes geben zu können«, erklärte er ernst. »Ich kenne dich, Maddie. Du warst schon ein Kreuzritter, als wir noch jünger waren. Du kannst nicht die ganze Welt retten. Du kannst immer nur einem Menschen helfen und hoffen, damit etwas zu verändern.« Er zog sie in seine Arme, drückte ihren Kopf an seine

Brust und strich über ihr Haar. »Ich wusste immer, dass du eine phänomenale Ärztin sein würdest. Aber du wirst deine Seele an diese Arbeit verlieren, wenn du es zulässt. Du trägst die Verantwortung für die ganze Welt auf deinen Schultern. Das hast du immer schon getan.«

Maddie seufzte und gönnte sich einen Moment der Entspannung in der Umarmung dieses starken, männlichen Körpers. Sie fühlte sich geborgen und vergaß für einen kurzen Moment, dass sie Sam Hudson hasste. »Ich weiß nicht, was ich tun soll«, gab sie zu. Wirklich. Sie war so hin- und hergerissen zwischen der Notwendigkeit zu überleben, jeden Monat alle Rechnungen zu bezahlen und ihrer Verzweiflung, den Menschen helfen zu wollen, die wirklich ihre Hilfe brauchten, sie sich aber nicht leisten konnten.

»Ich mache dir einen Vorschlag«, antwortete Sam und fuhr beruhigend mit seiner Hand über ihren Rücken.

»Was?« Sie stemmte sich gegen seine Brust und blinzelte neugierig zu ihm auf.

»Wir können beim Frühstück darüber reden. Ich habe Hunger«, antwortete er gleichmütig.

»Nein, ich muss duschen und dann in die Praxis. Mist! Ich habe keine frische Kleidung hier. Ich werde denselben Kittel anziehen müssen und…«

»Du wirst alles, was du brauchst, im großen Badezimmer finden. Mein persönlicher Sekretär hat einige Sachen für dich hergebracht.« Er ging in Richtung einer Tür auf der anderen Seite des Zimmers. »Ich werde das andere Badezimmer benutzen. Wir treffen uns in der Küche.«

»Ich habe dir schon gesagt, dass ich gehen muss. Ich habe heute einige Termine«, antwortete sie störrisch und ging quer durch den Raum in Richtung Badezimmer.

»Die hast du nicht«, antwortete er und zog einige Kleidungsstücke aus dem Schrank.

»Ich habe bis zum Probeessen für die Hochzeit einen vollen Terminkalender«, informierte sie ihn ungehalten. Wirklich, dachte er, sie sei so daneben, dass sie ihre Termine vergessen hätte?

»Hast du nicht. Deine Praxis wird für eine Weile von einem anderen Arzt betreut, mit Unterstützung einiger Krankenschwestern.« Er ließ diese Information fallen, als er schon nach der Klinke der Zimmertür griff.

»Was? Wie? Warum?« Maddie wusste, sie stotterte, aber sie hatte nicht die geringste Ahnung, was er da gerade meinte.

Er öffnete die Tür und drehte sich zu ihr herum, seine Miene düster, seine Augen grollend. »Es geschah auf meine Anordnung und auf meine Veranlassung hin.«

»Du kannst nicht einfach meine Praxis übernehmen, Hudson! Oder in diesem Fall mein Leben«, schnappte sie wütend.

»Irgendjemand musste es tun. Der Jemand war ich, Sonnenschein. Und das ist erst der Anfang. Wir treffen uns unten.« Er drehte sich um und schloss die Schlafzimmertür hinter sich.

Maddie kochte vor Zorn, als sie ins Badezimmer ging. Am liebsten würde sie ihn in den Arsch treten und zum Teufel jagen. Aber darauf musste sie sich gut vorbereiten. Er hatte sie gerade so wütend gemacht, dass sie nicht sehr effektiv darin sein würde, ihn fertigzumachen.

Wer zum Teufel leitete gerade ihre Sprechstunde? Kümmerten die sich ordentlich um die Leute dort? Verflucht!

Sie stieg aus ihrem Kittel und der Unterwäsche und faltete sie zu einem Bündel, das sie mitnehmen konnte, wenn sie ging, was sie sofort tun wollte, nachdem sie Sam Hudson die Meinung gesagt hatte.

Sie brauchte einen Moment, um herauszufinden, wie man seine ausgefallene Dusche bediente. Diese hatte mehrere Duschköpfe, die das heiße Wasser über jeden einzelnen ihrer Muskeln pulsieren ließen und ein dekadentes Vergnügen boten. Sie verkniff sich ein genießerisches Stöhnen, als sie ihre Haare wusch und ihren Körper abschrubbte. Sie war nicht übermäßig überrascht, in seiner Dusche weibliches Duschgel und Shampoo zu finden, und versuchte, nicht an die Scharen von Frauen zu denken, die hier in diesem abgeschiedenen Raum wahrscheinlich mehr mit Sam getan hatten, als nur zu duschen. Maddie drehte den Duschhahn zu, griff nach einem herrlich flauschigen Handtuch, rieb ihren Körper trocken und trug eine Körperlotion auf, die sie zwischen den zahlreichen weiblichen Toilettenartikeln fand, die ordentlich aufgereiht die Regale füllten.

Überall waren Kleidungsstücke aufgestapelt – Frauenkleidung. Und jedes einzelne Stück war noch mit einem Preisschild versehen. Sie dachte genauer nach; alles, was sie geöffnet hatte, war brandneu gewesen, einschließlich des Shampoos und des Conditioners, die sie benutzt hatte.

Sie untersuchte ein Paar Jeans und bemerkte, dass sie ihre Größe hatten, so wie alle anderen Kleidungsstücke auch, jedes einzelne Stück lag in ihrer kleinen Größe vor. Sogar die neue Unterwäsche hatte ihre Größe – nur entsprach kein einziges Teil so ganz ihrem Geschmack. Die Unterwäsche war geradezu dekadent, ein Hauch aus Seide und Spitze. Die Jeans saßen auf der Hüfte und waren enger geschnitten als die, die sie normalerweise trug. Als sie hineinschlüpfte, schlossen sie sich eng um ihre Kurven und die Pobacken. Sie ignorierte ihr Bild im Spiegel und zog sich ein Oberteil über ihren Kopf. Es war ein T-Shirt, aber es war sehr kurz und spannte über ihrer Brust.

Oh, zur Hölle damit. Egal, in der Praxis ziehe ich mich auf jeden Fall um.

Sie bürstete ihr unbändiges Haar mit einer brandneuen Haarbürste, die sie erst aus der Packung befreien musste.

Keine Haarspangen.

Obwohl sie sich durch all diese neuen Lotionen, Gels, Haarsprays und weitere aufgereihte Toilettenartikel arbeitete, fand sie absolut nichts, um ihre lockige Mähne zu bändigen. Maddie wusste, dies war Absicht, bei all der Sorgfalt, die Sam hier dem Detail hatte zukommen lassen. Er hatte es niemals gemocht, wenn sie ihr Haar zurückgebunden hatte.

Sie öffnete einen der Arzneischränke und lächelte zynisch, als sie eine Packung Kondome herausnahm.

Extra groß.

Maddie hätte glauben mögen, dass es einer Art Wunschdenken entsprungen war, dass Sam diese Größe ausgewählt hatte, aber sie wusste, dass dem nicht so war. Oft genug hatte sie seine an ihren

Körper gepresste Erektion gespürt, um zu wissen, dass er kräftig gebaut war.

Sie wickelte eines aus, riss den verdickten oberen Ring ab und warf den Rest in den Mülleimer.

Perfekt.

Der Gummiring war elastisch genug, um die Lockenmasse in einem Pferdeschwanz im Nacken zusammenzuhalten.

Alles, was sie noch brauchte, war ein Kaffee und sie würde sich wieder wie ein Mensch fühlen. Sie holte ihre Schuhe und trottete die Treppe hinunter, ohne eine Ahnung zu haben, wo die Küche sich befinden könnte. Als sie am Fuß der Treppe ankam, schaute sie sich um und betrachtete bewundernd die hohe Decke und das lichte Dekor, die sie an eine Kathedrale erinnerten. Das bunte Farbenspiel ließ alles heller, luftiger und heiterer erscheinen.

Sie wusste, dass Sams Haus riesig war, groß genug, um eine Hochzeitsgesellschaft zu bewirten und zu beherbergen. Zu ihrer Linken sah sie ein großes Wohnzimmer, zur Rechten einen breiten Korridor. Sie vermutete die Küche eher auf der rechten Seite und wandte sich in diese Richtung, um die ersehnte Kaffeemaschine zu finden. Sie brauchte ihr Koffein regelmäßig und dringend. Die Kopfschmerzen hatten sich zwar auf ein erträgliches Maß reduziert, aber ihre Sucht nach Koffein half auch nicht gerade. Sie ignorierte einige kleinere Flure und folgte dem offensichtlichen Hauptkorridor, der in die Küche führen musste.

Ja! Endlich!

Da war ein großer gewölbter Durchgang, der zu einer Küche führte, die jeden professionellen Küchenchef vor Neid hätte erblassen lassen. Und dort, vor dem Herd, stand Sam. Seine Locken hatten gerade begonnen, sich nach dem Duschen zu kringeln. Er trug eine knappe Designerjeans und ein Polohemd.

Maddie beobachtete, wie er geschickt zwei Teller füllte, als ob er jeden Tag kochen würde. Nervös blickte sie zu ihrer Handtasche, die auf der Anrichte lag. Einige Papiere, die sie nachlässig in die Seitentasche gestopft hatte, schauten nun unter der Tasche hervor.

Sie schlich zur Anrichte, zog die Papiere unter ihrer Tasche hervor, faltete sie, steckte sie in das Hauptfach und schloss sorgfältig den Reißverschluss.

»Ich habe sie schon gesehen. Die Papiere sind aus deiner Tasche gefallen, als ich dich gestern Abend ins Haus getragen habe. Heute Morgen habe ich sie auf dem Boden gefunden.« Seine Stimme klang gedämpft und bedrohlich.

»Hast du sie gelesen?« Mit verschränkten Armen und einer Hüfte gegen die Anrichte gelehnt warf sie ihm einen bösen Blick zu.

»Nicht absichtlich. Aber ich habe sie geöffnet, um nachzusehen, um was es geht. Ich dachte, es seien meine eigenen Papiere, die ich hatte herumliegen lassen.« Er stellte die zwei Teller auf den Küchentisch und zog einen der Stühle hervor. »Du wirst das nicht tun, Maddie! Nicht jetzt. Niemals«, erklärte er hartnäckig. »Und jetzt iss!« Er stellte einen großen Becher Kaffee neben ihren Teller; allein der Geruch ließ ihr das Wasser im Munde zusammenlaufen.

»Im Moment werde ich es nicht tun. Ich kann es nicht bezahlen und es ist auch nicht fair, ein Kind in die Welt zu setzen, nur weil ich egoistischerweise eines haben möchte. Ich arbeite zu viele Stunden, was für ein Baby bestimmt nicht gut ist. Ich kann in der Zukunft eines adoptieren. Es war jetzt nur so ein Gedanke.« Maddie war vierunddreißig Jahre alt und wurde dieses Jahr fünfunddreißig. Sie wollte sich nur über die Möglichkeit einer künstlichen Befruchtung informieren. Wahrscheinlich würde sie niemals heiraten, aber sie wünschte sich so sehr ein Kind. Als sie noch jünger war, hatte sie sogar auf mehr als eines gehofft.

Gerade wollte sie sich dem Tisch zuwenden und nach dem Kaffeebecher greifen, doch bevor sie auch nur einen Schritt machen konnte, riss Sam ihr die Arme herunter und drückte ihren Rücken gegen die Anrichte und ihren Hintern gegen das unnachgiebige Holz. Seine muskulösen Arme rechts und links neben ihrem Körper hielten sie in der Falle. »Sag mir nur warum? Warum willst du so etwas tun? Warum bist du nicht verheiratet? Warum hast du nicht schon längst Kinder auf dem normalen Weg bekommen?«, brummte er. Mit blitzenden Augen und stark angespannten Kiefermuskeln sah er auf ihr Gesicht hinab.

Sie warf ihm einen flammenden Blick zu und antwortete mit erneut aufwallendem Zorn: »Weil ich dann Sex haben müsste und das mag ich nicht.«

»Du magst keinen Sex? Mit keinem deiner Partner?«, fragte er verwirrt.

»Partner? Ich hatte einen Freund. Hab es versucht, mochte es nicht, hab es nie wieder gemacht. Lance hat gesagt, ich sei keine sexuell betonte Frau, und da muss ich ihm wahrscheinlich zustimmen. Erst nach ein paar Drinks konnte ich ihn ranlassen.«

»Und du hast ihm geglaubt? Er hat dir gesagt, das sei dein Problem, und du hast ihm das abgekauft, Maddie? Das ist Schwachsinn. Du bist die erotischste Frau, die ich jemals zu Gesicht bekommen habe. Und ich weiß zufällig, dass du Sex lieben wirst. Du hast nur noch nicht den richtigen Mann getroffen.«

»Das macht nichts. Ich habe nicht das Bedürfnis, es noch einmal zu versuchen, deshalb habe ich mich auch nach künstlicher Befruchtung erkundigt«, antwortete sie, während sie sich zu befreien versuchte.

»Wenn da irgendeine Befruchtung durchzuführen ist, werde ich das tun. Und bestimmt nicht in einer sterilen Umgebung mit der Petrischale. Alles, was du brauchst, ist ein Mann, der dich bis zum Wahnsinn bringen will. Und so einer wäre ich«, raunte er und näherte seinen Mund dem ihren.

Maddie schlug fieberhaft mit den Fäusten gegen seine Brust, um ihm zu entkommen. Aber in dem Moment, als seine Lippen die ihren einfingen, begann ihr Herz doch, wild zu hämmern. *Oh Gott.* Ja, Sam konnte sie schon mit einem bloßen Kuss in Brand setzen wie kein anderer Mann, aber der sexuelle Akt war etwas ganz Anderes. Ihre Hände klammerten sich an seine Schultern, als seine Zunge in ihren Mund glitt, um ihr einen dieser frechen Küsse zu verpassen, die sie immer so schwach machten und unfähig, sich zu wehren. Kapitulierend presste sie ihre Zunge gegen seine, als er immer und immer wieder in ihren Mund eindrang. Ihre Muschi floss über und sie seufzte gegen seine Lippen; ihr ganzes Dasein wurde von Sam aufgesaugt, als er ihren Mund mit einer Dominanz in Besitz nahm, die ihr den Atem raubte.

Seine endlosen Küsse hörten nicht auf, einer ging in den anderen über, und die Umarmungen wurden immer intensiver. Seine großen Hände glitten unter ihr T-Shirt, entlang der Haut auf ihrem Rücken und über ihren Bauch, um schließlich durch den dünnen BH ihre Brüste zu umfassen. Mit den Daumen strich er über ihre sensiblen Nippel und umrundete sie mit quälend langsamen Kreisbewegungen. Dann bog er Maddies Oberkörper zurück, um mit geschickten Fingern den Verschluss ihres BHs zu lösen. Seine rauen Finger griffen gierig nach ihren nackten Brüsten und liebkosten sie mit den Händen.

Ja. Ja. Ja.

Nun löste er seine Lippen von ihrem Mund. Sein Atem ging keuchend, als er ächzte: »Schling deine Beine um meine Taille, Maddie!«

Sie wollte ihn so sehr, dass sie nicht daran dachte, sie könnte zu schwer sein, sondern machte einfach das, was er ihr gesagt hatte, und legte ihm ihre Arme um den Hals und schloss ihre Beine um seine Hüften. Hemmungslos rieb sie sich an seinem mächtigen, harten Schwanz und seufzte leise, als sie den Druck auf ihr Geschlecht spürte.

Ungeduldig bewegte sich Sam zur Frühstücksbar und legte sie mit dem Rücken auf die kalten Fliesen. Da ihr Rücken nun von der festen Unterlage gestützt wurde, beugte er sich auf sie herab und zog ihr das T-Shirt hoch und aus dem Weg, um sich an ihren nackten Brüsten zu ergötzen. Er saugte und leckte an ihren Nippeln und biss schließlich vorsichtig hinein, bis Maddie ihn jammernd bei seinem Namen rief. »Sam. Oh mein Gott. Sam.«

Frustriert vor unerfüllter Leidenschaft warf sie ihren Kopf von einer Seite auf die andere. *Mehr.* Sie brauchte mehr. Brennend vor Verlangen hob sie ihre Hüften, um ihre triefendnasse Muschi an seiner mächtigen Erektion zu reiben.

»Du bist so verflucht hübsch, Maddie. So bereit für mich.« Seine Hand fummelte an dem Knopf ihrer Jeans, bis dieser sich öffnete, und er zog schnell den Reißverschluss herunter. Als er sich etwas aufrichtete und sein Mund sich von Maddies Brüsten löste, schluchzte sie fast vor Enttäuschung. Doch seine Hand glitt nun zwischen ihre erregten Körper und in ihren Slip, um mit kundigen Fingern verwegen in ihre feuchten Tiefen einzudringen, bis er ihre Klitoris fand.

»Sam, ich halte das nicht aus. Ich kann nicht.« Ruckartig bog sie ihren Kopf zurück, als er das Bündel erregter Nerven umkreiste und so ihr Verlangen bis ins Unerträgliche steigerte, bis sie darum bettelte, ihr den ersehnten Orgasmus zu verschaffen.

»Du bist so verdammt feucht. Nimm dir, was du brauchst!«, gab er grob zurück.

»Ich brauche dich«, japste sie und erkannte plötzlich, dass sie diesen mächtigen Schwanz in sich haben wollte, dass er sie in Besitz nehmen sollte.

Seine Finger beherrschten ihre Muschi meisterhaft und strichen über die empfindliche Knospe, gerade fest genug, um sie zum Wahnsinn zu treiben. »Komm, Maddie! Ich will dich kommen sehen.«

Als ob sie seinem Befehl gehorchen würde, explodierte sie im selben Moment, als er den Druck seiner Finger auf ihre Klitoris verstärkte. Sie erzitterte mit einem gequälten Schluchzer.

Dann drang Sam mit einem Finger in sie ein, während er weiter ihre Klitoris streichelte. »Fuck. Ich liebe es, dich kommen zu fühlen. Ich wünschte, du würdest genau jetzt um meinen Schwanz herum kommen.«

Als sich ihr feuchter Tunnel um seinen Finger schloss, wünschte auch sie sich, es wäre sein Schwanz. Ihr ganzer Körper zitterte, sie musste nach Atem ringen und ihr Herzschlag dröhnte in ihren Ohren.

Sam zog die Hand aus ihrem Slip und drückte Maddie fest an seine Brust. Die Beine noch um seinen Leib geschlungen ruhte ihr Kopf auf seiner Schulter. Was zum Teufel war gerade geschehen? Sicher, sie hatte sich schon selbst zum Orgasmus gebracht. Aber niemals war es so gewesen. »Oh Gott, was habe ich getan?«, flüsterte sie, mehr zu sich selbst, und fühlte das nahende Verhängnis, wusste sie doch, dass ihr Leben niemals mehr das gleiche sein würde.

Kapitel 4

Offensichtlich hatte Sam ihre geflüsterte Frage gehört. Er beugte sich zurück und sah sie böse an. »Du bist gekommen. Heftig. Also erzähl mir nicht, du magst keinen Sex, Maddie! Du magst ihn mit mir. Nur mit mir.« Sie lehnte sich zurück und beobachtete ihn dabei, wie er ihre Sahne genießerisch von seinen Fingern leckte, mit geschlossenen Augen und einem Ausdruck der völligen Verzückung auf dem Gesicht. »Fuck! Ich werde niemals mehr deinen Geruch und deinen unglaublichen Geschmack vergessen können. Ich hätte dich mit meiner Zunge zum Orgasmus bringen sollen.« Er stieß diese Worte hervor, während er weiter an seinen Fingern leckte und einen teuflisch erotischen Anblick bot. »Nun will ich dich schmecken. Alles an dir.« Plötzlich öffnete er die Augen und traf sie mit seinem heißen Blick, sodass sie schon wieder feucht wurde und ihren Slip völlig durchnässte.

Sie windete sich und löste ihre Beine von seiner Taille. Dann gab sie ihm einen Stoß vor die Brust. Aber er griff nach ihrem Hintern und ließ sie vorsichtig an seinem erregten Körper auf den Boden herabgleiten. Verlegen drehte sie ihm den Rücken zu und schloss BH und Jeans. Sie musste nun wirklich ihr Höschen wechseln. »Ich komme gleich wieder«, nuschelte sie verschämt, weil sie nicht wusste, was sie sagen sollte.

»Hey«, Sam erwischte sie am Arm und drehte sie zu sich herum. »Du bist ja ganz rot geworden. Du schämst dich doch nicht, oder?« Schweigend nickte sie.

»Warum? Das solltest du nicht. Das war das Erotischste, was ich jemals gesehen habe«, versicherte er ihr, während er mit seinen Händen ihre nackten Arme streichelte.

»Ich… ich… ich tue so etwas nicht. Ich reagiere normalerweise nicht so.« Oh, Mist. Sie stammelte. »Wir hassen einander.«

Er fasste sie an den Oberarmen und drückte sie leicht. »Du magst mich vielleicht hassen, aber ich habe dich niemals gehasst, Maddie. Niemals.« Er führte sie zu einem Stuhl und bedeutete ihr, Platz zu nehmen. »Setz dich! Ich kümmere mich um unser Essen.«

Nachdem sie einige Ibuprofen aus ihrer Tasche geholt hatte, setzte sie sich hin. Ihr Körper und ihr Geist waren immer noch betäubt. Gierig griff sie nach dem Kaffee, steckte sich die Kopfschmerztabletten in den Mund und spülte fast die Hälfte des lauwarmen Kaffees hinterher, bevor sie sich eine Pause gönnte.

Einige Augenblicke später stellte Sam die aufgewärmten Teller vor sie hin. »Iss etwas, Maddie! Möchtest du noch Kaffee?«

Sie schüttelte den Kopf. »Vielleicht später.«

Eine Weile blieb er so stehen und schaute auf sie herunter, bevor er anfing, mit ihren Haaren zu spielen. Als er den elastischen Gummiring seines Kondoms berührte, entfuhr ihm ein lautes, männliches Lachen. »Sehr kreativ, Sonnenschein.«

Schmunzelnd sah sie zu ihm auf. »Das finde ich auch. Ich bin froh, dass du ein ›Extra Großer‹ bist, sonst hätte es womöglich nicht gereicht, all meine Haare zusammenzubinden.«

»Dafür gibt es aber eine bessere Verwendung«, konterte er leichthin und setzte sich zu ihr.

Maddie verzichtete auf einen Kommentar und beobachtete ihn, wie er gierig seine Eier mit Schinken und Kartoffeln in sich hineinschaufelte und dabei immer noch tadellos aussah. Niemand würde glauben, dass er ihr gerade den unglaublichsten Orgasmus ihres Lebens geschenkt hatte, und das nur mit seinen talentierten Fingern und seinem geschickten Mund.

Sie erschauerte und griff mit ihren leicht zitternden Fingern nach der Gabel. Langsam begann sie zu essen. Eigentlich hatte sie gar kein rechtes Interesse daran. Aber dann wurde sie schneller und leerte ihren Teller bis zum letzten Bissen. »Gott, das war köstlich. Ich wusste gar nicht, dass du kochen kannst.«

Er grinste unverschämt. »Du hast mich nie danach gefragt. Und als wir zusammen waren, hatte ich damit nicht viel am Hut. Meine Mutter hat versucht, uns beiden, Simon und mir, das Kochen beizubringen. Bei mir hatte sie Erfolg und ich habe gelernt, Gefallen daran zu finden. Bei Simon war das anders.«

Damals hatte Sam eigentlich nur Fertiggerichte aufgewärmt, weil der Herd in seinem kleinen Apartment nicht funktioniert hatte. Und doch war er recht talentiert. Es war das beste Frühstück, das sie seit langem bekommen hatte, auch wenn es nur aufgewärmt worden war. »Kara hütet sich davor, Simon in die Küche zu lassen.« Maddie musste lachen, als sie sich an die beiden Gelegenheiten erinnerte, an denen Simon versucht hatte zu kochen. Beide Versuche endeten in einem Albtraum. Einmal hatte er sogar den Feueralarm ausgelöst, so viel Rauch war in der Küche entstanden.

Sam legte Gabel und Serviette auf seinen leeren Teller und widmete sich seinem Kaffee. »Das ist etwas sonderbar, weil eigentlich immer Simon der Kreative war.«

Erstaunt sah Maddie ihn an und griff nach ihrer Kaffeetasse. »Das ist nicht wahr. Du bist brillant.« Ja, Sam war, was Frauen anging, vielleicht ein triebgesteuerter Hund, aber er war ein unglaublich guter Geschäftsmann. Obwohl sie das niemals zugegeben hätte, hatte sie die Expansion seiner Firma verfolgt. Sam hatte die Aufgabe übernommen, Simons Computerspiele auf ein gehobenes Niveau zu bringen. Dann hatte er weitergemacht und Hudson ins Immobiliengeschäft und andere Branchen eingeführt. Er hatte das Unternehmen zu einem der differenziertesten und mächtigsten der Welt gemacht. Simon war immer noch der Kopf der Abteilung, die die

Computerspiele entwickelte, aber Sam war hauptsächlich für ihren Milliardärstatus innerhalb der anderen Branchen verantwortlich.

Sam zuckte die Achseln. »Ich habe alles nur umgesetzt. Simon war immer das Gehirn der Firma.«

»Glaubst du das im Ernst? Ich weiß, er hat die zündenden Designs entworfen, aber wer hat sie verkauft und vermarktet? Und wer hat die Investitionen getätigt und die anderen Vertriebskanäle erschlossen? Er mag der brillante Entwickler der Computerspiele sein, aber du bist das Geschäftsgenie. Beides brauchtet ihr, um die Firma aufzubauen.«

Sam nahm einen Schluck Kaffee und stellte dann den Becher auf dem Tisch ab. Er warf ihr einen amüsierten Blick zu. »Madeline, wenn ich es nicht besser wüsste, würde ich meinen, du hättest mir gerade ein Kompliment gemacht.«

Sie rollte mit den Augen. Dann stand sie auf und beschäftigte sich mit dem benutzten Geschirr, spülte die Teller unter fließendem Wasser und räumte sie in die Spülmaschine. »Ich sage nur die Wahrheit. Ich sehe das so. Vielleicht mag ich das Meiste an dir nicht, aber ich kann nicht leugnen, dass du erfolgreich bist.« *Unglaublich erfolgreich!*

Sam half ihr, das restliche Geschirr einzuräumen. Dann füllte er ihre Kaffeebecher auf und stellte sie auf den Tisch. »Wir müssen reden, Maddie.«

»Im Moment muss ich nur nach Hause. Ich muss mich frischmachen und für das Probeessen zurück sein«, sagte sie leichthin, weil sie gar nicht hören wollte, was auch immer er zu sagen hatte. Seine Stimme klang zu ernst, gar nicht wie der Sam, den sie kannte, und das machte sie schwach vor Verlangen, vor Sehnsucht nach etwas, das niemals wieder geschehen durfte.

»Du hast genügend Kleider hier. Setz dich!«, befahl er grollend und mit einem unnachgiebigen Gesichtsausdruck.

Anstatt sich hinzusetzen, griff Maddie nach ihrem Kaffeebecher und beäugte Sam vorsichtig. »Sprich einfach aus, was immer du mir zu sagen hast. Du hast in meinem Leben nichts zu bestimmen und schon gar nicht, was ich zu tun habe, aber ich werde dir zuhören. Doch danach muss ich gehen.« Dies schien der schnellste Weg zu sein, um von ihm wegzukommen. Sie musste sich dringend von der Gegenwart des heißesten Mannes, der ihr je begegnet war, befreien. Sofort.

»Heute gehst du nirgendwohin. Oder morgen. Oder übermorgen«, bestimmte er grollend, nahm ihr die Kaffeetasse aus der Hand und stellte sie zurück auf den Tisch. »Du wirst dir einige Zeit freinehmen, während der du dir meinen Vorschlag überlegen kannst.«

Sie verschränkte die Arme vor der Brust und fragte vorsichtig: »Und das wäre?«

»Ich will, dass du deinen Krankenhausjob aufgibst und ganztags als bezahlte Ärztin in der Praxis arbeitest. Ich werde dein Gehalt auf eine halbe Million jährlich festsetzen, und du kannst tagsüber die ganze Zeit dort arbeiten. Aber ich will, dass du vor dem Dunkelwerden die Praxis verlässt und nicht mehr als fünf Tage in der Woche arbeitest. Das wird dir mehr Zeit für die Praxis lassen, ohne den Stress, zwischen zwei Jobs zu jonglieren.« Er warf ihr einen gereizten Blick zu.

»Es ist eine kostenlose Sprechstunde. Ich kann kein Gehalt annehmen«, antwortete sie verwirrt.

»Das läuft über Spenden. Ich kann meine Spendenzahlung erhöhen und dein Gehalt übernehmen. Ich habe viele Kontakte, die mehr als bereit sein werden, dich zu unterstützen. Ich muss sie nur anrufen.« Er zog eine Augenbraue in die Höhe, als ob er sie herausfordern würde, etwas dagegen einzuwenden.

Offensichtlich hatte er Kontakte, andere reiche Geschäftsleute, die ihr helfen könnten, die Kosten der Praxis zu decken. *Oh Gott.* Wie schön es doch wäre, jeden Tag in der Praxis sein zu können, an einem Ort, an dem sie wirklich das Leben von Menschen verbessern konnte. Sie liebte ihren Krankenhausjob und es war erfüllend, die Menschen dort zu behandeln. Trotzdem war es nicht das Gleiche wie Menschen zu helfen, die sich medizinische Hilfe nicht leisten konnten. Und es gab eine Menge anderer Ärzte, die gern ihren Job im Krankenhaus übernehmen würden. Doch für ihren Job in der Praxis... nun, da gab es nicht so viele.

»So viel Geld ist meine Arbeit nicht wert. Ich bin nur eine Allgemeinmedizinerin. Normalerweise rangiere ich nicht in dieser Gehaltsklasse.« Im Ernst, überlegte sie sich wirklich, sein Angebot anzunehmen? Mist! Er hielt ihr ein Bonbon vor die Nase, dem sie nicht widerstehen konnte.

Das hier ist Sam Hudson, Maddie. Sei vorsichtig!

Die Sache war nur, sie wollte nicht wirklich vorsichtig sein. Sie wollte sich diese Gelegenheit nicht entgehen lassen. »Wo ist der Haken?«, fragte sie vorsichtig. »Dabei springt nichts für dich heraus, außer einer größeren Steuervergünstigung, wenn du die Praxis als eine gemeinnützige Organisation deklarierst. Warum solltest du dir für meine Praxis so viele Umstände machen?«

»Ich werde jeden Tag die Gewissheit haben, dass du unbeschädigt und vor Einbruch der Dunkelheit die Praxis verlassen hast. Ich werde wissen, dass du genügend Schlaf und Nahrung bekommst.« Er zuckte mit den Achseln. »Die Bedingungen stehen. Du arbeitest nur bis zum Einbruch der Dunkelheit und nicht mehr als fünf Tage in der Woche.«

Er manipulierte sie, und das gefiel ihr überhaupt nicht. Egal, es war ihr unmöglich, sein Angebot abzulehnen, war es doch das, was sie sich immer gewünscht hatte. »Dann setze mein Gehalt herab. Ich werde es kaum für festes Personal benötigen. Ich brauche nur so viel, dass ich mein Studentendarlehen und die Hypothek bezahlen kann, zuzüglich einiger kleinerer Aufwendungen.«

»Nein. Das Gehalt wird dir voll ausgezahlt werden, und ich werde dein Studentendarlehen übernehmen. Außerdem werde ich dafür sorgen, dass die Spenden ausreichen, um Personal zu bezahlen und moderne Geräte anzuschaffen.« Er verschränkte die Arme vor der Brust und sein Gesicht schien wie in Stein gemeißelt.

Sie waren dabei, ein Geschäft auszuhandeln, aber Maddie hatte das Gefühl, dass er jedes Mal, wenn sie den Mund öffnete, ihr noch *weitere Vorteile* anbot. »Warum machst du das? Sei ehrlich!«

»Ich tue es für dich«, antwortete er und bohrte seinen Blick in ihre Augen. »Und teilweise für mich selbst«, gab er widerstrebend zu.

»Unterzeichnen wir einen Vertrag?«, fragte sie, weil sie wissen wollte, ob sie juristisch abgesichert sein würde. Sie wollte ja gern glauben, dass Sam ehrlich zu seinem Wort stehen würde, aber sie wollte nie wieder von ihm hintergangen werde. Einmal an gebrochenem Herzen zu leiden, war mehr als genug. Einst hatte sie ihm bedingungslos vertraut, aber er hatte alles zu Scherben geschlagen, sodass sie nun all seinen Angeboten misstraute.

»Nein. Nicht, wenn du mein Angebot in allen Punkten akzeptierst«, knurrte er mit heiserer Stimme.

»Was gibt es noch?« Was konnte er noch wollen?

»Ich will, dass du schwanger wirst«, sagte er barsch. »Du wirst ein Kind haben können und ich will derjenige sein, der es dir macht. Ich will nicht, dass du den Samen eines anderen Mannes in dir trägst.«

Maddie schnappte nach Luft und ihr Herz raste. War der Kerl verrückt geworden? »Du willst mir dein Sperma spenden?«

»Zum Teufel, nein! Oder doch… will ich… aber wir machen es auf die althergebrachte Weise. Ich bin gern bereit, es so lange zu versuchen wie nötig. Jeden Tag. Fünfmal am Tag. Oder bis du um Gnade flehst, aber auch dann bin ich nicht sicher, ob ich aufhören werde.« Er zog sie an sich, löste ihr Haar und begann, besitzergreifend in ihrer Lockenmasse zu wühlen.

Verwirrt wirbelten die Gedanken durch Maddies Kopf. Ihr Herz hämmerte so hart gegen ihren Brustkorb, dass sie hätte schwören können, es würde ihr das Brustbein sprengen.

»Das bedeutet Sex. Viel Sex. Ungeschützten Sex.« Oh, zur Hölle, nein! »Ich mag keinen Sex und du bist eine männliche Hure, Sam. Du kannst es nicht eine Woche ohne eine andere Frau aushalten. Ich würde dir nicht reichen. Und ich will definitiv nicht irgendwelche Krankheiten mit deinen Frauenbekanntschaften teilen.«

Das wird nicht geschehen. Sam Hudson als Vater für das Kind, das ich mir so verzweifelt wünsche? Dann wären die Komplikationen ja schon vorprogrammiert.

»Ich bin sauber. Ich zeige dir meine Gesundheitszeugnisse.« Er lehnte sich zurück, und seine smaragdgrünen Augen durchbohrten sie wie Pfeile. Es tobte ein Sturm in ihnen, als ob er sich sehr beherrschen müsste.

»Ich kann nicht. Ich habe dir einmal vertraut. Ich kann es nicht noch einmal tun. Und schon gar nicht, wenn möglicherweise ein Kind involviert ist«, antwortete sie traurig, während ihre Augen sich mit Tränen füllten. Unglaublich, sie war fast so weit, ihm zuzustimmen. Wie würde es sein, Sams Baby, *ihr gemeinsames Baby*, in ihren Armen zu halten? Eine Woge von Sehnsucht überfiel sie so heftig, dass sie in ihrer Standhaftigkeit schwankte. Sie wollte nicht nur ein Baby, sie wollte auch Sam. Ihre sexuellen Probleme waren nicht körperlicher Natur. Es lag nur an Sam. Kein anderer Mann war wie Sam, sie hatte niemals einen anderen gewollt. Wenn es so weit kam, etwas so Intimes wie Sex mit jemandem zu teilen, fühlte es sich nur mit einer Person richtig für sie an, nämlich mit dem Mann, der ihr vor so vielen Jahren das Herz gebrochen hatte.

Ich muss verrückt sein, eine ausgeflippte Masochistin, auf diese Art zu fühlen.

»Ich war schon seit Monaten mit keiner Frau mehr zusammen. Ich konnte es, verdammt noch mal, nicht. Davor habe ich nur mit Frauen geschlafen, die rote Haare und einen kurvigen Körper hatten und denen es nichts ausmachte, wenn ich deinen Namen gerufen habe, während ich gekommen bin«, knurrte er. »Frauen, die nur an Geld oder etwas Materiellem interessiert waren, weil ich ihnen nichts anderes geben konnte.«

»Sam, du hast jede Woche eine andere Frau…«

»Freundinnen, die mich zu verschiedenen Anlässen begleiten. Ich schlafe nicht mit ihnen. Ich verspüre kein Verlangen, mit großen, dürren Blondinen zu schlafen. Ich bin zu verdammt besessen von einer kleinen Rothaarigen, die mich hasst.« Er gab ein humorloses, selbstironisches Lachen von sich.

Oh mein Gott, war das wirklich wahr? Immerhin hatte er sie anlässlich ihrer letzten Verabredung betrogen. Wie der sprichwörtliche Leopard, der seine Flecken nicht ablegen kann, konnte Sam sich nicht so grundlegend geändert haben, oder doch?

»Ich kann nicht. Das wird niemals funktionieren. Ich kann nicht mit dir schlafen, schwanger werden und dann einfach gehen.« *Es würde mich umbringen!*

»Wenn du mir, verdammt noch mal, davonläufst, komme ich dir hinterher.« Seine Nasenflügel bebten, und er schaute so eindringlich auf sie herab, dass sie seinem Blick kaum standhalten konnte.

»Warum hast du es dann überhaupt erst vorgeschlagen?«, fragte sie neugierig.

»Ich glaube, du verstehst nicht, Madeline. Ich habe dir den Vorschlag nicht gemacht, um dich aufs Kreuz zu legen und zu vögeln, obwohl ich das, weiß Gott, auch will.«

»Was willst du, Sam?«

Er nahm einen tiefen Atemzug und ließ die Luft dann langsam entweichen; sein ganzer Körper stand unter Spannung. »Verdammt noch mal, ich will dich heiraten! Ich bitte dich nicht um einige Monate wilden Sex. Ich bitte um unser ganzes Leben. Du, ich, eine Familie. Alles. Alles, was wir hätten haben sollen, aber nicht hatten. Ich verdiene dich nicht, aber, verdammt, ich will dich. So sehr, dass es mich umbringt.«

Sam nahm einen weiteren tiefen Atemzug… und wartete.

Kapitel 5

Sam hielt den Atem an, während er beobachtete, wie Maddies Gesicht einen ungläubigen Ausdruck annahm, als ihr Verstand aufzunehmen versuchte, was er gerade gesagt hatte. Schock. Zweifel. Entsetzen. All diese wechselnden Emotionen konnte er in ihren nussbraunen Augen lesen. Oh Gott, das hatte er nicht sagen wollen. Nichts von dem hatte er sagen wollen, außer dem Vorschlag, ihr zu helfen, die Klinik zu einem bezahlten Vollzeitunternehmen zu machen, um ihr das Leben zu erleichtern. Aber dann hatte er diese verdammten Papiere gesehen und sich total vergessen.

Kein Mann pflanzt seinen Samen in meine Frau, ob auf künstlichem oder natürlichem Wege. Wenn sie ein Kind will, werde ich ihr eines geben oder bei dem Versuch glücklich sterben.

Ungezügelte, besitzergreifende Gefühle stiegen in ihm auf. Mit verschwommenem Blick und geballten Fäusten spürte er sein Verlangen, diese Frau zu besitzen, die er scheinbar schon immer und bis in alle Ewigkeit sein Eigen nennen wollte. Das letzte Mal hatte er sie verlassen, weil er *gedacht* hatte, ohne ihn würde es ihr besser gehen. Scheiß drauf! Er würde das nicht noch einmal tun. Offensichtlich war sie nicht glücklich. Ein Kerl hatte sie schlecht behandelt und sie hatte keine Familie, obwohl sie sich das doch immer gewünscht hatte. Sie war allein. Besser: Sie ist alleine *gewesen*. Ab jetzt, davon war Sam überzeugt, würde sie zu *ihm* gehören, und zwar für immer. Auch wenn sie ihn hasste, er würde sie besser behandeln, als irgendein anderer Mann es je könnte. Er würde sich besser um sie kümmern und *alle* ihre Bedürfnisse befriedigen, bis sie um Gnade flehen würde.

Schwachsinn… sie mag keinen Sex! Sie hatte einfach noch nie einen Mann kennengelernt, dem es am Herzen lag, sie zu ihrem Vergnügen zu befriedigen. Maddie war ein Feuerwerkskörper, den er auslösen wollte. Teufel… er wollte ein ganzes Feuerwerk mit ihr entfachen, würde ihr einen Orgasmus nach dem anderen beschaffen, bis sie ihn, müde und satt, anbetteln würde aufzuhören.

Sam sah die auf sein Gesicht zielende Hand nicht kommen, er hatte sich zu sehr in seinen übermächtigen Fantasien und Begierden verloren. Die Ohrfeige war so heftig, dass sein Kopf zur Seite schnellte, und sie war laut genug, um sie in der Küche widerhallen zu lassen.

»Wie konntest du nur? Wie kannst du nur so mit mir spielen? Du Bastard, was habe ich dir je getan, um das zu verdienen?«, fauchte Maddie wütend und mit tränengefüllten Augen. »Ich will deine dummen Spiele nicht mitmachen, Hudson!«

Sam erwischte ihr Handgelenk gerade in dem Augenblick, in dem ihre Hand ein zweites Mal zum Schlag ausholte. »Nein!« Er hielt ihr Handgelenk gerade fest genug, um sie handlungsunfähig zu machen, ohne ihr wehzutun. »Was ich gerade von dir bekommen habe, habe ich vielleicht verdient, weil ich dich in der Vergangenheit verletzt habe. Aber für mein Angebot, dich zu heiraten und dir alles zu geben, was du dir wünschst, werde ich keine zweite Ohrfeige entgegennehmen.«

»Du bist ein verdammter Lügner. Du willst mich weder heiraten noch meine Praxis unterstützen. Das ist doch nur ein kranker, verdrehter Witz. Und ich verstehe nicht, warum.« Tränen flossen aus ihren Augen – Augen, die voller Schmerz und Verwirrung waren.

»Gottverdammt, Maddie.« Abrupt riss er sie in seine Arme. Sie trat um sich und wand sich, bis er seine Arme fester um sie schlang, um sie bewegungsunfähig zu machen. »Das ist kein verdammter Witz. Ich bin nicht verdreht. Nicht sehr.« Okay… vielleicht ein bisschen, aber nicht diesbezüglich, nicht, was sie anbelangte.

Verärgert und kochend vor Wut trug er sie ins Wohnzimmer. Er warf sie auf die geräumige Ledercouch, legte sich auf Maddie und bändigte ihre um sich schlagenden Hände, indem er ihre Handgelenke über ihrem Kopf festhielt.

Er hob seinen Oberkörper an und schaute ihr ins Gesicht. Dabei versuchte er, den größten Teil seines Gewichts mit seinen Beinen von ihrem zarten Körper abzufangen. Tränen strömten aus ihren Augen, ein endloser Fluss, der scheinbar nicht versiegen würde. *Scheiße!* »Bitte weine nicht, Maddie!« *Ich kann nicht damit umgehen, wenn sie weint. Sie musste in ihrem Leben schon zu viele Enttäuschungen und Schmerzen ertragen.* Zu wissen, dass er die Ursache ihrer Tränen war, egal wie unbeabsichtigt, brachte ihn beinahe um.

Sie drehte den Kopf von ihm weg. »Lass mich! Ich will gehen.«

»Das Angebot war ernst gemeint, Maddie. Ich weiß nicht, warum du glaubst, ich würde diese Art Spiel mit dir treiben. Ich habe doch keinen Grund dazu. Denk mal nach. Es macht keinen Sinn.« Er seufzte frustriert.

Sie drehte ihm ihren Kopf zu und nagelte ihn mit einem fragenden Blick fest. »So viel Sinn, wie es macht, mich zu fragen, ob ich dich heiraten will? Wir hassen einander −«

»Du hasst mich. Ich hasse dich nicht. Das habe ich niemals getan«, widersprach er und versuchte, die überwältigende Flut seiner Gefühle zu beherrschen.

»Du wolltest mich auch nicht vögeln. Und du hattest noch nicht einmal genug Respekt vor mir, Schluss mit mir zu machen, bevor du *sie* gevögelt hast. Du hast mir etwas bedeutet, Sam. Und dich mit dieser Frau zu sehen, hat eine Farce aus allem gemacht, was wir jemals geteilt haben. Unsere Freundschaft. Unsere Beziehung. Alles war einfach nur ein großer Witz auf meine Kosten.« Sie zog an ihren Händen und Sam ließ sie los. Er setzte sich auf, um ihr mehr Platz zu lassen, bis sie ruhiger erschien.

»Maddie, ich −«

»Also bitte entschuldige, wenn ich dies nur für eine neue, verdrehte Lüge halte. Ich vertraue dir nicht. Aus gutem Grund«, endete sie und fuhr sich mit zitternder Hand durchs Haar, um ihre widerspenstigen Locken aus dem Gesicht zu wischen, das immer noch mit ihren Tränen benetzt war. »Ich muss gehen. Kannst du mich zur Praxis bringen, damit ich mein Auto dort abholen kann?«

»Nein! Du bleibst. Das Probeessen beginnt schon in ein paar Stunden«, kommandierte er und seine Kiefermuskeln spannten sich an. »Du hast mir noch keine Antwort auf meinen Vorschlag gegeben.«

»Weil ich nicht glaube, dass das wirklich nötig ist, aber, wenn du unbedingt eine Antwort hören willst, lautet sie: nein! Zum Teufel, nein! Ein absolutes Nein«, keuchte sie. »Du hast mir schon einmal das Herz gebrochen. Für wie dumm hältst du mich? Oder du nennst mir einen verdammt guten Grund, warum du vor all diesen Jahren mit dieser großen, schlanken, wunderschönen Frau Zungenküsse getauscht hast –«

»Weil ich keine andere gottverdammte Wahl hatte«, brach es aus ihm heraus. Die Explosion kam aus seinem tiefsten Inneren. »Ich musste dich von mir fernhalten, um dich vor Verletzungen zu bewahren. Jene Frau, die auch noch fünfzehn Jahre älter war als ich, war eine verdammte FBI-Agentin. Hast du sie dir überhaupt richtig angesehen?« Er erschauerte, weil seine Gefühle von damals wieder aufbrachen. Er war unfähig, sich an diesen albtraumartigen Tag zu erinnern, ohne in ungestillte Wut zu verfallen.

»Alles, woran ich mich erinnere, ist, dass sie ihre Zunge tief in deiner Kehle vergraben hatte. Und dass deine Hände überall auf ihrem Körper waren«, antwortete Maddie mit unsicherer Stimme, weil der wiederaufsteigende Schmerz sie traurig machte.

»Sie war gut in ihrem Job. Wir trafen uns, um einen Weg zu finden, dich zu schützen. Deshalb hatte ich dich gebeten, mich zu einer Tasse Kaffee zu treffen. Kate sagte, der beste Weg, dich zu schützen, läge darin, dich zu verlassen, aber das konnte ich nicht. Ich sorgte mich so verdammt um dich. Sie sagte, wenn mir wirklich etwas an dir läge, müsste ich mich zuerst um deine Sicherheit kümmern. Sie hatte Recht, aber ich wusste nicht, wie ich mich von dir lösen sollte, auch wenn mir irgendwie klar war, dass ich das tun musste, um dich in Sicherheit zu wissen. Also hat sie die Sache selbst in die Hand genommen, als sie dich kommen sah, indem sie mir ihre Zunge in den Hals geschoben hat. Sie hat mich davon überzeugt, dass der beste Weg, dich zu schützen, darin bestünde, dich dazu zu bringen, mich zu hassen. Ja. Also habe ich mitgespielt. Ich wusste danach nicht, ob ich ihr für ihren verdammten Mut dankbar sein oder sie hassen sollte. Ich habe es gehasst, Maddie, eine andere Frau als dich zu berühren. Ich habe es gehasst, das zu tun, während mir bewusst war, dass du uns beobachtetest und dich betrogen fühltest. Und wenn du glaubst, ich habe es nicht bereut, jeden verdammten Tag, seitdem das geschehen ist, dann liegst du falsch.«

Sam saß niedergeschlagen neben Maddie. Sein Gesicht hatte er in den Händen vergraben. Er hasste sich immer noch für das Geschehene, obwohl er wusste, es war der einzig mögliche Weg gewesen. Außerdem war er damals jung und selbstsüchtig gewesen und unfähig, mit Maddie zu brechen, weil er sie zu sehr begehrt hatte und sie zu sehr gebraucht hatte. Und sie war so loyal, dass sie ihn niemals verlassen hätte, außer sie hätte sich betrogen gefühlt.

»Ich wollte dich nicht verletzen, aber der Gedanke, es könnte dir etwas zustoßen, hat mich so verrückt gemacht, dass ich getan habe, was ich tun musste.«

»Aber warum das FBI? Stecktest du in irgendwelchen Schwierigkeiten?«, fragte Maddie. Ihre Stimme war immer noch voller Zweifel und Verwirrung.

Er lehnte sich in der Couch zurück und legte seinen Kopf gegen das kühle Leder. »Nicht ich. Nicht direkt. Du kennst meine Geschichte, Maddie. Du weißt, dass mein Vater an einer Überdosis gestorben ist und dass er Verbindungen zum organisierten Verbrechen hatte.«

»Ja.« Sie nickte. »Du hast es mir erzählt. Er starb, kurz nachdem wir uns kennengelernt hatten.«

»Ich wusste zu viel. Ich hatte Informationen, mit deren Hilfe man die ganze Organisation hätte hochgehen lassen können. Mein Vater war kein besonders netter Mann. Ich habe ständig zwischen dem alten Mann und Simon vermittelt und alles getan, was nötig war, um den alten Bastard davon abzuhalten, meinen kleinen Bruder zu verletzen. Ich war noch minderjährig, als ich zu Botengängen und anderen Sachen genötigt wurde, also steckte ich nicht wirklich in Schwierigkeiten. Aber ich wusste trotzdem genug, um eine weltweite Organisation, die einfach teuflisch war, auffliegen zu lassen.«

Er holte tief Luft und stieß sie wieder aus, bevor er fortfuhr: »Ich kam hierher, nach Tampa, weil ich hoffte, meine Familie von dort wegbringen, ein neues Leben beginnen und das alte hinter mir lassen zu können. Aber als ich dich kennenlernte, wusste ich, dass ich meine Vergangenheit nicht begraben und einfach weglaufen konnte. Und einfach so tun konnte, als wüsste ich nichts. Ich wollte ein guter Mensch sein, und ein solcher würde nicht so egoistisch sein, um nicht zu versuchen, all den Schmerz und Tod, den diese Organisation verursachte, zu verhindern. Ich musste alles tun, was ich konnte, um diese Schweine zu Fall zu bringen. Ungefähr im Dezember ging ich dann zum Bundeskriminalamt und fütterte sie mit Informationen. Ich arbeitete mit ihnen zusammen, um ihnen bei den Ermittlungen zu helfen. Es dauerte Monate, aber schließlich konnten sie verdeckte Ermittler einschleusen und genügend Informationen zusammenbringen, um die ganze Organisation aufzureiben. Unglücklicherweise sickerte die Information durch, dass ich ein Verräter war, und das machte mich und alle mir Nahestehenden zu einem potentiellen Ziel. Kate half mir einzusehen, dass ich es nicht wagen durfte, zu irgendjemandem eine enge Beziehung aufzubauen. Es war zu gefährlich, mit mir befreundet zu sein.«

»Ich hätte zu dir gehalten, ich hätte alles getan –«

»Und wärst am Schluss tot gewesen. Ich konnte das Risiko nicht eingehen.« Er setzte sich auf, fasste Maddie an den Schultern und schüttelte sie leicht. »Ich habe noch nicht einmal meine Mutter und Simon rechtzeitig da rausgebracht. Simon wurde von jemandem aus der Organisation mit einem Messer angegriffen, als Rache für die Untreue meines Vaters. Das waren Leute, die töten konnten, ohne mit der Wimper zu zucken. Die scheißen auf ein menschliches Leben. Verstehst du?«, grollte er und war kurz davor, von einem

Gefühlsausbruch überwältigt zu werden. Der Schweiß rann ihm in Strömen das Gesicht herunter, eine Reaktion, die jedes Mal auftrat, wenn er daran dachte, was sie Simon angetan hatten und was mit Maddie hätte geschehen können.

»Was Simon zugestoßen ist, war nicht deine Schuld, Sam«, bemerkte Maddie ruhig, weil sie ihn trösten wollte.

»Schwachsinn. Ich war sein großer Bruder. Ich hätte ihn schneller da rausbringen müssen. Ich hätte wissen müssen, dass sie an jedem Rache üben würden, den sie erwischen konnten.«

Er löste sich von Maddie und ließ sich in die Couch sinken.

»Du warst ja kaum selbst erwachsen. Wie hättest du das wissen können?«

»Ich hätte es wissen müssen. Ich habe diese Leute in Aktion gesehen, seit ich laufen konnte«, antwortete er mit gefährlich leiser Stimme.

»Warum hast du mich später nicht gesucht, nachdem diese Sache erledigt war?«, fragte Maddie mit zitternder Stimme.

»Es dauerte über ein Jahr, bis jeder Zweig der Organisation lahmgelegt war. Meine Mutter, Simon und ich standen hier in Tampa unter dem Schutz des FBI bis jeder einzelne Boss hinter Gittern oder tot war«, antwortete er in Gedanken versunken.

»Aber danach, warum hast du mich danach nicht gefunden?«

»Ich habe dich gefunden.« Sam ballte die Fäuste. Er hasste es, an den Tag zu denken, an dem er losgezogen war, um sie zu suchen. Er hatte bereits gewusst, dass er sie verloren hatte, aber an dem bestimmten Tag war es ihm erst richtig bewusst geworden und er hatte vor sich selbst zugeben müssen, dass *seine* Maddie für immer gegangen war.

»Ich habe dich aber niemals wiedergesehen«, antwortete sie verwirrt.

»Ich habe dich gesehen. Diesmal war ich es, der dich mit einem anderen Mann sehen musste, dessen Zunge tief in deiner Kehle steckte.« Er runzelte die Stirn und machte ein grimmiges Gesicht. »Ich habe dich auf dem Campus gefunden, aber irgendein dunkelhaariger Typ, der aussah wie ein Sportler, war ständig um dich herum. Ich glaubte, du wärest glücklich. Er sah aus, als ob er Geld hätte und dich glücklich machen könnte. Dein Leben war weitergegangen und ich konnte dir nicht vorwerfen, dass du jemand Besseres gefunden hattest.« *Fuck. Das tat weh.*

»Lance«, flüsterte sie. »Nachdem wir über ein Jahr getrennt gewesen waren, hatte ich angefangen, mit ihm auszugehen. Du hättest mit mir reden sollen.«

»Warum? Damit hätte ich nur dein Leben durcheinandergebracht. Ich hatte dir nichts zu bieten, Maddie. Ich war gerade erst außer Gefahr, nachdem ich so lange in die FBI-Ermittlungen verwickelt gewesen war, und ärmer als eine Kirchenmaus, weil ich versucht hatte, meine Familie zu unterstützen. Simon ging noch zur Schule. Ich selbst unterbrach meine Ausbildung, damit er studieren konnte. Als er alt genug war, um Teilzeit zu arbeiten, habe ich meine Studien wiederaufgenommen, um meinen eigenen Abschluss zu erlangen. Du warst mit einem Typen zusammen, der so aussah, als wäre er die weitaus bessere Wahl für dich.« Maddie würde niemals wissen, wie schwer es gewesen war, wegzugehen und sie in den Armen eines anderen Mannes zurückzulassen. Aber Kate hatte Recht gehabt, als sie gesagt hatte, wenn man jemanden wirklich liebt, müsse man tun, was das Beste für denjenigen sei. »Wenn ich gewusst hätte, dass dieser Bastard dich nicht heiraten wollte und dich so schlecht behandelt hat, hätte ich dich in Sekundenschnelle von ihm weggeholt. Ich nehme an, mit ihm hast du die einzige sexuelle Erfahrung gemacht, die du erwähnt hast? Dieser Typ war der Hurensohn, der dir gesagt hat, du wärest nicht sexy?« Mein Gott, was würde er nicht alles dafür geben, genau in diesem Moment seine Hände um den Hals dieses Arschlochs legen zu können. Er hasste sich selbst, weil er seine wunderbare Maddie in der Obhut eines Mannes zurückgelassen hatte, der sie nicht verdient hatte.

»Ja. Die Beziehung dauerte nicht lange an. Nur sechs Monate.« Sie zitterte, als sie zu Sam aufblickte, und der Schmerz in ihren Augen war fast greifbar. »Ich war so einsam und wollte dich vergessen.«

»Und seitdem hast du es nicht mehr versucht?«, fragte er neugierig. Seine Stimme klang jetzt freundlicher.

Maddie schüttelte den Kopf. »Nein. Ab und zu bin ich mit jemandem ausgegangen, aber da war… nichts.«

Sam streckte seine Hand aus, fing mit dem Finger eine ihrer Tränen von ihrer Wange auf und führte ihn an seine Lippen. »Mein Gott, Maddie. Ich kann mir nicht vorstellen, dass dich irgendein Mann gehen lässt.«

»Außer dir.« Sie lächelte traurig.

»Bis jetzt bist du mir noch nicht weggelaufen, und dieses Mal wirst du es auch nicht«, antwortete er barsch. »Ich will, dass du mich heiratest!«

Sam sah den gequälten Ausdruck auf ihrem Gesicht und das zwang ihn fast in die Knie. Er brauchte ihr Jawort. Verzweifelt. Seine geistige Gesundheit begann, davon abzuhängen.

»Wir kennen uns ja nicht einmal mehr. Ich weiß nicht, was ich sagen soll«, gab sie ehrlich zu.

»Sag ja!«

Oh, Scheiße, ja. Nein zu sagen, war definitiv keine Option. Sam nahm sie auf den Schoß. Er verspürte gerade in diesem Moment das Bedürfnis, sie in seinen Armen zu halten und ihre Weichheit zu fühlen.

Quiekend und windend versuchte sie, sich aus seiner Umklammerung zu befreien, aber er ließ sie nicht los. »Sitz still oder ich werde dich blitzschnell auf den Rücken legen und dich zum Jammern bringen«, warnte er sie unheilverkündend. »Ich kann das hin und her Gewackel von deinem köstlichen Hinterteil auf meinem Schwanz nicht länger aushalten, oder ich reiße dir diese sexy Kleider vom Leib und schmecke jeden einzelnen Zentimeter deines Körpers.«

Sofort saß sie still und schlang ihre Arme um seinen Hals. »Was ist aus Kate geworden?«, fragte sie neugierig und legte ihren Kopf auf seine Schulter.

Sam zuckte mit den Achseln. »Ich weiß nicht. Nach dem besagten Ermittlungsverfahren habe ich sie nicht mehr gesehen. Sie war verheiratet. Glücklich verheiratet und hatte zwei Kinder. Sie hatte nicht das Bedürfnis, sich mit mir einzulassen. Für sie war ich nur ein dummes Kind. Sie wollte mich mithilfe dieses Tricks nur zwingen, mit dir Schluss zu machen.« Er vergrub eine Hand in ihrem Haar und massierte ihre Kopfhaut. »Also, wie lautet deine Antwort, Maddie?«

»Sam, bis jetzt habe ich noch nicht einmal die Informationen verarbeitet, die du mir gerade gegeben hast. Du kannst nicht erwarten, dass ich jetzt in eine Heirat einwillige.« Sie zog sich zurück und warf ihm einen missmutigen Blick zu.

»Wenn du mir nicht glaubst, dann frag doch Simon. Von uns weiß er nichts, aber alles andere kann er bestätigen«, erwiderte er und war enttäuscht, weil sie ihm vielleicht nicht glauben würde, obwohl er gerade seine Seele vor ihr entblößt hatte.

»Das ist es nicht. Ich brauche einfach Zeit«, seufzte Maddie. »Es sind Jahre vergangen, Sam. Wir haben uns verändert. Wir kennen uns nicht mehr.«

»Wir haben uns immer gekannt, Sonnenschein. Meine Seele hat die deinige im selben Moment erkannt, in dem ich dich gesehen habe.« Und das war die Wahrheit. Er hatte nicht länger als einen Augenblick benötigt, um ihren Wert zu erkennen und zu sehen, dass sie etwas Besonderes war. »Schön, dann gib mir morgen dein Jawort.« Er konnte sich großzügig zeigen, weil er sie nun genau da hatte, wo er wollte.

Maddie schnaubte. »Das ist sehr nett von dir, aber ich glaube, ich brauche doch etwas mehr Zeit.«

Er bog ihr den Kopf in den Nacken, um sie mit einem besitzergreifenden Blick zu durchbohren. »Wieviel Zeit?«

»Ich weiß es nicht«, flüsterte sie mit Trauer in den Augen.

Verdammt! Er hatte sie nicht entmutigen wollen. Er wollte nur, dass sie ihn auch wollte. Nein… er brauchte das Gefühl, dass sie ihn wollte. »Ich werde dich verführen. Dann werde ich dich vögeln, bis du keine Kraft mehr hast, etwas anderes als Ja zu sagen. Niemand wird dir seinen Samen einpflanzen, außer mir selbst!«

Maddie rollte mit den Augen. »Niemand hat je seinen Samen in mich gepflanzt. Lance hat ein Kondom benutzt und seitdem hatte ich nur meinen Vibrator.«

Etwas Ursprüngliches, Sinnliches schoss durch Sams Eingeweide. Der Gedanke an Maddie, wie sie sich selbst befriedigte, ließ seinen ohnehin schon steifen Schwanz emporschnellen und ein ungezähmter Instinkt zwang ihn, sich zu wünschen, der Erste zu sein, der sich in Maddies Schoß ergießen würde. Noch niemals zuvor hatte er Sex ohne Kondom gehabt, mit Maddie würde es auf diese Art das erstes Mal sein. Und sie würde die Einzige bleiben, weil er nicht vorhatte, jemals wieder mit einer anderen Frau zusammen zu sein. »Und wie ist es so mit einem Vibrator?«, wollte er wissen. Er war kaum in der Lage, die Worte zu formulieren.

Sie zuckte mit den Schultern und schenkte ihm ein süßes Lächeln. »Wahrscheinlich sind die Batterien leer. Es ist schon eine Weile her.«

Mein Gott! Sie brachte ihn noch um den Verstand. »Du wirst ihn nicht mehr brauchen«, hauchte er und vergrub sein Gesicht in der seidigen Haut ihres Nackens.

Sie neigte den Kopf, damit er mit den Liebkosungen fortfahren konnte, und murmelte: »Ist es wirklich wahr, dass du nicht mit all diesen Frauen ins Bett gegangen bist?«

»Was ich gesagt habe, entspricht der Wahrheit. Ich weiß, was die Klatschspalten berichten und was die Leute denken, aber das ist alles nicht wahr. Die Frauen, mit denen mich die Leute sehen, sind nicht mehr als Freundinnen oder gute Bekannte, Frauen, die mich zu Partys begleiten. Ich will nicht gerade behaupten, dass ich ein Heiliger bin, Maddie. Ich habe gefickt. Aber keine von ihnen konnte dich ersetzen«, antwortete er mit rauer Stimme. Sie konnte seinen Atem auf ihrer Nackenhaut spüren.

»Ich habe dich vermisst. Ich habe dich so sehr vermisst«, gab sie zu und ihre Stimme klang traurig und schmerzerfüllt.

Sam konnte sich nun nicht mehr zurückhalten und zog Maddie von seinem Schoß und unter seinen Körper, sodass er nun ihre kleine Gestalt mit seiner größeren vollkommen bedeckte. Sie fühlte sich unter ihm so süß und weich an, dass er stöhnte, als sie ihre Schenkel öffnete, um ihn zu empfangen. Er fühlte sich, als ob er endlich zu Hause angekommen wäre. Er war nun genau dort, wo er sein sollte. Ihre Gegenwart und ihr verführerischer Duft umhüllten ihn vollständig und drangen bis in jede seiner Poren. »Ich habe dich auch vermisst, mein Sonnenschein. Wahrscheinlich mehr, als du dir vorstellen kannst«, antwortete er schroff und senkte seinen Körper auf den ihren ab, wobei er aber den größten Teil seines Gewichts mit den Ellbogen abstützte. Er brauchte jetzt all ihre Weichheit. Er vergrub sein Gesicht in ihren seidigen Locken und gestattete sich, sie komplett in sich aufzusaugen. Wieder und wieder atmete er ihren herrlichen Duft ein, bis jeder einzelne Teil von ihm vollständig mit ihrer Gegenwart erfüllt war.

Mein. Ich brauche sie. Solange ich atmen kann, wird sie nie einen anderen Mann haben.

Ein tiefes unbestimmbares Geräusch entfuhr seiner Kehle, animalisch und hemmungslos. »Ich werde dich niemals gehen lassen. Ob du mir nun morgen oder übermorgen dein Jawort gibst, du wirst mir sowieso für immer gehören.«

Bevor sie antworten konnte, senkte er seinen Mund auf den ihrigen herab, um jeglichen Protest zu ersticken, den sie vielleicht anmelden würde. Er kümmerte sich nicht darum, was sie hatte sagen wollen. Er nahm sich, was schon vor Jahren hätte ihm gehören sollen. Vielleicht hätte er ihr schon alles letztes Jahr erklären sollen, als er sie zum ersten Mal wiedergesehen hatte, aber er hatte sich ihr nicht genähert, weil er Angst gehabt hatte, es gäbe einen Mann in ihrem Leben, der vielleicht besser für sie war als er selbst. Nun, da er die Wahrheit kannte, dass sie niemals so geschätzt worden war, wie sie es verdient hatte, ließ er sie nicht mehr gehen.

Sie schmeckte nach süßem Kaffee und purer Leidenschaft, und das machte ihn fast verrückt. Er bedeckte ihren Mund über und über mit Küssen und versuchte, sie als sein Eigentum zu brandmarken, weil er dafür sorgen wollte, dass sie außer ihm selbst jeden Mann auf der Welt vergaß. Sein Schwanz pulsierte, er drängte sein Becken gegen ihren Unterleib und stöhnte in ihren Mund, als er mit nichts als Glut und dem Versprechen auf Verzückung begrüßt wurde. Er schob ihr seine Unterarme unter den Rücken und versuchte, sie näher an sich heranzuziehen, sodass ihre Brüste sich fester an seinen Oberkörper pressten. Fuck! Er brauchte mehr. Mehr von ihr. Mehr von ihrer Glut. Sie stöhnte vor Lust in seinen Mund, als er erneut in ihm zu plündern begann, indem er mit der Zunge durch die feuchte warme Höhlung fuhr, gierig nach ihrer Süße, und sich in ihrer Essenz badete.

Er zog seine Lippen von ihrem Mund zurück und brummte:»Muss dir näherkommen. Nackt. Jetzt.«

»Sam, da ist jemand an der Tür. Ich habe die Klingel gehört«, keuchte Maddie schwächlich.

Mist! Simon. Er schaute erst auf die Uhr und dann zurück zu Maddie und war verdammt versucht, das penetrante Klingeln der Türglocke zu ignorieren.

Maddie sah so warm und weich aus und so bereit, gefickt zu werden, dass er sich frustriert die Haare raufte.»Jesus. Das ist Simon.« Er schenkte ihr einen heißen Blick.»Wir beenden das später.«

Maddie setzte sich auf und schob ihn sanft von sich weg.»Das wird nicht geschehen. Sie bleiben bis Samstag, richtig?«

»Ja. Und?« Sam kümmerte es nicht, ob sie hier waren, solange Maddie bei ihm blieb.

»Ich werde nicht in deinem Schlafzimmer schlafen, solange sie hier sind.« Maddie blickte ihn böse an.»Das ist ihre Hochzeit, Sam. Ich werde nichts tun, was Gerede provoziert. Sie haben sich diese schöne Zeit verdient. Und ich weiß, dass ich einige Zeit zum Nachdenken brauchen werde.« Sie fuhr sich mit einer Hand durch ihr Haar, doch das machte ihre Locken nur noch wilder.

Mit männlicher Befriedigung ließ Sam seinen Blick über Maddies zerzauste Erscheinung gleiten. Sie sah wie eine Frau aus, die gerade beglückt worden war.»Du brauchst gar nicht nachzudenken, du musst einfach nur Ja sagen«, antwortete er streitlustig.

Maddie sprang von der Couch und band ihr Haar zu einem Pferdeschwanz.»Ich brauche mein Gummi.«

Sams Gesicht nahm einen sardonischen Ausdruck an.»Das hört sich aus dem Mund einer Frau nicht richtig an. In der Küche. Ich werde es holen.«

»Nein. Ich werde es holen. Du öffnest die Tür. Simon und Kara, die armen, stehen vor der Tür und wundern sich wahrscheinlich, wo du bleibst.«

»Ich war gerade dabei, glücklicher zu werden, als ich es in meinem ganzen verdammten Leben war. Perfekter Zeitpunkt, Brüderchen«, grummelte Sam und wandte sich zur Tür.

Maddie kicherte und bedeckte ihren Mund mit der Hand, um das Geräusch zu dämpfen. »Ich brauche ein paar Sachen aus meinem Haus. Und einige neue Batterien«, erklärte sie ihm, während sie durch den Raum stolzierte.

Sam stöhnte, als er ihre Parade in die Küche beobachtete. Sie wackelte verlockend mit ihrem süßen Arsch, der in der Jeans steckte, die er niemals von David hätte kaufen lassen sollen. Sie war zu provokativ und umschloss ihren Hintern zu perfekt.

Batterien? Warum brauchte sie –?

Oh Mist! Wie naiv konnte ein Mann sein? Er grinste zynisch, als er zur Vordertür ging. Ein Punkt für Maddie. Und den würde er ihr zugestehen, weil er damit rechnete, am Ende einen lawinenartigen Sieg davonzutragen.

Er legte seine Hand auf den Türknauf und versuchte, seine pochende Erektion unter Kontrolle zu bekommen, bevor er die Tür öffnete, und er bemühte sich, die Visionen von Maddie zu verbannen, wie sie sich selbst mit ihrem Vibrator befriedigte.

»Dafür wirst du bezahlen, Sonnenschein«, flüsterte er mit einem kleinen Lächeln mehr zu sich selbst, als er die Tür öffnete.

Sam hatte endlos auf Maddie gewartet, aber plötzlich konnte er einfach nicht mehr länger warten. Er hatte eine zweite Chance bekommen und dieses Mal würde er sie nicht vermasseln, weil niemand auf der Welt sie mehr brauchte als er. Und niemand würde sie mehr wertschätzen als er.

Sein Entschluss stand so fest wie sein Schwanz, hart wie Stahl, und er lächelte breit, als er Simon und Kara begrüßte.

Kapitel 6

Auf der Hochzeit musste Maddie weinen. Sie konnte nicht anders. Es war ihr nicht möglich zu sehen, wie Simon und Kara Treueschwüre austauschten, ohne dass Freudentränen wie ein Wasserfall aus ihren Augen flossen. Sie spürte beinahe schmerzhaft das Glück ihrer Freundin. Maddie beobachtete Simons Gesicht, während Kara ihr den Rücken zuwandte, als sie ihrem beinahe-Ehemann die Treue schwur. Auf Simons Gesicht war jedes Gefühl pur und ungeschützt abzulesen, als dieser seinerseits schroff, aber liebevoll, das Ehegelübde ablegte.

Sam und sie waren die einzigen Trauzeugen und das bescheidene Publikum bestand nur aus Freunden und Familienmitgliedern. Das Wetter hatte mitgespielt, sodass alles draußen aufgebaut worden war. Die Dekoration war auserlesen. Kara hatte für eine Feier in kleinem Rahmen gestimmt, obwohl nach der Trauung noch ein üppiger Empfang geplant war, zu dem sich hunderte von Leuten in Sams elegantem Haus versammeln würden, um dem glücklichen Paar zu gratulieren.

In ihrem elfenbeinfarbenen viktorianischen Brautkleid aus feinster Seide und Spitze sah Kara wie eine Prinzessin aus. Der Stil schmeichelte Kara, die groß und schlank war. Das Kleid schmiegte sich bis auf die Hüften eng an ihren Oberkörper, um dann in einer Glocke bis zum Boden zu wallen.

Maddie liebte ihr eigenes smaragdgrünes schulterfreies Cocktailkleid mit seinen kurzen glockigen Ärmeln und seiner tief ausgeschnittenen Nackenlinie – ein gewagtes Mieder, bei dessen Anblick es sie zuerst gefröstelt hatte. Aber nachdem sie das Kleid erst einmal anprobiert hatte, hatte sie sich in die enganliegende Taille und den schwingenden Rock verliebt. Ein schwarzes, seidenes Band betonte die Taille, dessen Enden in schimmernden Wellen hinter Maddie her wehten. Schwarze, hochhackige Schnallenschuhe vervollständigten das Outfit und Maddie wusste, dass sie alles getan hatte, um neben einer so hochgewachsenen, atemberaubenden Frau wie Kara zu bestehen.

Maddie blickte über das glückliche Paar hinweg zu Sam hinüber, der atemberaubend aussah. Simon war in den gleichen schwarzen Smoking gekleidet wie Sam, nur hatte er eine Fliege umgebunden, während Sam eine schmale schwarze Krawatte trug. Sie hatte dünne smaragdgrüne Streifen, die zu ihrem Kleid passten… und zu seinen hinreißenden Augen. Alles an ihm, bis hin zu seiner Haltung und seinem Gesichtsausdruck, wirkte elegant und weltmännisch, ein Mann, der sich offensichtlich in seiner Umgebung und Kleidung wohlfühlte.

Sie zwang sich, ihre Augen von Sam abzuwenden, und richtete ihre Aufmerksamkeit wieder auf Simon, der gerade Kara die ewige Treue schwor.

Als der Pfarrer zu der Stelle der Zeremonie gelangte, an der er fragte, ob jemand etwas gegen die Verbindung einzuwenden hätte, machte Simon ein finsteres Gesicht.

Er wandte seinen Kopf andeutungsweise in Richtung des Pfarrers und bemerkte gereizt: »Sie gehört mir. Machen Sie weiter!«

Maddie biss sich auf die Lippe, um ein Kichern zu unterdrücken. Simon Hudson war weit davon entfernt, mit seinen Besitzansprüchen auf Kara hinter dem Berg zu halten. Ihr Blick suchte Sams und ihr Herz jagte. Sie wusste, dass er ein Grinsen unterdrückte, denn seine Augen blitzten amüsiert. Ihre Blicke versenkten sich ineinander, um einen kurzen Moment der stillen Kommunikation und gemeinsamen Heiterkeit zu teilen.

Plötzlich, als sie ihren Blick von Sam löste, fühlte sie, wie ihr ein kalter Schauer über den Rücken lief, als ob noch ein anderes Augenpaar auf sie gerichtet wäre. Sie befand sich auf einer Hochzeit mit mindestens fünfzig Gästen. Die Leute beobachteten einander. Aber als sie den Kopf wandte, fiel ihr Blick unweigerlich auf einen Mann in der ersten Reihe – einen gefährlich aussehenden Mann in einem teuren Anzug, der sie direkt anstarrte und sie nicht aus den Augen ließ. Der Mann war auf eine schroffe, intensive Art gutaussehend. Er hatte rostbraune Haare und einen laserscharfen Blick, der sich mit geballter Konzentration in ihre Augen bohrte. Maddie, der es nicht gelang, in eine andere Richtung zu schauen und die sich genötigt fühlte, ihn weiter anzustarren, schreckte auf, als sich seine Lippen plötzlich zu einem Grinsen verzogen und er ihr zuzwinkerte, ja, er zwinkerte... ihr zu. Tatsächlich hatte er etwas so Magnetisches an sich, dass sie nicht anders konnte, als sein Lächeln zu erwidern.

Als sie ihre Aufmerksamkeit wieder auf Simon und Kara richtete, konnte sie durch ihre tränenverschwommenen Augen beobachten, wie der Pfarrer sie zu Mann und Frau erklärte. Simon küsste seine Braut... und küsste sie noch einmal, und hörte erst damit auf, als Sam ihm gratulierend auf den Rücken klopfte. Maddie wusste jedoch, in Wirklichkeit wollte er Simon davon abhalten, seine frischgebackene Ehefrau vor allen Gästen zu verschlingen. In Karas Augen glänzten Tränen, als sie Maddie umarmte und ihr Blumenbouquet entgegennahm. Sam bot Maddie seinen Arm an, den sie willig ergriff, und gemeinsam folgten sie dem frischvermählten Paar durch das Spalier der Gäste.

»Ich habe gesehen, wie Max dich mit seinen Augen gevögelt hat. Denk nicht einmal daran«, flüsterte Sam mit einem ärgerlichen Ton in der Stimme, während er für die Menge breit lächelte.

»Wer ist Max?«, fragte sie verwirrt, als sie ihren Platz an seinem Arm im Gefolge von Kara und Simon einnahm.

»Maxwell Hamilton. Der Bastard aus der ersten Reihe, der dich beobachtet hat. Er konnte seinen Blick nicht von dir lassen. Nicht, dass ich ihm dafür die Schuld gebe, aber er hält sich besser von dir fern, oder ich werde ihn umbringen«, knurrte Sam, als sie das Ende des Spaliers erreichten. Er schlang besitzergreifend den Arm um ihre Taille und zog sie eng an seinen Körper.

Maddie hatte den besagten Mann niemals getroffen, wohl aber von ihm gehört. Max Hamilton war ein weiterer Mann, der wegen seines Vermögens und seiner Macht viel zu oft von den Klatschspalten vorgeführt wurde. »Ihr seid doch offensichtlich befreundet, sonst wäre er nicht hier.«

»Ja, er ist ein Freund, aber ausgerechnet heute mag ich ihn nicht. Ich mag die Art nicht, wie er dich angestarrt hat«, antwortete er brüsk. »Wir wickeln viele Geschäfte zusammen ab.«

Die Hochzeitsgesellschaft löste sich auf und die Gäste verteilten sich auf die hübschen Zelte, die am Wasser aufgestellt worden waren und Tische voller Speisen, eine Bar und eine gigantische Hochzeitstorte beherbergten. Der einsetzende Sonnenuntergang tauchte den Empfangsbereich in eine märchenhafte Atmosphäre. Maddie genoss den milden Abend und nahm mit einem tiefen Atemzug die salzige, feuchte Luft in sich auf. »Es sieht alles so wunderschön aus«, seufzte sie.

»Ja. Alles. Du siehst atemberaubend aus, Maddie. Habe ich dir das schon gesagt?« Sams Blick war nur auf *sie* konzentriert. Seine Augen wanderten über ihr Kleid und verweilten an ihrem tiefen Nackenausschnitt.

»Ein- oder zweimal«, antwortete sie errötend, weil er sie weiterhin anstarrte.

Tatsächlich hatte er ihr das Kompliment schon mindestens fünfmal gemacht, seitdem sie die Treppe heruntergekommen war und sich auf den Weg zu dem Bereich gemacht hatte, wo die Zeremonie abgehalten wurde; und jedes verdammte Mal war sie rot geworden. Es waren nicht Sams Worte, sondern die Art, wie er sie aussprach. Er hätte ihr ebenso gut sagen können, er müsse sie ficken oder er würde sterben, so bedürftig klang seine Stimme, die ihr Schauer über den Rücken jagte und ihre Muschi feucht werden ließ.

»Wie kannst du unter diesem Kleid einen BH tragen?«, fragte er mit tonloser, verzweifelter Stimme und fummelte an ihren zarten Ärmeln herum.

»Ich trage keinen«, flüsterte sie ihm zu und schenkte ihm einen Blick geheuchelter Unschuld. »Das ist nicht möglich.«

Ein tiefes vibrierendes Stöhnen entwich seiner Kehle, das sie bis ins Mark erregte. Nur mit Sam hatte sie je diese Art weiblicher Macht verspürt – und es war berauschend.

»Jesus, Maddie. Du hast mich schon während der letzten paar Tage durch den Fleischwolf gedreht. Ich weiß nicht, ob ich noch mehr ertragen kann.« Er biss die Zähne zusammen. »Um Gottes Willen, übertreibe es nicht! Jedem Mann auf dem Empfang wird das Wasser im Mund zusammenlaufen. Fuck! Ich brauche einen Drink.«

Er nahm ihre kleine Hand, die er vollkommen mit seiner umschließen konnte, und verschränkte seine Finger mit ihren. Diese besitzergreifende Geste ließ ihr das Herz vor Freude hüpfen. Die Hochzeitsvorbereitungen waren unglaublich glatt abgelaufen, alles war perfekt durchgeplant. Das Einzige, was die Hochzeitsgesellschaft jetzt noch zu tun hatte, bestand darin, die Party zu genießen. Simon und Kara in den letzten Tagen zusammen zu sehen, war zwar schmerzhaft ergreifend, aber befriedigend gewesen. Maddie zweifelte nicht daran, dass ihre Freundin mit Simon glücklich sein würde. Die beiden waren wie zwei Hälften eines Ganzen; sie waren so glücklich zusammen, dass es schon fast schmerzte, wenn man sie beobachtete. Kara hatte so viel durchgemacht, so viel gelitten, und war in ihrem Leben so lange allein gewesen. Maddie war dankbar dafür, dass Kara nun endlich einen Mann gefunden hatte, der sie unaussprechlich glücklich machen würde. Ihre Freundin war schwanger, aber die Schwangerschaft war noch nicht so weit fortgeschritten, dass man es hätte sehen können. Obwohl Maddie es nicht für möglich gehalten hätte, hatte das Simon eher noch besitzergreifender und fürsorglicher gemacht. Beide würden gute Eltern sein. Jedes Kind, das den beiden geschenkt werden würde, würde sich glücklich schätzen können.

Sam zog sie an der Hand, um sie zu dem luxuriösen Zelt aus Seide zu führen, das dem Wasser am nächsten lag. »Sam, etwas langsamer. Stöckelschuhe«, erinnerte sie ihn und zeigte auf ihre Füße, als er sich nach ihr umschaute, weil sie an seiner Hand zerrte. Sie gingen über den Rasen und sie war nicht an hohe Absätze gewöhnt. Wenn er nicht langsamer gehen würde, würde sie sich ihre verdammten Knöchel verstauchen.

Reumütig schaute er sie an. »Entschuldigung, Sonnenschein. Ich habe vergessen, wie klein du bist.« Er nahm sie auf den Arm und drückte sie fest an seine Brust. »Problem gelöst«, sagte er und schenkte ihr ein lasterhaftes Grinsen. »So gefällt es mir ohnehin besser.«

»Lass mich runter!«, fauchte sie beschämt. »Wir werden beobachtet.« Auf Sam einzuschlagen, war vollkommen sinnlos. Ihre Hand prallte von seinen kräftigen Oberarmmuskeln ab, als hätte sie auf Granit geschlagen. Es schmerzte mehr in ihrer Handfläche, als dass es Sam gestört hätte.

Er ignorierte ihre Attacken einfach und schritt weiter auf das Zelt zu. »Lass sie doch gucken«, antwortete er unbeeindruckt.

»Verdammt nochmal, Sam! Willst du einen Streit provozieren?«, fragte sie mit warnendem Gesichtsausdruck, konnte sich aber kaum ein Lächeln verkneifen. Sie fühlte einen muskulösen Arm in ihren Kniekehlen, der ihre Beine umschlang, und seine Hand, mit der er sie dicht unter dem dünnen Rock ihres Kleides liebkoste.

»Oh ja. Ich versuche auch, einen Blick in dein knappes Mieder zu werfen. Ein Mann nimmt, was er kann, wenn er verzweifelt ist.« Er warf ihr einen anmaßenden Blick zu und betrachtete dann wieder lüstern und mit solcher Besitzgier ihre Brüste, dass ihr ganzer Körper kribbelte.

Maddie seufzte und atmete tief ein, um ihre Sinne von seinem männlichen Duft überschwemmen zu lassen. *Gott, wie gut er roch.* Sie schloss für einen Moment die Augen, um Sams Wirkung in sich aufzunehmen, während sie ihre Arme um seine Schultern legte und mit den seidigen Locken in seinem Nacken spielte. Ihm wieder so nahe zu sein und seinen steinharten Körper an ihrem zu fühlen, war völlig überwältigend. Alles an Sam zog sie unwiderstehlich an, sodass sie in ihm versinken und mit ihm verschmelzen wollte. Es war eine fleischliche Lust, die sie niemals mit irgendeinem anderen Mann verspürt hatte. Als ob Sam männliche Pheromone ausstoßen würde und sie unfähig wäre, die Animierung ihrer Sinne durch diese männliche Lockung zu ignorieren.

»Worüber denkst du nach?«, fragte er mit gedämpfter, verführerischer Stimme.

Maddie öffnete die Augen und starrte ihn an. »Über dich«, gab sie ehrlich zu.

Seine Augen weiteten sich und er verstärkte seinen Griff. »Wenn du nicht aufhörst, mich auf diese Weise anzusehen, trage ich dich ins Haus, reiße dir die Kleider vom Leib und ficke dich, bis du um Gnade bettelst. Und dann werde ich es noch einmal tun«, warnte er sie mit heiserer Stimme.

Sie nahm diese männliche Drohung ohne Widerspruch zur Kenntnis. Im Moment gab es nichts, was sie lieber wollte, als ihn beim Wort zu nehmen. Aber sie wusste, er würde seine Androhung wahrmachen. »Simons Hochzeitsempfang«, erinnerte sie ihn. »Lass mich runter!«

Er ließ sie zu Boden, achtete aber darauf, dass ihre Knie schicklich von dem Kleid bedeckt blieben. »Ich will dich nicht loslassen.« Vorsichtig setzte er ihre Füße auf dem Boden ab, hielt aber seine Arme um sie geschlungen.

Maddie brauchte Sams Erklärungen nicht, weil sie genau wusste, wie er sich fühlte. Wieder zusammen zu sein, war beinahe wie ein Traum, der niemals enden sollte. Sie hatten immer zueinandergepasst, wie zwei Puzzleteile, die auf ihren Platz rutschten, wenn sie zusammengebracht wurden. Das passierte auf so natürliche Weise, dass sie fast Angst bekam. »Ich glaube, ich brauche diesen Drink, von dem du gesprochen hast.« Sie brauchte irgendeinen Vorwand, damit sie sich von Sam lösen konnte.

»Was möchtest du?«, fragte er und löste seine Umarmung mit einem schmerzlichen Gesichtsausdruck.

Dich in mir. Jetzt.

»Ich kenne mich mit Drinks nicht so gut aus. Ich überlasse dir die Wahl.« Sie leckte sich die trockenen Lippen und glättete ihr etwas zerknittertes Kleid.

Er legte ihr eine Hand auf den zierlichen Rücken und geleitete sie zu einem eleganten freien Tisch, wobei er so perfekte Manieren an den Tag legte, auf die jede Mutter stolz gewesen wäre. Als sie ihn dabei beobachtete, wie er zur Bar ging, wurde ihr Mund so trocken, dass ihr die Zunge am Gaumen kleben blieb. Ein Blick, eine Berührung, ein Kuss... und sie war verloren.

»Hallo«, hörte sie einen tiefen Bariton über sich.

Als sie den Kopf in den Nacken legte, erblickte sie denselben Mann, der ihr zuvor während der Zeremonie zugewinkt hatte. Nun zierte ein breites Lächeln sein charmantes Gesicht. Er *war* ein Schmeichler. Dessen war Maddie sich sicher. Er sah wie der Typ Mann aus, der sich aus jeder unangenehmen Lage herauswinden konnte, selbst wenn er auf frischer Tat ertappt wurde.

»Hey«, antwortete sie zurückhaltend.

»Max Hamilton. Ich möchte Sie gern kennenlernen.« Er streckte ihr freundlich die Hand entgegen.

Maddie ergriff sie. »Maddie Reynolds. Nett, Sie kennenzulernen, Mr. Hamilton.«

»Bitte, nennen Sie mich Max«, sagte er freundlich, löste seine Hand aus ihrer und setzte sich ihr gegenüber. »Dr. Reynolds? Kara und Simon haben eine hohe Meinung von Ihnen.«

»Nennen Sie mich Maddie.« Sie suchte auf seinem Gesicht und in seinen goldgrünen Augen nach Anzeichen von Boshaftigkeit. Aber da war nichts. Sie konnte sich nicht vorstellen, warum Sam diesem Mann so feindlich gesinnt war. Er schien recht harmlos und sehr freundlich zu sein. Da war etwas an seinem Lächeln, etwas an *ihm*, das sie mochte.

»Eine wunderschöne Hochzeit«, bemerkte er beiläufig, während sich seine Lippen zu einem kleinen Grinsen kräuselten.

»Ein wunderschönes Paar«, fügte Maddie hinzu und erwiderte sein Lächeln.

»Sie und Kara, ihr seht beide wunderschön aus, Maddie.«

Sie hob ihren Kopf und betrachtete ihn; sie fragte sich, warum ein Mann wie dieser nicht mit einer Frau zusammen war. Er war auf eine schroffe Art gutaussehend und steinreich, wie sie wusste. »Ich nehme an, Sie haben niemanden mitgebracht? Ich habe Sie mit niemandem gesehen.« Während der Trauung hatte er neben einem älteren Herrn und einer Dame gesessen, die alt genug war, um seine Großmutter zu sein.

Langsam schüttelte er den Kopf. Seine rostbraunen Haare glänzten im Kerzenlicht.

»Nein. Ich war verheiratet. Vor zwei Jahren habe ich sie verloren.«

»Das tut mir leid.« Maddie wünschte sich plötzlich, nicht gefragt zu haben. Sein Gesicht nahm einen nachdenklichen und traurigen Ausdruck an.

»Was ist mit Ihnen? Kein Ehemann? Kein Freund? Sind Sie und Sam ein Paar? Vor einer Weile hatte ich den Eindruck, Sie wären einander sehr verbunden«, bemerkte er amüsiert.

»Ich weiß es nicht«, antwortete sie wahrheitsgemäß.

»Würden Sie mit mir zu Abend essen, Maddie?«, fragte er sie mit ernster Miene.

Da war etwas in seinen Augen und in seiner Stimme, das sie dazu drängte, Ja zu sagen. Vielleicht war es die Leere, die sie in seinem Gesichtsausdruck sah, oder die Einsamkeit, die sie hinter seinem wahrhaft geheimnisvollen Äußeren fühlte. »Ja, gern, das wäre nett.« Es war nur ein Abendessen, sie hatte keinen Grund, es abzulehnen.

»Geben Sie mir Ihre Telefonnummer.« Er zog sein Handy aus der Tasche.

Sie rasselte die Nummer herunter und war gerade damit fertig, als Sam mit ihren Drinks an den Tisch zurückkam.

Max lächelte, steckte sein Handy in die Tasche zurück und erhob sich. »Sam. Wie geht es dir?«

Sams Gesicht war wie aus Stein, seine Miene grimmig. »Mir ging es gut, bis du angefangen hast, meine Frau zu belästigen«, erwiderte er grob, knallte die Drinks auf den Tisch und wendete sich Max zu.

»Mein Gott. Verhalte dich mir gegenüber nicht wie ein Steinzeitmensch, Sam. Ich habe mich nur vorgestellt.« Max trat einen Schritt nach vorn, als ob er Sam herausfordern wollte.

»Hast du ihm deine Telefonnummer gegeben?«, grollte Sam und warf Maddie einen missbilligenden Blick zu.

»Setz dich, Sam! Max, es war nett, Sie kennengelernt zu haben.« Sie lächelte Max an und warf Sam einen warnenden Blick zu.

»Ganz meinerseits, Maddie.« Max schüttelte ihr wieder die Hand. Dann beugte er sich zu ihrem Ohr hinunter und fragte leise und besorgt: »Sind Sie okay? Er sieht stocksauer aus.«

Sie rollte mit den Augen. »Das ist er immer. Mir geht's gut.«

»Ich werde mich später mit euch unterhalten.« Max entfernte sich, nachdem ihn Sam mit einem streitlustigen Blick bedacht hatte, der seine Bereitschaft bezeugte, mit Max in den Ring zu steigen.

Sams Blick bohrte sich in Max Rücken und seine Hände hatten sich zu Fäusten geballt. Er setzte sich und kippte die Hälfte seines Getränks hinunter, bevor er sprach. »Du wirst mit ihm nirgendwohin gehen!« Seine Finger umklammerten das Glas und seine Augen glänzten vor Wut.

Maddie blickte ihn an und nippte an ihrem cremig weißen Drink, den er ihr gebracht hatte. »Mmm… das ist gut. Was ist das?«

»White Russian«, antwortete er barsch. »Hast du gehört, was ich gesagt habe, Madeline?«

»Ich ignoriere dich, bis du etwas anderes tust, als mir Befehle zu erteilen. Das mag ich gar nicht.« Sie nahm einen größeren Schluck und genoss den cremigen Geschmack auf ihrer Zunge.

»Hamilton ist nicht gut für dich, Maddie. Er ist nie über den Verlust seiner verstorbenen Frau hinweggekommen. Er würde dich unglücklich machen«, brummte er und kippte den Rest seines Drinks hinunter.

»Er sieht so einsam aus«, bemerkte sie traurig.

»Das ist er und es tut mir leid, aber du bist nicht die Lösung«, sagte er rau. »Du bist schon an einen Mann vergeben, der dich verzweifelt braucht. Du gehörst zu mir, mein Sonnenschein. Schon immer.«

Sie blickte Sam in seine unwiderstehlichen Augen und versank in deren Tiefen. Sie war unfähig zu bestreiten, dass sie zu ihm gehörte. Sein Blick war zugleich so hilflos und wütend, dass sie sich am liebsten an ihn geklammert hätte, um seinen Schmerz zu vertreiben. »Du kannst mir nicht einfach Befehle erteilen und erwarten, dass ich dir gehorche. Ich treffe meine eigenen Entscheidungen. Das habe ich immer getan. Ich bin nicht mehr die naive junge Frau, die du einst gekannt hast.« Sie nippte an ihrem Getränk und beobachtete ihn fasziniert.

Sie konnte einen Hauch von Schweiß auf seinem Gesicht erkennen. Die kaum zurückgehaltenen Emotionen lagen dicht unter der Oberfläche. Er stand auf und griff nach ihrer Hand, um sie vom Stuhl hochzuziehen. »Lass uns tanzen!« Das war keine Frage. Es war eine Feststellung.

Maddie setzte ihr fast leeres Glas auf dem Tisch ab und folgte ihm.

Kapitel 7

M it Sam zu tanzen, war, als ob man sich auf dem Tanzboden lieben würde. Er berührte und streichelte sie und flüsterte ihr unanständige Dinge ins Ohr, bis ihr ganzer Körper in Flammen stand und ihr Höschen völlig durchnässt war. Als sie nach mehreren Stücken die Tanzfläche verließen, war Maddie am Keuchen.

Kara schnitt die wunderschöne Hochzeitstorte an und schleuderte ihr Blumenbouquet durch die Luft, das geradezu auf Maddie zuzufliegen schien, obwohl sie noch nicht einmal versucht hatte, die Hände nach ihm auszustrecken.

Simon machte sich gar nicht erst die Mühe, Karas Strumpfband in die Luft zu werfen; er löste es diskret von seiner neuen Braut und stopfte es mit einem teuflischen Grinsen in Sams Tasche. Überraschenderweise nahm Sam dies mit einem breiten Lächeln und einem Klaps auf den Rücken seines jüngeren Bruders hin, was Simon überrascht zur Kenntnis nahm.

»Wir haben unsere Pflicht getan. Jetzt lass uns einen Spaziergang machen«, sagte Sam mit einem zweideutigen Lächeln, als er neben Maddie stand und beide an einem neuen Getränk nippten, während sie die Gäste beobachteten, die nach und nach den Empfang verließen.

Maddie fragte nicht, wohin sie gehen würden. Es war ihr egal. Ihre Hand glitt behaglich in seine und sie folgte ihm, wohin auch immer er sie führen würde.

Er ging langsam über den Rasen und als sie begannen, den gepflasterten Hauptweg hinunterzugehen, ließ er ihre Hand los und schlang ihr einen Arm um die Taille. Er nickte einem Sicherheitsmann der Hudson Corporation zu, der am oberen Ende des Weges seinen Posten bezogen hatte, und erteilte ihm mit leiser Stimme Anweisungen, während er Maddie um den älteren Mann herumführte:»Niemand darf heute Nacht hier herunterkommen!«

»Alles klar, Mr. Hudson. Ich werde dafür sorgen«, antwortete der Wächter.

Es war dunkel hier; wahrscheinlich waren die Lampen nicht eingeschaltet, um die Gäste von Bereichen fernzuhalten, in denen Sam sie nicht haben wollte. Maddie keuchte vor Entzücken, als sie das Ende des Weges erreichten. Die Bucht und die private Anlegestelle glänzten im Mondlicht. Es war eine herrliche Aussicht mit entfernten Lichtpunkten und der Schönheit des Sternenhimmels.»Das ist wunderschön. Ist das deine Anlegestelle?«

»Ja, sie gehört mir und sie ist privat«, antwortete er stolz.

Maddie betrat den Anleger und achtete darauf, dass ihre hohen Absätze nicht zwischen den Planken steckenblieben.»Also hier hast du Kara angemacht?«, fragte sie ihn und versuchte, nicht eifersüchtig zu klingen, weil Sam ihre Freundin einmal angebaggert hatte.

»Es war nicht Kara, die ich wollte. Ich war betrunken und vielleicht neidisch, weil Simon so glücklich aussah. Ich wusste nicht, dass Simon es so ernst mit ihr meinte, und wenn ich nicht betrunken gewesen wäre, wäre das nie passiert«, erklärte er, während er Maddie hochhob und auf den Arm nahm.»Selbst, wenn sie einverstanden gewesen wäre, wäre nichts geschehen. In jener Nacht war ich viel zu betrunken, um noch etwas ausrichten zu können, und sobald ich wieder nüchtern gewesen wäre, hätte ich nicht mehr mit ihr zusammen sein wollen. Sie ist nicht mein Typ.«

Sie wollte Einspruch dagegen erheben, dass Sam sie trug und ihr Gewicht auf sich nahm, aber er sah nicht im Geringsten gestresst aus, sondern ging mit großen Schritten den Steg hinunter, in Richtung eines Gebildes weiter unten. Sie schlang ihm die Arme um den Hals und legte ihren Kopf auf seine Schulter. Sie wusste, daran würde sie sich sehr leicht gewöhnen können. Sam war so ein heißer Alpha-Mann, der alles Weibliche in ihr ansprach, sodass sie einfach nur mit ihm verschmelzen und sich von ihm für eine Weile beschützen lassen wollte. »Was ist denn dein Typ?«, fragte sie neugierig.

»Eine kleine, hübsche Rothaarige, die gern mit ihren Reizen spielt«, antwortete er unwirsch. Inzwischen hatten sie das Gebäude erreicht und Sam sprang die Eingangsstufen hinauf.

Maddie sperrte den Mund auf vor Überraschung, als er oben ankam und mit seiner Schulter eine Fliegengittertür aufstieß. Das gesamte obere Stockwerk war mit einem Fliegengitter abgeschirmt, um Ungeziefer fernzuhalten, und eine ganze Wand bestand nur aus Glas und gab eine fantastische Aussicht auf das Wasser frei. »Das ist unglaublich«, flüsterte sie, als Sam sie mit ihren Füßen auf dem Boden absetzte.

Offensichtlich hatte ihn jemand erwartet. Der Raum war mit hübschen Gartenmöbeln ausgestattet, und auf jedem Tisch brannten Kerzen. Eine Flasche Champagner auf Eis stand neben zwei Kelchgläsern in der Nähe einer riesigen, bequemen Doppelcouch.

»Hier verbringe ich viel Zeit. Es ist ruhig und friedlich«, sagte Sam beiläufig, während er sein Smokingjackett auszog und über einen Stuhl warf. »Ich liebe das Wasser.«

»Aber du hast kein Boot?«, fragte Maddie, weil sie an der Anlegestelle kein einziges Boot bemerkt hatte.

Er zuckte mit den Schultern und warf sich in den Sessel. »Ich habe niemals eines gebraucht. Genau an dieser Stelle bin ich doch schon auf dem Wasser.« Er breitete die Arme aus. »Komm her! Ich will über deinen kleinen Kommentar bezüglich der Batterien mit dir diskutieren und wie der mich während der letzten paar Tage beschäftigt hat.«

Maddie biss sich nervös auf die Lippe. In Wahrheit meinte Sam doch, er wollte Vergeltung, was höchstwahrscheinlich atemraubende Küsse und erotische Qualen beinhaltete.

Sie warf einen schnellen Blick auf die Tür.

»Denk nicht einmal daran. Ich kann innerhalb von Sekunden aufspringen und dich wieder einfangen, besonders da du diese Schuhe trägst«, bemerkte er sachlich, aber mit einem gefährlichen Unterton. »Entweder du kommst zu mir, oder ich werde dich holen!« Sie seufzte, weil sie ja eigentlich gar nicht wegwollte. Sie streifte ihre Schuhe ab und schlüpfte zu ihm auf die Doppelcouch, wo sie sich sofort von starken Armen umschlossen fühlte, die sie eng an eine ebenso kräftige Brust drückten. »Du bist so diktatorisch«, beschwerte sie sich verärgert.

»Das war ich immer schon. Bemerkst du das erst jetzt? Simon hat mir das schon vorgeworfen, als er anfing, sprechen zu lernen«, gab er lachend zurück.

Tatsächlich war Sams Art, für alles die Kontrolle zu übernehmen, etwas, das sie schon immer an ihm bewundert hatte, aber nun war er auf einem völlig neuen Niveau autoritär. Sie nahm an, dass dies größtenteils mit seinem Erfolg zusammenhing. »Du bist jetzt anders«, überlegte sie. Damals war er anregend und kultiviert gewesen, aber sie war sich nicht so sicher, dass er sich in seinem Inneren viel geändert hatte. Auf emotionaler Ebene hatte er immer noch so viele Ecken und Kanten wie damals, nur hatte er inzwischen gelernt, diese unter einem höflichen, glatten Äußeren zu verstecken.

»Ist das gut oder schlecht?«, fragte er und ließ seine Hand auf ihrem nackten Arm auf und ab gleiten, was bei ihr eine Gänsehaut hinterließ.

»Keines von beidem«, antwortete sie. Sie war sich ziemlich sicher, dass er unter all dem Glanz und Glitter noch derselbe Mann war. Die Tatsache war sowohl erschreckend als auch beruhigend.

»Wie haben sich die neuen Batterien ausgewirkt, Maddie?«, fragte er heiser.

Sie schnaubte und fummelte an seiner Krawatte. »Sie waren sehr… nun… stimulierend. Danke.«

»Ich habe jede Nacht dem Drang widerstanden, die Tür vom Gästezimmer einzutreten, dich nackt auszuziehen und dich zu ficken, bis du vor Wollust geschrien hättest.« Seine Stimme klang verzweifelt. Er zog den winzigen Ärmel ihres Kleides nach unten. »Heute musste ich während des ganzen Nachmittags und Abends meine Erektion verstecken, wenn ich dich in diesem fick-mich Kleid gesehen habe, besonders, nachdem ich einmal wusste, dass deine Brüste darunter nackt waren und nur darauf warteten, von meinen Fingern und meinem Mund berührt zu werden.« Das Mieder begann tiefer zu rutschen, als er das Kleid weiter nach unten schob. Seine Hand fuhr seitlich in das Mieder hinein und suchte sich seinen Weg zwischen dem Stoff und ihren nackten Brüsten.

Maddies Innerstes wurde von Hitze überflutet. Ihre Brustwarzen waren bereits hart und sensibel, nur aufgrund seiner erotischen Worte. Sie keuchte, als er besitzergreifend eine Brust umfasste und leicht in die Brustwarze kniff. »Sam«, raunte sie mit verlangender Stimme, die sie kaum als ihre eigene erkannte.

Er zog sie mit einem reibungslosen Manöver enger an sich heran, sodass sie sehnsüchtig zu ihm aufblickte. Ihr stockte der Atem, als sie den Hunger und die Sehnsucht sah, die in diesen smaragdgrünen Augen über ihr schimmerten - ein Zeichen, das sie schon so lange in den Augen dieses einen Mannes hatte sehen wollen. Eine erotische Fantasie wurde Wirklichkeit. »Du gehörst mir, Madeline. Du hast immer mir gehört und wirst mir immer gehören. Wegen dir werde ich vielleicht noch den Verstand verlieren, aber zumindest werde ich ein glücklicher Verrückter sein.«

Ja. Ja. Ja.

Ihr ganzes Sein sehnte sich nach Sam Hudson, und nur nach ihm. Seine Dominanz erregte sie; sein Geruch erfüllte sie mit sexueller Begierde. »Dann nimm mich, Sam!« Kein Warten mehr, kein Nachdenken mehr; für sie gab es nur diesen einen Mann. Er war immer der Einzige gewesen.

»Du wirst mich heiraten, Maddie. Versprich es mir!«, forderte er, während er schon ihre Ärmel weiter nach unten zog, sodass die obere Hälfte ihres Kleides nun ganz nach unten rutschte und ihre nackten Brüste heraussprangen. Ihre Arme blieben auf diese Weise seitlich an ihrem Körper gefesselt.

»Ich werde darüber nachdenken«, gab sie ausweichend zur Antwort und stöhnte, als sich sein Mund ihren Brüsten näherte, während er diese mit den Händen zusammendrückte, um leichter von einer Brust zur anderen wechseln zu können. Sanft biss er in die eine Brustwarze, saugte auf erotische Weise daran und wechselte dann zur anderen. Hin und her, immer wieder, bis Maddie von der genüsslichen Quälerei den Verstand verlor.

»Versprich es!«, kommandierte Sam und schnippte mit der Zunge gegen ihre Brustwarze.

Schmollend verzog sie ihre Lippen und presste ihren Unterleib gegen seine harte Erektion. Sie musste sich reiben, sie wollte ausgefüllt werden, sie brauchte alles von ihm. »Um Gottes Willen, fick mich einfach! Über alles andere können wir später reden«, antwortete sie ungestüm, drückte ihre Arme zur Seite und zerriss ohne auch nur den Funken eines Bedauerns die zierlichen Ärmel, um ihre Hände freizubekommen, mit denen sie ihn berühren wollte.

Ihre Hände fuhren durch seine Locken und pressten gleichzeitig seinen Kopf fest an ihre Brust, um ihn zu drängen, ihr mehr zu geben. Während ihre zitternden Finger seinen Rücken hinabglitten, schlang sie ihm ihre Beine um die Taille und rieb verzweifelt ihr Becken an seinen Leisten.

Sam löste seinen Kopf von ihren Brüsten und widmete sich ihrem Mund. Es war eine alles beherrschende Inbesitznahme, die sie gegen seine stoßende Zunge keuchen und ihre durchnässte Muschi härter an seinem Schwanz reiben ließ. Seine Umarmung war wild und unbeherrscht. Seine Hände hielten ihren Hinterkopf und seine flinken Finger lösten ungeduldig die Spangen aus ihrem Haar. Er hielt Maddie immer noch für seinen Besitz. Ihre Zungen verflochten sich in einem hungrigen Duell, beide wild und ungezähmt.

Mit einem gepeinigten männlichen Stöhnen kam Sam auf die Knie. Er riss sich Krawatte und Weste vom Leib, ohne sich die Zeit zu nehmen, die Knöpfe zu öffnen. Auf die gleiche Weise verfuhr er mit seinem Hemd. Jedes einzelne Kleidungsstück landete rücksichtslos auf dem Fußboden. Als Maddie sich aus ihrer liegenden Position aufsetzte, griff Sam sofort nach dem Reißverschluss auf ihrem

Rücken, zog ihn herunter und zerrte ihr das Kleid über die Hüften bis auf die Schenkel nach unten, wobei Maddie ihren Hintern anhob, damit er es leichter hatte.

»Herrgott, Maddie. Du bietest den schönsten Anblick, der mir je unter die Augen gekommen ist. Nichts kommt dem auch nur nahe«, knurrte er und stand auf, um den Rest seiner Kleidung loszuwerden. Seine Augen konnten nicht von ihrem Körper lassen, als sie sich wieder hinlegte. Unverfroren starrte er sie an, und seine Augen schimmerten feucht vor Begierde, während er Hose, Socken und Boxershorts auszog.

Maddie ihrerseits bestaunte seinen Schwanz, der sich erigiert und gigantisch vor seinen wohlgeformten Bauchmuskeln erhob und ihre einsame Muschi dazu veranlasste, sich vor Begehren zusammenzuziehen. Sam hatte einen Körper, der vermutlich die Fantasie aller Frauen anregte. Kräftig, muskulös und perfekt. Für Maddie war er ein Komplettpaket; er war zur Gänze *ihr* Sam, einschließlich seines bedeutungsvollen, erotischen Blicks, den er ihr aus diesen intensiven Augen zuwarf.

Da sie sich ständig ihres Körpers bewusst war, hätte sie sich eigentlich schämen müssen, aber sie tat es nicht. Sam liebte ihren kurvigen Körper, und sie war gut in Form, weil sie mehrere Tage pro Woche trainierte. Der Ausdruck auf seinem Gesicht ließ sie in diesem Moment keine einzige ihrer Kurven bedauern. Offensichtlich schätze er ihre rundlichen Hüften und überdurchschnittlich großen Brüste. Er löste bei ihr das Gefühl aus, eine Sexgöttin zu sein – für sie eine ungewöhnliche und erotische Erfahrung.

»Komm!«, bettelte sie und streckte ihm die Arme entgegen. Sie musste seinen Körper an sich spüren und sie wollte, dass er sie völlig ausfüllte.

»Nein. Zuerst kommst du!«, erwiderte er frech und missverstand absichtlich die Bedeutung ihrer Worte. »Ich sterbe vor Lust, dich zu schmecken. Und nun ist es soweit. Ich werde dich schmecken.«

Er kletterte auf die Couch und ließ sich zwischen ihren Schenkeln nieder, die er weit auseinanderspreizte. Sie trug ein dünnes, grünes

Höschen und hautfarbene schenkelhohe Seidenstrümpfe mit einer gezackten Spitze am oberen Rand.

Plötzlich wurde sie nervös und stammelte:»Sam, ich… ich habe nicht… ich weiß nicht… ich –«

»Du hast niemals einen Typen da unten an dich rangelassen?«, brummte er, während seine Finger zärtlich den Streifen Haut streichelten, den ihre Seidenstrümpfe über der abschließenden Spitze entblößten.»Niemand hat je darum gebeten«, seufzte sie, als seine Zunge den Platz seiner Finger übernahm und er die Haut ihres Schenkels nahe ihrer glühenden Muschi mit langsamen, gefühlvollen Kreisbewegungen leckte.

»Gut«, antwortete er mit männlicher Befriedigung.»Und ich frage dich nicht erst, mein Sonnenschein. Ich nehme mir, was mir gehört. Was schon immer mir gehört hat.«

Er brachte sie zum Schweigen, indem er mit der Zunge aufreizend über das kaum vorhandene Höschen fuhr und ihre nassen Falten durch den dünnen Stoff beleckte. Zitternd vergrub sie ihre Hände in seinem Haar und fragte sich, ob sie noch mehr Reize würde ertragen können.»Bitte, Sam! Ich brauche dich.«

»Ich gehöre dir, Maddie. Ich werde dir immer gehören«, antwortete er mit gedämpfter Stimme gegen ihren Venushügel.

Mit einem heftigen Ruck und einem feinen Geräusch zerriss er ihr Höschen, was bei ihr nur Erleichterung auslöste, weil es sie einen Schritt näher an ihre Vereinigung brachte. Die erste direkte Berührung seines Mundes war Qual und Verzückung zugleich, ein Gefühl, das keinem glich, dass sie jemals verspürt hatte. Plötzlich war sie froh, dass Sam der Erste war, der so etwas mit ihr tat; der Akt war so intim, dass es mit jedem anderen wie ein Sakrileg gewesen wäre. Nicht so mit ihm, niemals mit ihm. Das Einzige, was sie jemals mit Sam verspürte, war das Verlangen nach mehr. Sie massierte seine Kopfhaut und stöhnte sehnsüchtig, als seine Zunge sie überall mit seinem Speichel benetzte und mit aufreizend verzögerten Bewegungen ihre Klitoris umkreiste, bis sie aufschreien musste.

»Bitte, bitte!«, bettelte sie keuchend und bog den Rücken durch, als seine Finger sich zu seiner Zunge gesellten und ihre Schamlippen mit einer Hand weit auseinanderspreizten, damit er den Zeigefinger seiner anderen Hand leicht in ihren engen Eingang schieben konnte.

Ja. Ja. Füll mich aus! Ich fühle mich so leer.

Er fügte einen zweiten Finger hinzu und stöhnte gegen ihre Muschi: »Jesus, Maddie. Du bist so verdammt eng und so verflucht heiß.«

Es waren Jahre vergangen und sie war eng, aber die Dehnung fühlte sich so unglaublich gut an. Bettelnd hob sie ihre Hüften an. »Lass mich kommen! Bitte.« Ihr Körper war zu einem spontanen Ausbruch bereit und in Schweiß gebadet. Jede einzelne Zelle ihres Körpers schrie nach Erlösung. Sie griff nach seinem Kopf und drückte ihn enger auf ihre Muschi; sie brauchte die Reibung, sie bettelte um Erfüllung.

Seine Zunge bewegte sich über ihre Klitoris und dann begann er, an ihr zu knabbern, als ob er sie auffressen wollte. Er zupfte und leckte und schluckte mit einem hungrigen Stöhnen ihre Sahne. Seine Finger fickten sie in einem wilden, abgehackten Rhythmus, während er ihre Klitoris mit Zunge und Zähnen stimulierte.

»Sam! Oh, Gott! Ja!«, fauchte sie. Der Höhepunkt erfasste ihren ganzen Körper, steigerte sich und traf sie mit voller Wucht. Die Wände ihres Tunnels schlossen sich eng um seine Finger und ihr ganzer Körper pulsierte und zitterte unter einem machtvollen Orgasmus.

Ihre Hände in seinem Haar öffneten und schlossen sich und sie erschauerte, als die seidigen Strähnen über ihre Finger glitten.

Unglaublich.

Jeder einzelne ihrer Sinne war hypersensibilisiert. Nur langsam kam sie wieder zur Besinnung, weil Sam gierig jeden einzelnen Tropfen ihres Orgasmus aufschleckte und so ihr Vergnügen verlängerte, bis es fast unerträglich wurde.

Als er sich auf die Knie erhob, konnte sie jede gestaute Vene an seinem angeschwollenen Geschlecht erkennen, und sein Gesicht zeigte eine solche Leidenschaft und Fleischeslust, dass sich ihr Kanal vor Begierde, ihn in sich zu haben, erneut zusammenzog.

Weil sie ihm nun ihrerseits ein ebensolches Vergnügen bereiten wollte und außerdem begierig darauf war, die seidige Beschaffenheit seines Schwanzes zu fühlen, griff sie danach. Sie setzte sich auf, legte ihre Finger darauf und berührte seufzend den feuchten, knolligen Kopf.

»Nein, Maddie. Tu das nicht!« Sam umschloss ihr Handgelenk so fest, dass es sie erschreckte. Sie schaute ihm ins Gesicht und der Ausdruck darauf hielt sie davon ab, ihren Mund auf seinen Schwanz zu senken. Er sah panisch und ängstlich aus. Das dauerte jedoch nur ein paar Herzschläge, dann war dieser Eindruck verschwunden, gefolgt von einem Ausdruck der Reue.

Er lockerte ihr Handgelenk und senkte seinen feurigen Körper auf sie hinab. »Es tut mir leid, Maddie. Manchmal will ich einfach nur nicht… berührt werden.« Seine Stimme klang frustriert.

Sie zog ihr Handgelenk aus seinem Griff und schlang ihm die Arme um den Hals. »Darf ich dich auf diese Weise berühren?« Sie schlang ihre Beine um seine Taille und presste ihre Brüste gegen seinen Oberkörper. Mit ihren Fingern strich sie über die wohlgeformten Muskeln seines Rückens bis hinunter zur Taille und wieder zurück.

»Oh, fuck! Ja! Berühr mich einfach genau so!«, stöhnte er gequält.

»Ich brauche dich, Sam.«

»Ich brauche dich auch, mein Sonnenschein, jetzt.« Er rutschte weiter nach unten und positionierte seinen Schwanz an ihrem einladenden Eingang. »Du bist so verdammt eng und ich will dir nicht wehtun.« Er schob die Spitze seines Schwanzes vorsichtig in sie hinein und sie hörte, wie er stöhnte. Sein Körper war bereits feucht von der Anstrengung, sich zurückzuhalten.

»Fick mich einfach, Sam! Jetzt. Mach es nicht vorsichtig oder sanft. Ich brauche dich!« Sie wollte, dass er in sie hineinstieß und sie vollständig ausfüllte. Es war ihr scheißegal, ob es eng war, sie brauchte einfach nur seinen Schwanz in sich. Jetzt!

Mit einem kraftvollen Stoß trieb er seinen Schwanz in sie hinein und begrub sich selbst in ihrer engen Höhle. Maddie stöhnte vor Lust; sie war bis aufs Äußerste gedehnt und angefüllt mit Sam. In diesem Augenblick existierte nichts anderes auf der Welt. Da war nur die Gier nach dem Mann, der sie nahm, der sie besaß und ihren Körper meisterte.

»Hiervon habe ich geträumt, Maddie. So oft«, brachte er noch hervor, während er sich zurückzog und dann wieder in sie hineinstieß, wo er sich so heimisch fühlte. »Aber in meinen Träumen war es niemals so gut wie jetzt.«

»In meinen Träumen auch nicht«, keuchte sie und verstärkte die Umklammerung ihrer Beine, während sie um mehr bettelte. »Fick mich, Sam! Lass unsere Träume endlich Wirklichkeit werden.«

Ihre Gefühlswelt bestand nur noch aus Instinkt, Fleischeslust, Verlangen und Verzweiflung. Sam bearbeitete sie mit seinem Schwanz und trieb ihn tief in sie hinein. Seine Hände umklammerten ihre Pobacken, um sie immer und immer wieder zusammenzubringen. Die Luft um sie herum war schwer und ihre feuchten Körper glitten ineinander, als sie sich dem Höhepunkt näherten.

»Komm für mich, Sonnenschein! Komm für mich! Diesmal will ich dich dabei beobachten.«

Seine Worte schleuderten sie über die Grenze des Erträglichen und der Orgasmus tobte durch ihren Körper wie ein gewaltiger Sturm. Sie klammerte sich an Sam und ihre Nägel krallten sich in seinen Rücken. Sie explodierte und schrie auf, als sich ihre Muskeln verkrampften und ihre Sahne über Sams Geschlecht flutete und es in Hitze badete.

Ihr Rücken bog sich durch und ihre Brüste scheuerten sich an den feinen Haaren auf seiner Brust. Sie warf den Kopf zurück und rief Sams Namen, als die ganze Welt auseinanderbarst; das Einzige, was noch Bedeutung hatte, war der Mann, an den sie sich festklammerte und dessen muskulöser Körper sie davor bewahrte, in unendliche Fernen abzudriften.

Sam folgte ihr in den Orgasmus mit einem gequälten Stöhnen. Seine Wärme überflutete ihren Schoß, als sein Körper über ihrem erbebte.

»Fuck! Wahnsinn!« Er brach über ihr zusammen. Sein Brustkorb dehnte sich und sein Atem ging flatterhaft und stoßweise. »Mist!

Ich werde dich zerdrücken.« Er rollte sich neben ihr auf den Rücken, zog sie an seine Seite und schlang die Arme um sie.

Still genossen sie, wie sich ihr Herzschlag beruhigte und ihre Körper von ihrem orgastischen Höhepunkt herunterkamen. Maddie ruhte mit dem Kopf auf seiner Schulter. Ihr Körper war so gesättigt und zufrieden, wie er es noch niemals gewesen war.

»Wir haben kein Kondom benutzt«, bemerkte sie schließlich reumütig.

»Ich habe dir doch meine Gesundheitszeugnisse gegeben«, erwiderte er ein wenig heiser.

Bis jetzt hatte sie die Papiere noch nicht gelesen, aber es waren auch nicht eventuelle Krankheiten, um die sie sich Sorgen machte. Er hätte ihr nicht seine medizinischen Berichte überlassen, die seine Gesundheit bezeugen sollten, wenn die Ergebnisse nicht alle negativ wären. »Meine habe ich dir nicht gegeben«, antwortete sie mit einem Seufzer.

»Dann, nehme ich an, teilen wir alles miteinander, woran du möglicherweise leidest. Wenn es tödlich ist, werde ich gemeinsam mit dir sterben«, antwortete er vollkommen ernst. »Ich kann nicht mehr ohne dich sein, Maddie. Das ist zu verdammt schmerzhaft.«

Sie musste den Kloß in ihrem Hals herunterschlucken. Sie fühlte auf die gleiche Weise. Ohne Sam zu leben, war wie ein Leben in Dunkelheit, ein Warten auf Tageslicht.

»Ich bin sauber. Aber ich benutze keine Verhütungsmittel. Heute ist nicht einer meiner fruchtbaren Tage, aber trotzdem war es unvorsichtig. Du meine Güte, ich bin eine verdammte Ärztin!«

»Du wirst mich ohnehin heiraten«, polterte er und rollte sich auf sie, um sie in der Falle zu haben. »Du heiratest mich, Maddie!« Das war keine Frage, sondern ein Befehl.

Sie lächelte und betrachtete ihren Alpha-Mann, der auf ihr lag und dessen dominierendes Verhalten so verdammt männlich wirkte. »Ich sagte, wir würden das später besprechen.«

»Jetzt ist später. Und du gehörst mir«, stellte er besitzergreifend fest.

»Wir werden sehen«, murmelte sie und zog ihn zu sich hinunter, um ihm einen zärtlichen Kuss zu geben, der jedoch schnell leidenschaftlich wurde. Sam zu küssen bedeutete, eine Flamme an Benzin zu halten; die weißglühende Zündung erfolgte umgehend.

»Versuchst du, das Thema zu wechseln?«, fragte Sam und holte tief Luft.

»Nein. Nicht wirklich. Ich hoffte nur, die verlorene Zeit aufzuholen«, erklärte sie ihm verführerisch aufreizend.

»Ich dachte, du magst keinen Sex«, erinnerte er sie mit heißblütiger Stimme.

»Ich beginne, meine Meinung zu ändern.« Spielerisch strich sie mit ihrer Fußsohle an seiner Wade entlang.

»Ich glaube, ich muss noch viel Arbeit darin investieren, damit du dich um hundertachtzig Grad drehst«, antwortete er heiser.

»Kannst du immer alles, was dir in den Sinn kommt, in die Tat umsetzen?« Sie warf ihm einen heißen Blick zu.

»Verdammt richtig. Das kann ich«, entgegnete er aggressiv und vergrub seine Finger in ihrer wilden, aufgelösten Mähne.

Als er dann versuchte, sie nur mit einem Kuss zu verführen, war Maddie sich schon ziemlich sicher, dass er Recht hatte.

Kapitel 8

»Sam hat dir einen Heiratsantrag gemacht?« Kara quietschte vor Entzücken und umarmte Maddie. Das Packen war vergessen.

Maddie erwiderte die Umarmung. »Hm… ich würde nicht gerade sagen, es war ein Antrag, es war mehr wie ein Ultimatum.«

Kara lachte. Sie saß neben ihrem Koffer auf dem Bett und blickte zu Maddie auf. »Hudson-Charakter. Er ist ein männlicher Hudson. Ich denke, die Herrschsucht liegt ihnen in den Genen, besonders Sam, und beide haben einen beträchtlichen Überschuss an Beschützerinstinkt gegenüber den Frauen, die sie lieben.«

Maddie tauschte ein wissendes Lächeln mit Kara aus. Nachdem sie und Sam sich über die Hintertreppe ins Haus zurückgeschlichen hatten, hatten sie sich getrennt, weil Sam erklärt hatte, er hätte noch etwas Geschäftliches mit Simon zu besprechen, bevor dieser mit Kara seine Flitterwochen antreten wollte. Maddie hatte schnell geduscht und war nun gekommen, um Kara auf Wiedersehen zu sagen. Prompt hatte sie Kara alles erzählt, weil sie das verzweifelte Bedürfnis verspürte, mit ihrer Freundin über Sam zu sprechen. Kara war wahrscheinlich einer der wenigen Menschen, der die Hudson-Männer verstand.

»Er hat nie gesagt, dass er mich liebt. Und es klingt eher wie ein geschäftlicher Vorschlag als ein Heiratsantrag«, antwortete Maddie mit sinkendem Herzen. Noch in derselben Minute, in der sie den Anleger verließen, hatte sie bereits gefühlt, wie Sam von ihr wegdriftete und sich die Nähe verflüchtigte, die sie in den Armen des anderen gefunden hatten.

»Maddie, es war immer recht offensichtlich, dass zwischen Sam und dir etwas gelaufen ist, das von euch beiden niemals beendet wurde. Ich kann bezeugen, dass die Geschichte, wie er dem FBI geholfen hat, wahr ist. Simon hat mir erzählt, wie Sam geholfen hat, die Organisation aufzureiben. Simon hat Sam deswegen immer bewundert. Aber sie mussten über einige Zeit hinweg geschützt werden. Ich habe keinen Zweifel daran, dass alles, was Sam gesagt hat, der Wahrheit entspricht«, entgegnete Kara leise und gedankenverloren. »Trotz all seiner Fehler ist Sam ein guter Mann. Was wirst du tun?«

»Ich weiß es nicht«, antwortete Maddie ehrlich. »Er bedrängt mich, aber ich brauche Zeit. Mann, wir kennen uns nicht einmal mehr. Unsere Beziehung ist Jahre her. Wir waren kaum erwachsen. Seitdem ist so viel geschehen. Wir haben uns beide verändert.«

»Oh… ich kann dir aus persönlicher Erfahrung sagen, dass Geduld nicht gerade eine Hudson-Tugend ist«, kicherte Kara.

Maddie rollte mit den Augen. »Das habe ich schon vor langer Zeit herausgefunden.« Sie wies mit der Hand auf den geöffneten Koffer. »Und da wir gerade davon sprechen, du solltest besser weiterpacken, meine Liebe.«

Der Ausdruck in Karas Augen war sanft und warm, als sie sprach. »Maddie, ich bezweifle, dass weder Sam noch Simon ihre Kindheit ohne einen seelischen Schaden überleben konnten. Hör nicht auf Sams Gepolter, schau in sein Herz!«

»Ich bin mir nicht sicher, ob er mich hineinlassen wird«, warf Maddie ein. »Ich verstehe wirklich nichts von alldem. Es geht alles so schnell.«

Kara faltete eine Jeans zusammen und warf sie in den Koffer. »Das glaube ich nicht. Ich glaube nicht, dass Sam je über dich hinweggekommen ist. Für ihn war es niemals zu Ende.«

»Ich glaube, mir ging es genauso«, flüsterte Maddie und wusste, was sie sagte, entsprach der Wahrheit. Sam hatte sich im Laufe der Jahre vielleicht verändert, aber er war immer noch... Sam. Sie hatte ihm widerstehen können, als sie noch gedacht hatte, er hätte sie betrogen und sie hätte einen Mann geliebt, der nie existiert hatte. Jetzt, da sie wusste, dass er sie begehrt und nur versucht hatte, sie zu beschützen, war es schier unmöglich, sich selbst davon abzuhalten, wieder in sein Spinnennetz aus glühender Hitze und verzweifelter Begierde zurückzufallen.

»Gib ihm eine Chance. Sam war immer ruhelos und unglücklich. Er versteckt das sehr gut, aber er fühlt sich jämmerlich«, bemerkte Kara bittend. »Ich will euch beide glücklich sehen.«

Maddie seufzte. »Ich versuche, alles etwas zu verlangsamen, sodass wir uns wieder etwas besser kennenlernen können.«

Kara schnaubte. »Viel Glück dabei. Wenn ein Hudson-Mann beschließt, etwas haben zu wollen, dann nimmt er es sich, und Gott helfe der Frau, die protestiert.«

»Du hast gelernt, Simon in den Griff zu bekommen«, erinnerte Maddie ihre Freundin neckend.

»Das lässt er mich glauben. Aber es stimmt nicht. Er beruhigt mich, aber er ist wirklich sehr hinterhältig«, erwiderte Kara voller Bewunderung.

»Hast du dich je daran gewöhnt? Dass jemand dich so sehr will?«, fragte Maddie nachdenklich.

»Oh ja. Das macht total abhängig. Welche Frau möchte nicht gern wissen, dass sie das Zentrum der Welt ihres Mannes darstellt?«, antwortete Kara verträumt. »Ich erfahre nun statt Einsamkeit die totale Verzückung. Jeden Tag werde ich Simons Leidenschaft genießen, anstatt einen Mann zu haben, dem ich egal bin. Er liebt mich und seine Leidenschaft gibt mir das Gefühl, geborgen, beschützt und gewollt zu sein. Auch wenn einige der Dinge, die er tut, etwas überzogen sind, kümmert mich das nicht. Sie sind eigentlich recht heiß. Alles, was zählt, ist, wie sehr wir uns lieben.«

Maddie erschauerte und wusste, sie fühlte das Gleiche. Sams dominanter, übertriebener Beschützerinstinkt war total heiß. Ihr ganzes Leben lang hatte sie sich recht ungewollt gefühlt und Sams verzweifelte Begierde nach ihr machte sie völlig verrückt, sodass sie sich auf die gleiche zügellose Weise auch nach ihm sehnte. »Vielleicht ist es das, was mich stört. Ich könnte so leicht von ihm abhängig werden.«

Kara lachte und zwinkerte Maddie zu, während sie ihren Koffer schloss. »Dann werde abhängig! Schwelge in deinen Gefühlen! Ich bezweifle, dass er jemals aufhören wird. Sturheit ist eine andere Hudson-Eigenschaft. Wenn sie einmal beschlossen haben, etwas zu wollen, geben sie nicht auf, auch nachdem sie es bekommen haben.«

Maddie erzählte Kara nicht, dass sie schon in den Geschmack dieses verführerischen Willens gekommen war. »Ich werde dich vermissen.« Sie umarmte Kara fest. »Viel Spaß!«

Simon und Kara wollten in ihren Flitterwochen eine dreiwöchige Reise durch Europa und das Vereinigte Königreich machen. Maddie freute sich für Kara. Ihre Freundin hatte kein leichtes Leben gehabt und verdiente das Beste.

»Ich werde dich anrufen«, versprach Kara nachdrücklich und umarmte Maddie ihrerseits. »Ich werde dieser spannenden Geschichte nicht widerstehen können. Ich muss wissen, was passiert.«

»Ich denke, ich werde selbst erst einmal herausfinden müssen, wie es weitergehen soll, bevor ich dir irgendetwas erzählen kann«, sagte Maddie lachend und entließ Kara aus ihrer Umarmung.

Kara stemmte die Hände in die Hüften und warf Maddie einen missbilligenden Blick zu. »Zumindest nimm sein Angebot an, die Praxis zu unterstützen. Du weißt, dass du das willst.«

Unglücklicherweise wusste Maddie, sie wollte Sam bezüglich dieses kompletten Handels beim Wort nehmen. Sie war sich nur nicht sicher, ob ihr Herz das überleben würde.

»Wenn du sie willst, heirate sie!«

Sam starrte seinen Bruder Simon an und wünschte sich, das wäre so einfach. »Ich werde sie heiraten. Das habe ich ihr bereits gesagt.«

»Oh… du hast sie tatsächlich gefragt?«, erkundigte sich Simon unruhig.

»Nun… nein. Ich habe ihr gesagt, sie wird mich heiraten. Sie hat Jahre lang Zeit gehabt, jemand anderen zu finden, was ihr aber nicht gelungen ist. Nun bekommt sie mich. Zumindest werde ich sie nicht schlecht behandeln und ich kann ihr alles geben, was sie braucht. Sie wird über die Tatsache hinwegkommen, dass sie mich hasst… vielleicht.« *Ich hoffe es.*

Nachdem sich Sam im oberen Stockwerk von Maddie verabschiedet hatte, war er in die Bibliothek hinuntergekommen und hatte die ganze Geschichte vor Simon ausgebreitet, weil er eine männliche Meinung hören wollte.

»Scheiße! Zumindest habe ich Kara gefragt, ob sie mich heiraten will. Ich hätte nicht zugelassen, dass sie ablehnt, aber zumindest habe ich gefragt«, schimpfte Simon und warf seinem älteren Bruder einen beunruhigten Blick zu.

»Ich habe ihr gesagt, ich wolle, dass sie mich heiratet. Das ist doch das Gleiche«, antwortete Sam irritiert.

»Nun… nicht genau das Gleiche, Brüderchen«, widersprach Simon. »Ich glaube nicht, dass Maddie der Typ Frau ist, der gesagt bekommen will, was sie zu tun hat. Diesbezüglich ist sie ein bisschen wie Kara. Manchmal musst du Maddie glauben lassen, sie regle die Dinge.«

»Warum?«, fragte Sam und warf seinem Bruder einen empörten Blick zu. »Wenn ich das tue, könnte sie abspringen. Diesmal bin ich nicht gewillt, sie davonlaufen zu lassen. Sie wird mich heiraten!«

Simon nickte energisch. »Richtig. Also, in dem Fall hast du keine Wahl. Du musst sie nur dazu bringen, dich zu heiraten.«

»Ach du meine Güte! Höre ich da wirklich, wie meine beiden Söhne über das Heiraten sprechen, als ob sie etwas in der Steinzeit arrangieren würden? Samuel Hudson, du wirst dieser Dame angemessen den Hof machen und sie dann höflich fragen, ob sie dich heiraten möchte.« Ihre Mutter, Helen Hudson, betrat den Raum und warf Sam einen strengen, ermahnenden Blick zu.

Oh, Mist! Ich hasse diesen Blick, der mir das Gefühl gibt, ein fünfjähriger Junge zu sein.

Sam schenkte seiner Mutter ein charmantes Lächeln, obwohl er wusste, dass es nichts nützen würde. Mom kannte ihn zu genau. »Wir diskutieren nur verschiedene Optionen, Mom.«

Helen ging zu ihm hinüber und legte den Kopf in den Nacken, um ihm in die Augen sehen zu können.

Seltsam, obwohl seine Mutter nun zu ihm aufblicken musste, brachte ihn dieser wissende Blick stets dazu, wie ein unartiges Kind schreien zu wollen.

»Du behandelst diese Frau anständig oder du vermasselst deine Chance«, warnte sie ihn streng. »Ich habe dich heute beobachtet, als du mit ihr zusammen warst. Du brauchst sie.«

Gegen diese Tatsache konnte Sam nichts einwenden. Definitiv brauchte er Maddie. Die Frage war… wie konnte er sie dahin bringen, wo er sie haben wollte?

Simon saß hinter dem Tisch und erlaubte sich ein höhnisches Grinsen, weil seine Mutter ihm den Rücken zugewendet hatte.

»Und werd nicht unverschämt, Simon! Du hast heute eine wunderbare Frau geheiratet. Du musst sie gut behandeln«, ermahnte ihn Helen, ohne sich auch nur umzudrehen, was Simon veranlasste, sich von seinem Stuhl zu erheben. Das Lächeln war aus seinem Gesicht verschwunden.

Sam blickte seine Mutter liebevoll an. Die Frau hatte wirklich Augen im Hinterkopf.

»Ich behandle Kara wie eine Prinzessin«, wendete Simon ein und ließ sich in den Bürostuhl zurückfallen.

»Und damit solltest du auch besser fortfahren«, antwortete seine Mutter.

Helen war noch wie auf der Hochzeit gekleidet. In ihrem marineblauen Kleid mit den dazu passenden Pumps sah sie hinreißend aus. Ihr blondes Haar war noch immer ordentlich frisiert und sie sah nicht im Geringsten danach aus, als ob sie einen ganzen langen Tag, von Sonnenaufgang bis zu diesem Moment, bei den Feierlichkeiten geholfen hätte. Obwohl Sam ihr geraten hatte, nach Hause zu gehen, war sie geblieben, um die Aufräumarbeiten zu überwachen.

Ich wünschte, ich hätte daran gedacht, dass sie noch hier ist. Dann hätte ich die Tür geschlossen.

Ungeduldig verschränkte Helen ihre Arme vor der Brust und fragte scharf: »Habe ich mich etwa verhört, als du verkündet hast, du willst diese Frau *zwingen*, dich zu heiraten, Samuel?«

Verdammt. Wenn sie ihn Samuel nannte, war er wirklich in Schwierigkeiten.

»Sie wird mich heiraten«, behauptete er stur.

»Sie ist gebildet, sie ist intelligent und sie ist hübsch. Hör damit auf, sie zu behandeln, als hättest du die Gene eines Höhlenmenschen. Dann wirst du vielleicht Erfolg haben. Du kannst der Frau nicht einfach eins über den Kopf ziehen und sie in deine Höhle tragen. Sie verdient deinen Respekt«, ermahnte Helen ihn.

»Ich respektiere sie doch. Ich würde sie nicht heiraten wollen, wenn ich das nicht täte«, argumentierte Sam.

»Dann behandle sie gut und hör damit auf, dich wie ein Esel zu verhalten«, erwiderte Helen. »Ich möchte dich gern so glücklich sehen wie Simon«, endete sie wehmütig. Sie hob ihre Hand, um seine Wange zu tätscheln. »Ihr verdient es beide, glücklich zu sein.«

Sam neigte sich zu seiner Mutter herab und küsste sie auf die Wange. Helen Hudson hatte kein leichtes Leben gehabt, trotzdem hatte sie ihren beiden Söhnen so viel gegeben, wie sie eben konnte, als sie sie aufzog, einschließlich ihrer Liebe.

»Sind wir fertig?« Kara betrat den Raum. Für die Reise trug sie Jeans, einen modischen Pullover und knöchelhohe Stiefel. Maddie folgte ihr auf dem Fuß.

Simon sprang so schnell von seinem Stuhl, dass er ihn fast umgekippt hätte. »Ja. Ich bin fertig, Liebste. Lass uns gehen!«

Sam brach beinahe in Gelächter aus, als er Simons Eifer sah. Er wusste, sein Bruder war nicht nur bereit, seine Flitterwochen zu beginnen, sondern wartete auch immer ungeduldig darauf, von seiner Mutter wegzukommen, wenn sie in einer ihrer seltenen, belehrenden Stimmungen war.

Maddie stand neben Kara; sie hatte geduscht und ihr Kleid gegen Jeans und ein weiteres hautenges Oberteil gewechselt. Die drei Frauen hakten sich ein und strebten auf die Tür zu, während sie sich umarmten und küssten, als ob sie sich niemals wiedersehen würden. Kara war schon seit Jahren eine Freundin seiner Mutter und Maddie hatte sich während des letzten Jahres ebenfalls intensiv mit seiner Mom angefreundet.

Sam setzte sich auch in Bewegung. Er wollte sie *alle* raushaben, damit er mit Maddie allein sein konnte.

Simon griff nach dem Arm seines Bruders und flüsterte: »Ich sage dir, bleib bei deinem Plan. Benutze eine Keule, wenn es sein muss.«

Sam nickte und blickte wie hypnotisiert auf Maddies sanft schwingende Hüften, als diese mit Kara und seiner Mom durch den Raum schritt.

Mein.

Eine wilde Besitzgier schlug in seine Eingeweide, als er seine Frau dabei beobachtete, wie sie seine Mom und Kara anlächelte.

Er wandte den Kopf und sah, wie Simon Kara auf die gleiche Art anstarrte. Simon drehte sich zu Sam um und ihre Blicke trafen sich in gegenseitigem Verständnis und Übereinstimmung, bevor sie beide gleichzeitig befriedigt nickten.

Er beschloss, Maddie so viel Zeit wie möglich zu geben, am Ende würde er jedoch auf die Höhlenmenschentaktik zurückgreifen. Er würde sich einfach nicht beherrschen können. Er brauchte sie so verdammt sehr, auch wenn er sie nicht verdiente.

Während er an seine Reaktion dachte, als sie seinen Schwanz berührt hatte, runzelte er die Stirn. Er hätte zumindest versuchen sollen, es ihr zu erklären. Aber das war ein Teil seiner Vergangenheit, an die er sich nicht erinnern und die er auch nicht erklären wollte, auch nicht Maddie. Besonders nicht Maddie. Er wollte nicht den

Ekel in Maddies Augen sehen müssen, wenn sie realisieren würde, wie verseucht er von seiner Vergangenheit war. Er hatte getan, was er tun musste, um seinen Bruder zu schützen. Trotzdem hatte es ihn beschmutzt und obwohl Maddie vielleicht Ärztin war, war sie trotzdem immer noch so unglaublich rein. Dieser Teil seines Lebens lag in der Vergangenheit und dort sollte er auch bleiben.

Aber ich habe sie abgelehnt, sie weggestoßen.

Weil er es hatte tun müssen. Wenn er darüber nachdachte, fühlte er sich einer Frau wie Maddie noch weniger würdig. Sie brauchte nicht mit seinem Mist belastet zu werden.

Ich wollte, dass sie mich berührt. Ich wollte ihren Mund auf mir spüren.

Er hatte instinktiv reagiert. Schon seit seiner Kindheit besaß er diese Abneigung. Da es in sexueller Hinsicht gewisse Dinge gab, die er nicht tun wollte, hatte er eine Kunst darin entwickelt, die Frauen zur Verzückung zu bringen. Und Maddie war verzückt gewesen. Ihr Höhepunkt war so bezaubernd und erotisch gewesen. Wenn er nur daran dachte, musste er laut stöhnen. Frustriert raufte er sich die Haare. Jede sexuelle Erfahrung, die er je gemacht hatte, verblasste vor jener unglaublichen Begegnung mit Maddie, bei der all seine Fantasien Wirklichkeit geworden waren.

Bevor er ging, um sich den anderen anzuschließen, versuchte er, seine Vergangenheit zu verdrängen und nicht daran zu denken, wie kaputt er noch immer war.

Kapitel 9

Es vergingen einige Tage, bevor Maddie tatsächlich dazu kam, Sams Gesundheitszeugnisse zu lesen. Seltsamerweise hatte er sie in seinem Haus nicht noch einmal geliebt. Nachdem Kara, Simon und Helen gegangen waren, waren sie erschöpft von den Hochzeitsfeierlichkeiten ins Bett gegangen. Sie hatte in seinem riesigen Bett geschlafen und sich nach seiner Berührung gesehnt, aber er hatte sich nicht gerührt. Irgendwie schien er distanziert und überhaupt nicht so zu sein wie während ihrer unglaublichen Erfahrung draußen auf dem Anleger. Auch am nächsten Tag blieb er reserviert. Sie hatten einen faulen Morgen und Nachmittag verbracht, bis sie zurück nach Hause musste, um sich um einige persönliche Angelegenheiten zu kümmern, bevor sie ihre Arbeit wiederaufnehmen wollte.

Sie hatte Sams Geschäftsplänen zugestimmt, die Praxis als eine gemeinnützige Organisation zu übernehmen, und sie hatte dem Krankenhaus ihre Kündigung ausgesprochen. Sam hatte sie hartnäckig überredet, ihre Arbeit in der Praxis nicht wieder aufzunehmen, bevor sie nicht bereit war, dort Vollzeit zu arbeiten. Bis es soweit war, behielt Sam das bezahlte Personal dort. Das hatte ihr keineswegs gefallen, aber sie hatte eingewilligt. Wenn die Chance, ihre ganze Zeit in der Praxis verbringen zu können, damit verbunden war, noch einige Wochen warten zu müssen, würde sie das auf sich nehmen.

Eine Heirat hatte er nicht wieder erwähnt, nachdem sie die Vereinbarung über die Praxis ausgefochten hatten. Sie hatte sein Haus mit einem knappen Abschiedsgruß und Plänen zur Verbesserung der Praxis verlassen, und er hatte versprochen, sie anzurufen.

Nun waren schon drei Tage vergangen und noch immer hatte sie nichts von ihm gehört. Unruhe machte sich in ihr breit und ihr Verstand arbeitete auf Hochtouren.

Etwas stimmt nicht. Seine Reaktion auf mich, als ich ihn berührt habe, war, als ob...

Maddie klappte den braunen Aktenordner auf und nahm einen Schluck von ihrem Wein. Sie entspannte sich in einem gemütlichen alten Schlafanzug auf ihrer Couch. Sie wusste nicht einmal, warum sie in den Papieren las, während sie die Seiten umblätterte und seinen neuesten Vorsorgebericht und die negativen Ergebnisse der Bluttests bezüglich verschiedener Geschlechtskrankheiten fand. Es war nicht gerade eine Überraschung, dass er sich in vorzüglicher körperlicher Verfassung befand, nachdem sie seinen Körper im Rohzustand gesehen hatte. Aus der Nähe und intim betrachtet war er ein unglaubliches Exemplar männlicher Perfektion.

Während sie versuchte, nicht *daran* zu denken, blätterte sie weiter die Seiten um. Aber sie konnte nichts Außergewöhnliches entdecken, außer einigen wenigen Fällen von Virusinfektionen während der letzten zehn oder zwölf Jahre.

Maddie wusste, dass sie genug gesehen hatte, um sicher zu sein, dass Sam aus medizinischer Sicht gesund war, aber die Neugierde trieb sie dazu, sich das dicke Bündel Papiere hinten in der Akte genauer anzusehen, weil sie sich fragte, welche Vorfälle dazu führen könnten, dass sich so viele alte Berichte ansammelten.

Ihre Augen weiteten sich, als sie erkannte, dass es sich ausschließlich um psychologische Berichte handelte, Protokolle psychologischer Sitzungen.

Opfer sexuellen Missbrauchs... rektale Blutungen aufgrund erzwungener analer Penetration... Berührung der Genitalien... in regelmäßigen Abständen zwischen dem elften und zwölften Lebensjahr.

Entsetzt schnappte Maddie nach Luft und wendete ihre Augen ab. Sie versuchte, ihren jagenden Atem zu beruhigen, und legte eine Hand auf ihr wild pochendes Herz.

Lieber Gott, nein! Das konnte nicht stimmen. Nicht Sam. Bitte, nicht Sam!

Mit wenigen Schlucken leerte sie ihr Glas Wein und legte den Ordner auf die Couch, um sich ein neues Glas zu holen. Ihre Gedanken rasten.

Sie kam mit einem bis zum Rand gefüllten Weinglas zurück und setzte sich wieder hin. Sie zitterte am ganzen Körper. Als Ärztin hatte Maddie genügend Fälle von Vergewaltigung und sexueller Belästigung gesehen. Jeder einzelne war erschreckend, aber sie konnte sich einfach nicht mit der Tatsache abfinden, dass Sam auf diese Weise hatte leiden müssen.

Manchmal will ich einfach nur nicht... berührt werden.

Maddie erschauerte bei der Erinnerung an seinen tiefen Bariton, der diese Worte ausgesprochen hatte, und die aufglimmende Furcht in seinen Augen. Sie hatte gewusst, dass da etwas nicht stimmte und er instinktiv reagierte. Irgendwo tief in ihrem Geist hatten selbst in jenem Moment die Alarmglocken geläutet und sie hatte gewusst, das war die Reaktion eines Mannes, der irgendwie verletzt worden war.

»Verdammt! Ich würde dort auch nicht berührt werden wollen, wenn mich jemand vergewaltigt hätte«, flüsterte sie sich selbst zu.

Sie stellte ihren Wein auf den Kaffeetisch und nahm erneut den Ordner zur Hand. Er hatte eine Therapie begonnen und drei Jahre lang fortgeführt. Sie übersprang die detaillierten Beschreibungen der Vorfälle und las die Anmerkungen des Psychologen, die einige Jahre nach ihrer Beziehung zu Sam begannen und sich über drei Jahre erstreckten. Tränen flossen ihr die Wange hinunter und gelegentlich entwich ihr ein Seufzer, während sie in den Berichten las, wie Sam mit sich gekämpft hatte, um mit den durch die sexuelle

Belästigung ausgelösten Problemen klarzukommen. Er war so verdammt tapfer gewesen, wahrscheinlich viel tapferer, als sie es in seiner Lage hätte sein können. Sam hatte die Therapie von sich aus begonnen, weil er einige der Symptome loswerden wollte, die denen von posttraumatischen Belastungsstörungen ähnelten. Und er wurde geheilt. Natürlich gab es noch einige Dinge, die Geduld und ständige Aufmerksamkeit erforderten, aber er hatte versucht, einen Großteil des Traumas zu heilen.

Vielleicht sollte sie sich schuldig fühlen, weil sie seine Geschichte gelesen hatte. Aber es gab immer noch ein paar Aspekte, an denen Sam arbeiten musste, und sie konnte ihm nicht helfen, wenn er nicht mit ihr darüber redete. Zweifellos wollte er diese Dinge in der Vergangenheit ruhen lassen, aber da gab es offensichtlich noch einiges, das ihn verfolgte und das er nur überwinden konnte, indem er lernte zu vertrauen.

Maddie wusste, dass Sam es nicht recht sein würde, dass sie diese Berichte gelesen hatte. Offensichtlich hatte er jemanden beauftragt, seine Gesundheitszeugnisse zusammenzustellen und das hatte derjenige dann getan. Umfassend, einschließlich der psychologischen Berichte.

Mit ihrem Schlafanzugärmel wischte sie sich über das nasse Gesicht, leerte ihr Weinglas und wendete sich wieder dem Anfang des psychologischen Gutachtens zu. Sie war noch nicht bereit, etwas über tatsächlichen Vorfälle zu lesen, aber sie fühlte sich dazu gezwungen. Sie versuchte, die Ausführungen klinisch zu betrachten, wie ein Arzt, der eine Patientenanamnese liest, aber das funktionierte nicht. Sie schluchzte gequält beim Lesen, weil ihr jedes Ereignis von neuem das Herz zerriss. Sie war unfähig, sich noch etwas anderes vorzustellen als ihren geliebten Sam im Alter von zwölf Jahren, der von Männern verletzt wurde, die sich daran ergötzten, ihn zu quälen.

Sie hatte die Lektüre kaum beendet, als sie ein überwältigender Brechreiz befiel, sodass sie ins Badezimmer lief. Ihr Mitgefühl für Sam überwältigte sie. Als praktizierende Ärztin hatte Dr. Madeline Reynolds einen eisernen Willen und einen abgehärteten Magen. Aber als Frau musste Maddie würgen, bis ihr schwindlig wurde. Sie hatte völlig vergessen, dass sie Ärztin war, und reagierte nur noch wie eine Frau, die liebt.

Am nächsten Abend besuchte Maddie nach der Arbeit ihre Praxis und fühlte sich völlig überflüssig. Ihre junge, männliche Vertretung schien alles unter Kontrolle zu haben. Ihm ging eine junge, blonde Krankenschwester zur Hand, die den gutaussehenden Arzt zu vergöttern schien. Sie fühlte sich bestohlen und gelangweilt. Deshalb machte sie sich auf den Weg zu dem Restaurant, in dem sie sich mit Max Hamilton zum Abendessen verabredet hatte. Sie hatte zwei freie Tage und sich nichts weiter vorgenommen.

Sie seufzte, weil sie nicht daran gewöhnt war, nicht jede Minute des Tages beschäftigt zu sein. Es fühlte sich zwar gut an, mal ein bisschen Freizeit zu haben, aber die Tage waren so einsam, wenn sie nichts hatte, womit sie sich beschäftigen konnte. Ihre einzigen Pläne bestanden in der Verabredung am heutigen Abend und zwei Tagen Hausputz, einer Arbeit, die sie nur sporadisch erledigte, wenn sie die Zeit dafür hatte. Das Haus konnte eine gründliche Reinigung vertragen und sie hatte nichts anderes geplant.

Als sie sich dem Restaurant näherte, atmete sie tief aus, weil sie bemerkte, wie sehr sie Sam vermisste. Aber sie würde warten, bis er bereit war, sie von sich aus zu kontaktieren. Seltsamerweise bezweifelte sie nicht, dass er das tun würde.

Das hübsche Restaurant war bekannt für seine Steaks und Meeresfrüchte. Sie war noch niemals hier gewesen, aber nun war sie froh, ein Kleid und hochhackige Schuhe angezogen zu haben. Das Wetter war miserabel, windig und stürmisch, und die Temperaturen niedriger als normal. Sie vergrub ihre Hände in den Taschen und hastete zur Tür. Zitternd betrat sie das Restaurant.

»Dr. Reynolds?«, wurde sie umgehend von der Empfangsdame begrüßt.

Überrascht und dankbar für die Wärme im Raum antwortete sie: »Ja?«

»Ihre Verabredung ist schon hier. Ich werde Sie zu ihrem Tisch begleiten.« Die große Brünette wartete, bis Maddie ihr folgte, und führte sie dann durch das schicke Lokal zu einem ruhigen Tisch in der Ecke. Die Ausstattung war recht elegant, vorherrschend in Schwarz und Weiß gehalten, mit modernen, aber geschmackvollen Gemälden. Eine Wand bestand komplett aus Glas, um den Blick auf das Wasser freizugeben.

Max Hamilton erhob sich, als Maddie seinen Tisch erreichte. Er begrüßte sie mit einem aufrichtigen Lächeln: »Hallo, Maddie. Ich bin so froh, dass Sie es einrichten konnten.«

In seinem bräunlichen Anzug und einer dazu passenden Krawatte in Marineblau und Braun wirkte er verhalten sanft und elegant. Jeder Zentimeter an ihm strahlte Macht und Kontrolle aus, aber sie hatte nie irgendwelche schlechten Intentionen hinter seinem Lächeln erfühlen können und tat es immer noch nicht.

Er rückte ihr den Stuhl zurecht, bevor er zu seinem eigenen zurückkehrte. »Was möchten Sie gern trinken?« fragte er, während er einen Kellner herbeirief und für sich selbst ein Glas Scotch auf Eis bestellte.

Sie zuckte unter ihrem Mantel mit den Achseln. »Einfach ein Glas Wein. Alles, was nicht zu trocken ist, ist okay.«

Max bestellte ein Glas weißen Zinfandel und Maddie ließ sich von dem Kellner die Speisekarte reichen.

Nachdem der Kellner gegangen war, starrte Max sie mit einem undefinierbaren Gesichtsausdruck ganz offen an. Maddie ihrerseits betrachtete ihn mit unverhohlener Faszination. Was hatte dieser Mann an sich, das sie dazu trieb, ihn in die Arme schließen zu wollen, bis er sich nicht mehr so einsam fühlte? Einsamkeit und Leid schienen wie eine dunkle Wolke über ihm zu hängen, auch wenn er meist lächelte. Sie konnte beide Emotionen unbewusst fühlen und es brach ihr fast das Herz.

Sie riss sich vom Anblick seines Gesichts los und nahm die Speisekarte auf. »Was können Sie mir empfehlen? Ich bin hier noch nie zuvor gewesen.«

Er grinste. »Alles. Es hängt nur davon ab, was Sie gern mögen.«

»Ich bin nicht gerade ein wählerischer Esser«, antwortete sie mit einem Hauch Selbstironie.

Die Getränke wurden gebracht und sie gaben ihre Bestellungen auf. Während sie an ihren Getränken nippten und auch später während des Essens, stellte Max ihr eine Million Fragen über Gott und die Welt. Als sie beim Nachtisch angekommen waren, unterhielten sie sich bereits wie alte Freunde.

»Erzählst du mir, wie du Simon und Sam kennengelernt hast?«, fragte Maddie neugierig, bevor sie einen Bissen ihres unglaublich lecker aussehenden Mousse au Chocolats probierte.

»Seit Jahren schon haben wir unsere Kräfte in gemeinsamen Unternehmungen vereinigt. Sam hat ein gutes Gespür für die richtigen Geschäfte. Ich investiere nur«, erklärte er und legte seinen Löffel auf den Teller, weil er seinen Nachtisch schon verzehrt hatte.

»Das stimmt nicht«, widersprach sie und nannte ihm einige bekannte Unternehmen, die auf seine Initiative hin entstanden waren.

Er reagierte überrascht und verdutzt. »Ich nehme mal an, du interessierst dich wirklich für die Finanznachrichten. Wahrscheinlich, weil du Sam beobachtest«, vermutete er... richtig.

Maddie hasste es zuzugeben, dass sie die Hudson Corporation und ihre finanziellen Erfolge über Jahre hinweg verfolgt hatte.

Max hob eine Hand. »Ich bin nicht beleidigt. Mach dir keine Sorgen. Es ist offensichtlich, dass du und Sam etwas am Laufen habt. Ich mag Sam. Ich denke nicht einmal daran, ihm auf die Zehen zu treten. Ich will einfach nur dein... Freund... sein.« Nur zögernd hatte er das Wort »Freund« ausgesprochen.

Maddie studierte seinen Gesichtsausdruck. Er schien es ernst zu meinen, aber sie vermutete, dass es da noch etwas anderes gab, das er wollte. Sie hielt es für wahrscheinlich, dass er Gesellschaft suchte, etwas, das seine Einsamkeit verscheuchen würde, die fast fühlbar von seiner Seele ausstrahlte. Es war ein so tiefes Gefühl der Einsamkeit, dass es fast greifbar war.

»Wo sind deine Eltern, deine Familie?« fragte sie, weil sie herausfinden wollte, warum dieser Mann so einsam zu sein schien.

»Ich war ein Einzelkind. Und meine Eltern starben vor zehn Jahren bei einem Verkehrsunfall«, antwortete er ruhig.

Er ist allein. Völlig allein. Eine verwandte Seele. Maddie wusste genau, wie sich das anfühlte, und ihr Herz blutete für ihn. Fast wünschte sie sich, nicht gefragt zu haben.

Er lächelte ihr zu – ein warmes Lächeln, das sein hübsches Gesicht noch attraktiver machte. »Ich hatte großartige Eltern. Ich war glücklich, auch wenn ich sie viel zu früh verloren habe.«

Sie beendete ihr Dessert und hörte ihm zu, wie er in den Erinnerungen an seine Eltern schwelgte und lustige Geschichten aus glücklicheren Zeiten erzählte. Offensichtlich hatte er sich mit diesem Verlust abgefunden. Es musste der jüngste Verlust seiner Frau sein, der ihn verfolgte.

»Du weißt, dass Sam wirklich nicht in der Gegend herumvögelt, oder?«, fragte Max sie, nachdem er seine Familiengeschichten unterbrochen hatte, um den Rest seines Scotchs zu leeren.

Maddie verschluckte sich beinahe an ihrem Wein. »Wie bitte?«, fragte sie, unsicher, ob sie Max Frage richtig verstanden hatte.

Max zuckte mit den Achseln. »Ich wollte nur sagen… die Geschichten über Sam sind größtenteils nicht wahr. Er mag vielleicht einige seiner Freundinnen mit auf Partys nehmen, aber er schläft nicht mit ihnen, wie die meisten Leute glauben. Er hat einen schlechten Ruf bekommen, den er wirklich nicht verdient«, endete er leichthin, aber seine Augen leuchteten lebhaft.

»Und woher willst du wissen, dass die Geschichten nicht der Wahrheit entsprechen?«, fragte sie und wunderte sich, wohin die Unterhaltung sie geführt hatte.

»Sam und ich kennen einander seit langer Zeit. Wir gehen oft zu den gleichen Veranstaltungen und bewegen uns in denselben Kreisen. Meistens gehen wir sogar zusammen dorthin. Als meine Frau noch lebte, verbrachten wir den Abend mit Sam und seiner weiblichen Begleitung. Wir alle gingen normalerweise gemeinsam aus, um etwas zu trinken, aber wir haben immer zuerst Sams Begleitung abgesetzt und danach erst Sam. Zuhause. Allein.« Er nahm einen tiefen Atemzug, bevor er fortfuhr: »Nun, da meine Frau gegangen ist, bringen wir zuerst seine Begleitung nach Hause und dann hängen wir gemeinsam noch irgendwo ab. Aber immer gehen wir beide allein nach Hause.« Seine Augenbrauen zogen sich zusammen, als er sie anstarrte. »Verstehst du?«

Maddie lächelte schwach. »Du willst mir also weismachen, dass er nicht so frauentoll ist, wie er in der Presse dargestellt wird?«

»Ich sage nicht, er ist ein Heiliger, aber er ist nicht der Mann, für den ihn die meisten Menschen halten. Ich weiß nur über seine Schlafgewohnheiten Bescheid, weil wir zusammen zu Veranstaltungen gehen, obwohl Simon sie normalerweise meidet, wenn es möglich ist, und das ist meist der Fall.« Max zog seine Kreditkarte heraus und legte sie in die Lederhülle, die der Kellner diskret zum Tisch gebracht hatte. Er schob sie bis an die Ecke des Tisches und sah Maddie direkt in die Augen. »Ich bin nur einer seiner Geliebten begegnet und die war eine kleine Rothaarige, die den Damen, die er auf Wohltätigkeitsveranstaltungen und andere Feierlichkeiten mitnimmt, überhaupt nicht ähnelte. Und das ist schon lange her. Warum glaubst du, dass das der Fall war?«

Ich war schon seit Monaten mit keiner Frau mehr zusammen. Ich konnte es, verdammt noch mal, nicht. Davor habe ich nur mit Frauen geschlafen, die rote Haare und einen kurvigen Körper hatten und denen es nichts ausmachte, wenn ich deinen Namen gerufen habe, während ich gekommen bin. Frauen, die nur an Geld oder etwas Materiellem interessiert waren, weil ich ihnen nichts anderes geben konnte.

Oh Gott! Sam hatte wirklich die Wahrheit gesagt. Sie wandte ihren Blick von Max ab und starrte auf die Wand hinter ihm. »Warum? Er könnte sich fast jede beliebige Frau auf der ganzen Welt nehmen und sie würde sich ihm zu Füßen werfen, um mit ihm zusammen zu sein. Warum?«

Max zuckte mit den Achseln. »Manchmal kann Reichtum ebenso gut ein Fluch sein wie ein Segen. Geld zu haben, kann einen Mann dazu bringen, sich zu fragen, ob die Frau wirklich ihn will oder einfach nur das Geld und die Macht. Unglücklicherweise sind in unseren Kreisen die Frauen mehr am Geld als an dem Mann interessiert«, sagte er mit einer Spur Bitterkeit in der Stimme. »Versteh mich nicht falsch, Sam und ich, wir lieben das Geld und die Macht, wir stehen darauf. Aber es hat auch seine Nachteile, wenn es um Beziehungen geht.«

»Aber lieben es die meisten Männer nicht, wenn die Frauen über sie herfallen?«, fragte Maddie neugierig und richtete ihren Blick wieder auf das Gesicht von Max.

»Ich denke, das hängt von dem Mann ab. Nach einer Weile wird das sehr reizlos und langweilig. Und verdammt einsam.«

»Warum erzählst du mir das alles, Max?«, wollte Maddie wissen. »Spielst du den Kuppler?«

Max brach in ein erschrockenes Lachen aus. »Zur Hölle, nein! Eigentlich wäre es doch vorteilhafter für mich, wenn ich es dir nicht erzählen würde. Mir würde es nichts ausmachen, deine Zeit zu beanspruchen, aber ich habe das Gefühl, dass Sam versuchen wird, mich umzubringen, weil ich dich zum Abendessen ausgeführt habe. Er ist nicht gerade zimperlich, wenn es um seine Interessen geht.«

»Also… von mir wird er es nicht erfahren.« Maddie führte zwei Finger an ihren Mund und tat so, als ob sie ihre Lippen mit einem Reißverschluss versiegeln würde.

Max Lippen formten sich zu einem wissenden Lächeln. »Nein… aber er wird es von *ihnen* hören.« Er nickte verhalten in Richtung eines Tisches auf der gegenüberliegenden Seite, an dem zwei klobige Männer saßen, die aussahen, als ob sie sich am falschen Platz fühlten, und unverfroren zu ihnen herüberstarrten.

»Kennt Sam diese Männer?«, fragte sie verwirrt.

»Ja, allerdings. Sehr gut sogar. Sie arbeiten für ihn. Sie gehören zu seinem Sicherheitsteam«, antwortete Max. »Ich habe sie schon vorher gesehen. Offensichtlich beschatten sie dich.«

»Er spioniert mir nach?«, vergewisserte sie sich, empört darüber, dass Sam sie verfolgen ließ.

Max langte mit der Hand quer über den Tisch und griff nach ihrem Arm, bevor sie aufstehen konnte. »Maddie… tu das nicht! Das sind keine Spione. Sie beschützen dich. Sam ist eine hochstehende Persönlichkeit und auf romantische Weise mit dir verbunden. Das macht dich zu einem möglichen Ziel. Glaub mir, ich würde das Gleiche tun, wenn ich mich ernsthaft für eine Frau interessieren würde. Sam hat sich eine Menge Feinde gemacht. Mächtige Feinde. Das ist einer der Gründe, warum er in der Öffentlichkeit nie dabei gesehen wird, wie er einer Frau seine Zuneigung zeigt. Aber das Foto von Sam, wie er dich auf der Hochzeit wie einen Höhlenmenschen herumträgt, war überall zu sehen. Und offensichtlich plant er, das in Zukunft noch zu intensivieren. Er will dich schützen.« Er hielt über den Tisch hinweg ihre Hand, um sie dazu zu bringen sitzenzubleiben, und senkte die Stimme. »Ich kann eigentlich gar nicht glauben, dass er noch nicht angerufen hat. Meist erkundigt er sich danach, was du gerade tust. Im Moment ist er vielleicht ein bisschen langsam, weil er krank ist.«

Maddie war sich nicht sicher, wie sie dazu stand, dass Sam jede ihrer Bewegungen genau kannte. Es war ein bisschen unbehaglich. Ja, sie verstand seinen Beschützerinstinkt, aber ständig jemanden am Rockzipfel hängen zu haben, war unangenehm. »Hast du gesagt, er sei krank?«, fragte sie, weil sie sich nicht sicher war, ob sie Max richtig verstanden hatte.

»Grippe. Sehr schlimm sogar.« Max schüttelte den Kopf und sah betroffen aus. »Er arbeitet von zu Hause aus. Nicht erreichbar. Ich habe mit seinem Assistenten David gesprochen.«

»Verdammt. Und ich habe mich gewundert, warum er mich nicht angerufen hat. Dickkopf!«, rief sie aus und drückte Max Hand, während sie sich erhob. »Ich muss gehen und nachschauen, ob er okay ist.«

Max kicherte, als er ihre Hand freigab und aufstand. »Warte! Ich werde dich nach draußen bringen.« Er zog einen goldenen Stift aus der Tasche, unterschrieb den Kreditkartenbeleg, den der Kellner auf ihren Tisch gelegt hatte, und steckte seine Kreditkarte zurück in die Tasche. »Maddie, vielleicht will er dich nicht anstecken.«

Maddie schob ihre Arme in die Jacke, die ihr Max freundlich hinhielt. Nachdem sie diese zugeknöpft hatte, stemmte sie die Hände in die Hüften. »Ich bin eine verdammte Ärztin. Ich bin immun. Ich bin jeden Tag den Grippeviren ausgesetzt.« Max bot ihr seinen Arm an und sie hakte sich ein. »Ich kann dir versichern, dass er nicht rational denkt. Sein einziger Gedanke gilt deiner Sicherheit.«

»Großartig. Und wer beschützt ihn?«, gab sie gereizt zurück.

»Ich bezweifle, dass jemals einer gedacht hat, er hätte es nötig«, antwortete Max gedankenverloren.

»Er hat es nötig, verdammt noch mal. Er muss nicht immer nur den Beschützer spielen«, wandte Maddie hartnäckig ein und wünschte sich, es wäre jemand dagewesen, um ihn zu beschützen, als er jung war. »Jeder braucht ab und zu Hilfe.«

Max begleitete sie bis zu ihrem Wagen, bevor er leise und gefühlvoll antwortete: »Weißt du, ich glaube, du hast Recht. Pass gut auf ihn auf, Maddie!«

Sie gab dem Drang nach, Max zu trösten, und umarmte ihn. Er schlang seine Arme um sie und drückte sie fest. So standen sie für einen Moment da, als ob sie durch eine geheimnisvolle Verbindung zusammengeschweißt wären.

»Ich werde dich anrufen.« Max ließ sie widerstrebend los und öffnete ihr die Autotür.

»Wir sprechen uns bald«, antwortete sie. Sie war noch etwas erschüttert über die Art, wie sie von Max Leid angezogen und aus ihrem seelischen Gleichgewicht gebracht wurde.

»Lass dich nicht von Sam herumkommandieren«, bemerkte Max lachend, während Maddie sich bereits in ihrem Auto niederließ.

Sie gluckste. »Das wird nicht passieren oder ich werde einen Grund finden, warum er plötzlich einen Arschtritt braucht«, versicherte sie ihm. Sam würde auf sie hören und es würde ihm bessergehen.

Sie hörte Max amüsiertes Lachen, als er die Autotür schloss. Sie verließ den Parkplatz und schlug direkt die Richtung von Sams Haus ein, während sie versuchte, den Sicherheitsdienst in ihrem Schlepptau zu ignorieren.

Kapitel 10

Sam stöhnte, als er sich auf seinem Bett herumrollte und die Decke über den Kopf zog. Er fühlte sich so verdammt erbärmlich, dass er sich wünschte, einfach nur schlafen zu können, bis er sich erholt hatte. Schweiß lief in kleinen Rinnsalen an seinem Körper entlang und durchnässte langsam die Bettwäsche. Das feuchte Laken unter ihm brachte ihn zum Zittern.

»Fuck!«, fluchte er, aber nicht zu laut. Jedes Mal, wenn er eine unvermittelte Bewegung machte, begannen die kleinen Männer mit den Hämmern wieder in seinem Kopf zu rumoren.

Es gab keinen Teil von seinem Körper, der nicht schmerzte, und seine Rippen kreischten aus Protest gegen den beinahe ununterbrochenen Husten.

Er hörte, wie es unten im Haus unruhig wurde, aber er ignorierte die Geräusche. Was auch immer es war, seine Sicherheitsleute würden damit fertig werden. Dafür bezahlte er sie schließlich. Im Moment wollte er nur mit seinem Elend allein gelassen werden.

»Mir ist egal, ob er niemanden sehen will. Er wird mich sehen. Ich bin seine Ärztin.«

Maddie. Mist.

Sam kämpfte darum, sich aufzusetzen, aber er endete flach auf dem Rücken liegend, weil ihn ein Schwindel überfiel, der den ganzen Raum zum Drehen brachte.

Ich hasse diesen Scheiß. Ich bin so verdammt schwach. Und wenn es etwas gab, das Sam hasste, dann war es, sich hilflos zu fühlen.

Die Tür flog auf und er blinzelte mit einem Auge, um den schönsten Anblick der Welt zu genießen.

Maddie.

Er machte ein böses Gesicht, als er sah, dass zwei Sicherheitsbeamte sie von beiden Seiten an den Armen festhielten. »Nehmt eure verdammten Finger von ihr! Und fasst sie niemals wieder an!« Seine Stimme klang zwar heiser, verfehlte die Wirkung seiner Worte aber nicht.

Die Wächter ließen von ihr ab wie von einer heißen Kartoffel. »Entschuldigung, Mr. Hudson. Sie entwischte uns an der Tür und wir konnten sie nicht einfangen. Sie sagten, Sie wollten nicht gestört werden.«

»Sie ist die Ausnahme. Immer«, grunzte er. »Und jetzt verschwinden Sie!«

Die Wächter gingen und ließen Maddie an der Tür zurück. Sie schloss die Tür und stellte sich neben das Bett, eine Hand in die Hüfte gestemmt. Mit ihrer anderen Hand kühlte sie ihm sanft die Stirn und strich ihm die feuchten Locken aus dem Gesicht. »Was, zur Hölle, tust du dir an? Du verbrennst. Nimmst du irgendetwas ein?«

»Brauche keine Pillen. Ich werde auch so darüber hinwegkommen«, krächzte er und beobachtete sie mit neugieriger Faszination.

Sie marschierte in das große Badezimmer und Sam konnte hören, wie sie die Arzneischränke durchwühlte. »Zur Hölle! Hast du nichts anderes hier drinnen als Kondome?«

Sam wusste, das war eine rhetorische Frage, aber als sie zurückkam und aussah wie eine erboste Göttin mit einem zornigen Blick, antwortete er: »Nein. Ich nehme keine Pillen. Habe sie nie gebraucht.«

Sie griff nach dem Handy auf seinem Nachttisch und begann, seine gespeicherten Nummern durchzublättern. Schließlich drückte sie mit aller Macht auf die eine von ihnen. Nachdem sie sich davon überzeugt hatte, dass sie Sams persönlichen Assistenten in der Leitung hatte, begann sie, wie ein Feldwebel Befehle herunterzurasseln. Sie beendete den Anruf mit einem wütenden Schlag auf die *Aus*-Taste und wählte eine andere Nummer – die einer Apotheke, wie er dem Gespräch entnehmen konnte. Nach diesem Anruf schleuderte sie sein Smartphone mit solcher Kraft auf den Nachttisch zurück, dass er vor Schmerz zusammenzuckte.

»Du brauchst saubere Laken und Flüssigkeit. Schaffst du es in die Dusche, wenn ich dir helfe?«, fragte sie drängend.

Als ob diese zierliche kleine Frau sein Gewicht halten könnte. Er grinste zynisch.

»Du weißt, dieses herrische Doktorspiel ist ziemlich scharf. Wirst du mir den Rücken schrubben?«

»Wenn es nötig ist«, gab sie zurück und begann, die Laken von seinem schweißüberströmten Körper zu ziehen.

Weil Sam ihr nicht seine Schwäche zeigen wollte, unternahm er eine schier unmenschliche Anstrengung, um sich aufzusetzen. Er schaffte es, aber er schwankte, als er auf die Füße kam. Er begann, so heftig zu husten, dass er nicht mehr aufhören konnte. Sie stützte ihn mit ihrem überraschend kräftigen Körper. »Für einen Mann, der angeblich ein totales Genie ist, bist du ein völliger Idiot, wenn es darum geht, dich um dich selbst zu kümmern«, bemerkte sie und hörte sich wie eine wildgewordene Katze an.

Zur Hölle, sie war völlig heiß, wenn sie in diesem pflichtbewussten Zustand war. »Du musst gehen. Ich wollte nicht, dass du es erfährst. Du könntest auch krank werden.« Bei dem Gedanken, Maddie könnte sich so elend fühlen wie er selbst in diesem Moment, drehten sich ihm die Eingeweide im Leib herum.

»Ich bin dem jeden Tag ausgesetzt, Sam. Warum hast du mich nicht angerufen?«, fragte sie verärgert. »Auf nur einen Wink oder Anruf stehen dir tausend Leute zur Verfügung. Du hättest dringend Hilfe gebraucht.«

»Ich bitte nicht um Hilfe. Ich helfe anderen Menschen«, knurrte er, während er wie ein Betrunkener zum Badezimmer wankte. Ehrlich. Es wäre ihm niemals in den Sinn gekommen, irgendjemand um irgendetwas zu bitten. Er hasste es, verwundbar zu sein, und zog es vor zu warten, bis er wieder die Kontrolle über sich hatte.

Sie zog ihm die Boxershorts aus, das einzige Kleidungsstück an seinem Körper, und drehte den Duschhahn auf.

»Bist du okay? Dann kann ich schnell einige neue Bettlaken suchen und deine Bettwäsche wechseln.«

»Ja«, sagte er und kreischte auf, als das lauwarme Wasser auf seinen Körper traf.

»Mach es nicht heißer. Du bist schon zu fiebrig«, warnte sie und warf ihm einen befehlshaberischen Blick zu.

Wirklich, diese Frau war in ihrem Arzt-Modus völlig sexy. Ein couragierter, rothaariger Hausdrachen, den er am liebsten jetzt gleich zähmen würde.

Unglücklicherweise war er nicht annähernd in der Lage, sie in die Duschkabine zu zerren und sie jetzt gleich unter dem Wasserstrahl zu nehmen. Verdammt! Er wünschte, er könnte es. Er würde nichts lieber tun, als all die Leidenschaft auszunutzen, die sie gerade an den Tag legte. »Wo warst du?«, fragte er, weil er sich wunderte, warum sie ein weiches, graues Strickkleid aus Angora anhatte – eine Farbe, die ihr Haar noch feuriger aussehen ließ und die Kurven ihres Körpers umfing wie ein Liebhaber. Es war vielleicht nicht dafür gemacht, sexy auszusehen, aber an ihr wirkte es definitiv so.

»Ich bin zum Abendessen ausgegangen, bevor ich hierherkam.« Sie schleuderte die hochhackigen Schuhe von den Füßen und lief aus dem Badezimmer, ohne die Tür hinter sich zu schließen.

Mit wem?

Er hätte diese Frage am liebsten gestellt, aber Maddie war rausgelaufen, als ob ihr Hinterteil in Brand stehen würde. Er ließ das Wasser über seinen Körper strömen und den Schweiß von seiner Haut abspülen. Er begutachtete die Wassertemperatur und war versucht, ihre Anordnung zu ignorieren und es heißer aufzudrehen, aber seine Frau würde ihm dafür gleich in den Arsch treten wollen. Das Problem war, sie könnte es vermutlich sogar. Er lächelte, als er sich in den Wasserstrahl schmiegte und sich reinigen ließ. Er wollte sich richtig waschen, aber er war ausgelaugt und brauchte all seine Energie dafür, nur unter dem Wasser zu stehen.

Fünf Minuten später kam Maddie zurück. Er beobachtete hypnotisiert, wie sie ohne Umstände ein Kleidungstück nach dem anderen auszog und sie achtlos in einem Häufchen auf dem Boden liegenließ. Es war kein Striptease, aber allein schon Maddies Anwesenheit genügte, um ihn sexuell zu erregen, und sie beim Ausziehen zu beobachten, ließ seinen Schwanz hart und bereit werden. Unglücklicherweise war sein Körper das nicht.

Sie schnappte sich einen Waschlappen vom Toilettentisch und stieg in die Dusche. Die Temperatur des Wassers ließ sie für einen Moment erzittern, bevor sie mit ihrer Arbeit begann. Sie seifte den Waschlappen ein und begann, seine Haut abzureiben. Unter ihrer sanften Berührung glitt der Stoff über seinen Körper.

Sie zögerte, als sie seinen Unterleib erreichte und sein ganzer Körper erstarrte. Unter größter Anstrengung unterdrückte er den Instinkt, sie zu stoppen. Das war Maddie, die versuchte, ihm zu helfen. Er würde sie nicht wegstoßen. Er wollte sie nicht wegstoßen.

Maddie warf den Lappen zur Seite und Sam fühlte nur noch ihre zarten Hände auf seiner Haut, die sich über seine Leisten bewegten und dann seinen pulsierenden Schwanz mit ihren nackten Fingern streiften. Dieses Gefühl löste instinktiv eine erschrockene Reaktion bei ihm aus, aber er hielt seine Augen fest auf Maddie gerichtet, als sie ihn berührte, und konzentrierte sich ganz auf sie. Er war fast enttäuscht, als sie dort nicht länger verweilte. Aber dann fühlte er, wie ihre Hände sich ach-so-zärtlich über seinen Hintern bewegten. Seine Pobacken zogen sich zusammen und er mahlte mit den Zähnen, als ihre Finger leicht über seinen After strichen. Ein gepeinigtes Knurren entwich ihm, ein Teil von ihm hatte Angst... aber ein anderer Teil fühlte Vergnügen. Ihre Berührung war klinisch, aber schmerzhaft sanft und verlockend feinfühlig.

Sie ging in die Knie und fuhr mit der Seife über seine Beine. Dann stand sie auf und wusch seine Haare. Ihre Berührung linderte seinen Schmerz, als sie zärtlich seine Kopfhaut massierte. Dann nahm sie den Duschkopf aus seiner Halterung, brauste eilig ihre Haare und ihren Körper ab und drehte den Duschhahn zu. Hastig und grob rieb sie sich selbst trocken. Aber dann nahm sie ein frisches Handtuch und fuhr damit sanft über seine Haut, um ihn abzutrocknen. Nachdem sie sich selbst schnell ein kurzes Nachthemd über den Kopf gezogen hatte, das sie dem Stapel Kleider auf dem Toilettentisch entnommen hatte, stützte sie ihn, um ihn zum Bett zu geleiten, wo sie ihn auf die Bettkante setzte, um ihm in ein frisches Paar Boxershorts zu helfen.

»Wow, David ist überaus effizient«, staunte sie, als sie den Saft vom Nachttischchen nahm und ihn Sam reichte. Sie schüttelte einige Pillen aus verschiedenen Fläschchen und hielt sie ihm vor den Mund, so wie sie es mit einem widerspenstigen Kind machen würde. »Ich hätte nicht gedacht, dass er all das Zeug so schnell beschaffen könnte.«

»Ich bezahle ihn für seine Effizienz«, brummte er. Sam war kein Dummkopf. Überraschend folgsam öffnete er seinen Mund und ließ sie die Pillen hineinstecken. Dann schluckte er sie mit etwas Saft herunter.

»Trink alles aus! Du brauchst Flüssigkeit. Ich habe dir gerade etwas gegen dein Fieber, den Husten und die Schmerzen gegeben. Du wirst wahrscheinlich schlafen können.« Sie spielte mit seinen Haaren, während sie sprach, und runzelte besorgt die Stirn.

Sam trank gehorsam seinen Saft aus und Maddie nahm ihm das Glas ab. »Leg dich hin und ruh dich aus!«

»Bleibst du bei mir?«, fragte Sam, der sich nicht selbst versorgen konnte. Es war ihm scheißegal, ob er mitleiderregend klang, sein Verlangen nach Maddie besiegte seinen Stolz.

»Natürlich bleibe ich«, antwortete sie empört.

Sam musste lächeln, als sie in eine Schimpfkanonade ausbrach, die Weisheiten über »störrische Männer« und andere abfällige Erkenntnisse über das männliche Geschlecht im Allgemeinen und ihn im Besonderen umfasste. Seine Frau war wütend auf ihn, weil er sich nicht um sich selbst kümmerte.

Irgendwie… störten ihn die Flüche überhaupt nicht… sondern ließen seine Brust vor Zärtlichkeit schmerzen, für die einzige Frau außer seiner Mutter, die sich um ihn kümmerte – sich um ihn sorgte.

Er stützte sich auf ein Kissen und beobachtete sein feuriges Weibchen dabei, wie es durch den Raum stampfte, Kleider aufsammelte und Dinge aufräumte, die er fallengelassen und nicht wieder aufgehoben hatte, als er krank geworden war. Sie murmelte vor sich hin, aber Sam bezweifelte nicht, dass es sich immer noch um das gleiche Geschimpfe handelte. Also konnte er sich wahrscheinlich glücklich schätzen, dass er sie nicht verstehen konnte. Stattdessen versank er in ihren Anblick und fühlte sich irgendwie besser dabei, sie einfach nur zu beobachten.

Das Duschen hatte seine Wirkung nicht verfehlt. Zum ersten Mal seit Tagen fühlte er sich sauber und noch dazu bequem in den frischen Laken. Die Kopfschmerzen ließen langsam nach und statt des Elends überkam ihn eine angenehme Trägheit.

Sein Schwanz war hart wie Stahl und versteifte sich noch mehr, wenn sie sich nach vorn beugte und ihren entzückenden Arsch zur Schau stellte. Er gaffte, und konnte nicht anders, als lüstern auf ihr nacktes Hinterteil zu starren, während sie sich bückte, um ihre Schuhe aufzusammeln.

Sie drehte sich zu ihm herum, während sie sich aufrichtete, und warf ihm einen ermahnenden Blick zu. »Begaffst du meinen Hintern? Ich brauche eine Unterhose«, murmelte sie.

Oh, zur Hölle, nein, das brauchst du nicht. Fast stöhnte er vor Enttäuschung, als sie im Badezimmer verschwand, offensichtlich um zwischen den neuen Kleidern, die er ihr gekauft hatte und die sie nicht mit nach Hause genommen hatte, nach frischer Unterwäsche zu suchen.

Nachdem sie aus dem Badezimmer zurückgekehrt war, suchte sie in der Fülle der Sachen, die David besorgt hatte, nach einem Thermometer und steckte es ihm in den Mund. »Nicht reden!«, warnte sie ihn mit hochgezogenen Augenbrauen.

Er machte eine finstere Miene und verschränkte die Arme vor der Brust. Er sollte verdammt sein, wenn er nicht dieses blöde Ding ausspucken würde, um seinen Protest auszudrücken.

Sie lachte – ein helles, amüsiertes Lachen, das ihn wie heilender Balsam überströmte. »Du siehst wie ein kleiner störrischer Junge aus«, gluckste sie und legte ihm die Hand auf die Stirn.

Das Thermometer gab einen Ton von sich und sie entfernte das beleidigende Gerät. »Hoch«, stellte sie grübelnd fest. »Aber ich denke, schon niedriger als vorher. Vielleicht muss ich dich heute Nacht wecken, um dir noch mehr Medikamente zu verabreichen.«

Als sie ihm noch mehr Saft reichte, runzelte er die Stirn. Das Letzte, was er wollte, war, etwas hinunterzuschlucken. Seine Kehle fühlte sich an, als ob sie mit Schleifpapier bearbeitet worden wäre.

»Trink das! Du brauchst Flüssigkeit«, kommandierte sie, als ob sie seine Gedanken lesen könnte.

Er musterte sie von oben bis unten, und während er an seinem Saft nippte, beobachtete er, wie das hübsche Weibsstück eine Medizin aus den Flaschen neben dem Bett zusammenmixte, die vermutlich für spätere Verabreichungen gedacht war.

»Hat dir jemals einer gesagt, dass du eine diktatorische Ärztin bist?«, fragte er trocken und reichte ihr das leere Glas.

Hatte ihr jemals einer gesagt, wie scharf sie aussah, wenn sie verärgert war?

Sie stellte das Glas auf den Tisch, verschränkte die Arme vor der Brust und warf ihm einen strafenden Blick zu. »Nur meine unkooperativen Patienten. Wenn du nicht so dickköpfig wärst, würdest du meinen, ich sei die süßeste Ärztin der Welt«, antwortete sie mit einem gespielt-lieblichen Unterton in der Stimme.

»Ich denke sowieso, dass du süß bist«, gestand er mit heiserer, leiser Stimme. »Was ist mit deinem Kopf passiert?«, fragte er stirnrunzelnd, weil er eine kleine Schramme an ihrer linken Schläfe entdeckt hatte, die er vorher nie bemerkt hatte.

»Das ist nichts. Ein kleiner Autounfall. Ich habe mir nur den Kopf angeschlagen.« Sie schlüpfte ins Bett und zog die Decke über sich. Dann löschte sie das Licht neben dem Bett, was den Raum in Dunkelheit tauchte.

Er streckte sich nach ihr aus und zog sie näher an sich heran. Mein Gott. Sie fühlte sich gut an. Er drückte ihren Rücken gegen seine Brust und vergrub sein Gesicht in dem wilden Gewirr seidiger Haare. »Es gibt keinen kleinen Autounfall. Was zur Hölle ist passiert? Wann? Verdammt! Niemand hat mir Bescheid gesagt. Die Sicherheitsbeamten sind gefeuert!«, grollte er und erschauerte bei dem Gedanken, dass Maddie in einen Autounfall verwickelt gewesen war, ohne dass er etwas davon gewusst hatte.

»Du wirst sie nicht rausschmeißen. Sie haben mich hier abgesetzt, weil mein Wagen wahrscheinlich einen Totalschaden hat. Ich habe sie gebeten, dich nicht anzurufen, weil ich ohnehin auf dem Weg zu dir war. Das ist keine große Sache, Sam. Ich war auf dem Weg hierher und das Wetter ist zum Kotzen, weil es den ganzen Tag über geregnet hat. Ein anderes Auto rutschte wegen des Aquaplanings über die rote Ampel und rammte mich. Mir ist nichts passiert«, erklärte sie, hörte sich aber verärgert an.

Sams Atem ging so schnell, dass er kaum Luft holen konnte. *Fuck!* Er umklammerte Maddie fester und tastete mit den Händen ihren Körper ab. »Was, wenn du schwerer verletzt worden bist, als du glaubst?« Der Gedanke versetzte ihn in Panik.

Maddie rollte sich herum, um ihn anzuschauen, und schlang die Arme um seinen Nacken. »Nein, das ist nicht der Fall. Mir geht es gut, Sam. Meine Sorge gilt dir. Du bist krank. Bitte schlaf jetzt. Sie haben die Beifahrerseite erwischt und ich wurde nur ein bisschen durchgeschüttelt. Ich bin Ärztin. Der Stoß war nicht stark genug, um irgendetwas anderes als mein armes Auto zu verletzen.«

»Du brauchst einen größeren Wagen, etwas Sichereres. Und neuer«, antwortete er. Aus seiner Stimme klangen Furcht und Verärgerung.

»Schlaf!«, beharrte sie und kuschelte sich an ihn.

Sam war schlaftrunken, wahrscheinlich von den Medikamenten, aber er konnte sich nicht gegen die Bilder von Maddies Wagen wehren, der gerammt wurde, während sie darinnen saß. Was, wenn sie ernsthaft verletzt worden wäre... oder Schlimmeres? Herrgott! Diese Bilder würden ihm für eine Weile zusetzen. »Etwas Schlimmes hätte passieren können«, sagte er schließlich schroff.

»Aber es ist nichts passiert«, beruhigte ihn Maddie und legte ihren Kopf auf seine Schulter. Ihre Finger strichen ihm sanft durchs Haar und liebkosten seinen Hinterkopf mit angenehmen, kreisförmigen Bewegungen. »Bitte komm zur Ruhe, Sam. Ich mache mir Sorgen um dich. Du hast offensichtlich einen schlimmen Grippevirus erwischt. Und du brauchst Schlaf.«

Seine Brust schmerzte, aber nicht aufgrund seiner Krankheit. Ihre besorgte, weiche Stimme tröstete ihn. Er schloss die Augen. Seine emotionale Reaktion auf ihr besorgtes Verhalten überwältigte ihn.

Mit seiner manischen Sorge um ihre Sicherheit und seiner Besitzgier konnte er umgehen. Aber jemanden zu haben, der sich um ihn kümmerte, war ihm fremd, und er war sich nicht sicher, wie er darauf reagieren sollte. »Ich bin froh, dass du hier bist, mein Sonnenschein«, murmelte er leise und rieb sein Gesicht an ihren Haaren.

»Ruf mich bitte beim nächsten Mal an«, bat sie schläfrig.

»Dir darf nichts passieren, Maddie. Damit würde ich nicht leben können«, sagte er mit heiserer Stimme.

Sam wunderte sich, wie Max auch nur hatte überleben können, nachdem er seine Frau verloren hatte. Der Schmerz musste quälend gewesen sein, wenn Max etwas Ähnliches gefühlt hatte wie sein eigenes zwanghaftes Bedürfnis nach dem kuscheligen, rothaarigen Wunder, das er eben jetzt in den Armen hielt.

»Ich bin hier, Sam«, flüsterte sie.

Gott sei Dank!

»Du heiratest mich«, raunte er und schloss seine Augen, weil er von Schläfrigkeit überwältigt wurde.

Sie antwortete nicht. Sie kuschelte sich nur näher an ihn und seufzte.

Sam ließ sich von ihrem Schweigen nicht stören. In der Tat formten sich seine Lippen zu einem Lächeln. Das war ein Fortschritt. Zumindest hatte sie nicht argumentiert und nicht Nein gesagt.

Mit diesem positiven Gedanken im Kopf schlief er ein.

Kapitel 11

Maddie blieb bei Sam, bis der sich völlig erholt hatte. Sie verbrachte ihre zwei freien Tage damit, ihn über den Berg zu bringen, und die folgenden paar Tage ging sie jeden Tag nach der Arbeit zu ihm nach Hause, um sicherzustellen, dass er sich angemessen um sich selbst kümmerte. Er war bei weitem der schlimmste Patient, den sie je gehabt hatte, und sie hatte schon ihren Teil an schrecklichen Patienten abbekommen. Sam Hudson verabscheute Schwäche jeder Art und offensichtlich betraf das auch alles, was ihn körperlich beeinträchtigte.

Im Moment sah er nur nach Ärger aus, völlig aufgebracht und gereizt. Er hatte sich in seinem Stuhl zurückgelehnt und starrte von seinem heimischen Schreibtisch zu ihr hinüber.

Sam versteckte sich wieder hinter seiner Fassade und Maddie hasste das. Während seiner Krankheit hatte er sich manchmal verletzlich gezeigt, aber nun war er wieder der Tyrann… zurück in voller Stärke. Sie konnte Sams Alpha-Männchen-Persönlichkeit akzeptieren. Eigentlich gab es sogar Zeiten, in denen sie das bewunderte. Wie auch immer, *im Moment* jedenfalls verabscheute sie es. Er gab Befehle von sich, ohne sich auf einen Kompromiss einzulassen oder einen Grund für seine Handlungen anzugeben.

»Du wirst den neuen Wagen fahren! Punkt. Ende der Diskussion!«, bellte er, als ob sie einer seiner Angestellten wäre.

Maddie nahm einen tiefen Atemzug und stieß die Luft wieder aus. »Gut. Wenn die Diskussion beendet ist, werde ich gehen. Und du kannst dein Auto nehmen und es dir in den Arsch schieben, weil ich es nicht fahren werde. Du hast kein Recht, ein Auto für mich auszusuchen, ohne mich zu fragen, und dann von mir zu fordern, es auch zu benutzen. Ich bin keine deiner verdammten Angestellten.«

Sie wünschte, an diesem Abend niemals in sein Haus gekommen zu sein, und versuchte, sich zusammenzunehmen. Alles, was sie hatte tun wollen, war, sich davon zu überzeugen, dass es ihm gut ging und dass er angemessen auf sich aufpasste. An diesem Abend hatte er sich ihr gegenüber wie ein komplettes Arschloch benommen. Hauptsächlich, weil er ihr die Schlüssel zu einem nagelneuen, schwarzen Mercedes SUV vor die Füße geworfen und ihr dann befohlen hatte, sie solle ihn fahren. Es war nicht so, dass sie das Fahrzeug nicht mochte. In Wirklichkeit gefiel es ihr sogar gut. Wem würde es auch nicht gefallen? Ihr Problem waren seine Gesinnung und seine Distanz. Er befahl einfach nur und erwartete, dass sie aufsprang und ihm gehorchte. Er versteckte sich wieder und ärgerte sich darüber, dass er während seiner Krankheit zu viel Schwäche gezeigt hatte. Nun sprengte er alle Grenzen, um diesen »Fehler« wiedergutzumachen. Sie verstand, was er tat, und seine Motivation dafür. Aber verdammt… es tat weh.

»Ich weiß, dass du keine meiner Angestellten bist, denn sonst würdest du tun, was ich dir sage!«, grollte er. »Und wenn du durch diese Tür dort gehst, werde ich dich einfangen.«

Sie verschränkte die Arme vor der Brust und blitzte ihn an. »Und dann? Wie hast du geplant, mich zu zwingen, ihn zu fahren?«, gab sie zurück. Ihre Stimme begann, zittrig und emotional zu werden. »Verdammt noch mal! Du hast mich noch nicht einmal gefragt, ob er mir gefällt oder ob ich ihn haben will. Meine Meinung spielt keine Rolle, solange ich das tue, was du sagst. Was, zur Hölle, stimmt heute Abend nicht mit dir?« Eine einsame Träne rollte ihr die Wange hinunter und sofort wischte sie diese ungeduldig ab. Es gab so vieles an Sam, das sie liebte, aber einige Dinge konnte sie einfach nicht tolerieren.

Rechthaberisch… okay. Gelegentlich.

Fordernd im Bett… zur Hölle, ja.

Beschützend… ja.

Distanziert und kalt… verdammt, nein!

Sam stand auf und kam um den Tisch herum. »Du wirst nicht weggehen«, sagte er rau. »Warum weinst du?«

Maddie sprintete in Richtung Tür, nicht bereit, auf diese Frage zu antworten.

Weil ich dich so sehr liebe, dass es wehtut. Weil ich will, dass ich dir genauso viel bedeute wie du mir. Weil ich Angst bekomme, wenn du mich ausschließt und kalt wirst.

Als sie in ihrer Verzweiflung zu entkommen heftig die Tür aufriss, fühlte sie, wie Sams Körper von hinten gegen sie prallte. Er warf die Tür zu und hielt sie zwischen seinen Armen gefangen.

Sie lehnte die Stirn gegen die Tür und die Tränen rannen ihr unkontrolliert aus den Augen. »Bitte, lass mich einfach nur gehen!«

»Sag mir, warum du weinst! Gefällt dir der Wagen nicht? Ich kann ihn umtauschen gegen einen anderen, solange der genauso sicher ist. Er ist ein Klassiker und erinnert mich an dich.« Er keuchte und sie fühlte seinen warmen Atem an ihrem Ohr.

Mist! Er wurde weich und benahm sich wieder wie *ihr* Sam. *Hier bin ich und fahre die Achterbahn hinauf und frage mich, wann ich wieder abstürze.*

»Ich kann damit nicht umgehen, Sam. Bitte!« Ihre Gefühle waren nur noch ein buntgewürfeltes Durcheinander – Altlasten, die zurückkamen, um sie zu jagen. Sie konnte sich nicht dagegen zur Wehr setzen. Sam war so wichtig für ihr Glück, dass es sie ängstigte, wenn er so eisig und spröde wurde.

»Was habe ich getan, Sonnenschein? Sag es mir!« Seine Stimme klang zärtlich und gefühlvoll. »Ich werde es in Ordnung bringen.«

»Wenn du kalt und distanziert bist, bekomme ich Angst, dass du mich nicht mehr willst«, würgte sie heraus. Sie hatte es nicht aussprechen wollen, aber es war schon passiert. »Ich weiß, das sind

Altlasten, und ich weiß, dass ich wahrscheinlich bedürftiger bin als die meisten Frauen, die du kennst, aber ich muss wissen, dass ich dir wichtig bin, dass meine Meinung eine Rolle spielt. Das bekümmert *mich*.« Auch für sie hörte sich das jämmerlich an, aber sie konnte es nicht ändern. »Wenn du dich emotional von mir distanzierst und dich kühl verhältst, bekomme ich Angst.«

Sam schlang seine Arme um Maddies Oberkörper, drückte ihren Rücken an seine Brust und wiegte sie. »Es tut mir leid, Sonnenschein, so leid«, murmelte er in ihr Ohr und schaukelte sie vor und zurück. »Ich bekomme auch Angst. Ich fürchte mich davor, dass dir etwas zustoßen könnte und ich nicht darüber hinwegkommen würde. Verstehst du nicht, wie wichtig du mir bist?«

Maddie schüttelte den Kopf und ihre Schultern zuckten vor unterdrückten Schluchzern der Qual. Die Ängste ihrer Vergangenheit hatten sie eingeholt. Verdammt, sie hatte gelernt, allein und von niemandem abhängig zu sein. Aber ihr Schutzmechanismus brach unter diesem Mann zusammen.

Sam drehte sie herum, hob sie auf seinen Arm und trug sie zu der an der Wand seines Heimbüros stehenden Ledercouch, um sich dort mit ihr auszuruhen, und hielt sie fest auf seinem Schoß. »Ich brauche dich, Maddie. So sehr, dass es mich erschreckt. Ich glaube, manchmal fürchte ich mich davor, jemanden so verdammt zu brauchen, dass mein ganzes Leben davon abhängt.« Er gab einen bebenden, männlichen Seufzer von sich und strich ihr über die Haare.

»Ich brauche dich auch, Sam. So sehr. Ich kann es nicht aushalten, wenn du kalt und distanziert bist. Das lässt meine ganze Vergangenheit wiederaufleben, die Zeiten, in denen niemand mich wollte.« Das Schlimmste hatte sie ihm schon erzählt. Und wenn sie ihre Gefühle nicht mit ihm teilen würde, würde er es niemals erfahren.

»Scheiße!« Frustriert raufte er sich die Haare. »Sonnenschein, manchmal vergesse ich, dass du mit deiner eigenen Unsicherheit zu kämpfen hast. Ich war ein selbstsüchtiges Arschloch. Ich habe nur daran gedacht, mich selbst zu schützen. Verzeih mir! Bitte! Ich werde versuchen, es nie wieder zu tun. Ich verspreche es. Aber

ich glaube nicht, dass ich aufhören kann, mir Sorgen zu machen.«
Er zog sich zurück und warf ihr einen intensiven Blick zu. Seine
durchdringlichen, grünen Augen schimmerten heiß und glühend.

»Ich will dich genauso, wie du bist, außer deiner kalten Seite«,
sagte sie und lächelte durch ihre Tränen hindurch. Sie war auch
selbstsüchtig gewesen und hatte zugelassen, dass sie von ihren
Ängsten regiert wurde, und darüber Sams Vergangenheit und wie
verletzbar er sich gerade im Moment fühlen musste vollkommen
vergessen.

»Was ist, wenn es zu heiß wird?«, fragte er und sein Bariton klang
heiser und rau.

Sie schmolz dahin und lächelte, als sie seinen Blick auffing, der
sein Verlangen offen zum Ausdruck brachte. Auch sein Gesicht hatte
sich vollkommen von seiner eisigen Maske befreit. »Dann werde
ich glücklich verbrennen«, antwortete sie, überbrückte den Abstand
zwischen ihnen, und schlang die Arme um seinen Nacken.

Sam schob eine Hand hinter Maddies Kopf und zog ihn grob
zu seinem hungrigen Mund hinunter. Er verschlang sie und seine
seidige Zunge tanzte mit der ihrigen, fordernd und gierig. Sie lag auf
ihm, aber immer noch beherrschte er sie. Seine Hände wanderten zu
ihrem Haaransatz und gruben sich in ihre Haare, um sie für seine
Inbesitznahme in Position zu halten.

Ihr Unterleib bewegte sich kreisend gegen seinen stark
geschwollenen Schwanz und ihre Hände ballten sich in seinem Haar
zu Fäusten. Sie brauchte ihn und wünschte sich so verzweifelt, ihn in
sich aufzunehmen, dass sie in seinen Mund stöhnte. Sie war verloren,
sie wusste es… und es war ihr egal. Seinen Duft einzuatmen, ihn
zu schmecken und diesen massiven Schwanz an ihrem Unterleib zu
spüren, machte sie wild und verrückt danach, ihn in sich zu haben.
Knöpfe flogen von ihrer kurzärmeligen Bluse. Sie wimmerte gegen
seine Zunge, als seine Hände wie wild nach ihren nackten Brüsten
suchten und er den vorderen Verschluss ihres BHs öffnete, um ihre
Brüste besitzgierig zu umfassen. Keuchend löste sie ihren Mund
von seinem, befreite sich von der zerrissenen Bluse und dem BH

und ließ beides achtlos zu Boden fallen. »Bitte Sam, ich muss dich in mir fühlen.«

Sie schwankte nach hinten und stand dann vor ihm. Sie zog an der Kordel ihrer in der Taille geschnürten, baumwollenen Capri-Hose, streifte diese zusammen mit ihrem Höschen ab und stand dann splitterfasernackt vor ihm.

Er hingegen war noch in seinen grauen Anzug und Krawatte gekleidet und sah so aus, als ob er bereit wäre, zu einer geschäftlichen Verabredung zu gehen, bis sie sein Gesicht und die von seiner Erektion ausgebeulte Hose betrachtete. Er fickte sie mit seinen Augen und sein Blick war so aufgeheizt und gequält, dass sie sich sicher war, er war gedanklich schon bei der Ausführung des Aktes… und verlangte verzweifelte danach. Während er heftig an seinem Gürtel zerrte und den Reißverschluss seiner Hose öffnete, ließ sein heißer Blick keinen Moment von Maddies Körper ab. »Reite mich!«, forderte er stöhnend und zog seinen angeschwollenen Schwanz aus der Hose.

Sie blickte erst auf sein enormes Geschlecht und dann auf seinen teuren Anzug. »Das wird vielleicht deinen netten Anzug beflecken«, sagte sie zögernd, aber ihre Muschi schäumte bereits bei dem Gedanken, ihn jetzt gleich zu besteigen, so wie er war, gekleidet wie ein mächtiger Geschäftsführer, und seine Welt ins Wanken zu bringen.

»Dann wird das mein gottverdammter Lieblingsanzug werden. Ich werde ihn reinigen lassen und ihn dann jeden Tag tragen, damit er mich daran erinnert, wie es sich angefühlt hat, dich darin zu ficken. Komm her! Jetzt!«, polterte er und streckte ihr die geöffneten Arme entgegen.

Sie setzte sich rittlings auf ihn, doch bevor sie ich überhaupt richtig auf seinem Schoß niederlassen konnte, schlang er schon besitzergreifend seine Arme um sie und saugte mit seinem Mund an ihren empfindlichen Brustwarzen. Als er sanft in sie hineinbiss und gerade genügend Vergnügen und Schmerz erzeugte, um sie verrückt zu machen, bog sich ihr Rücken durch. Mit wiegenden Hüften ließ sie ihre Klitoris an seinem Geschlecht herabgleiten und stöhnte, als sie die Reibung spürte. Sein Schwanz, der so hart war wie Stahl, erlaubte es ihr, sich an ihm zu stimulieren. Hände glitten ihren Rücken hinab und umklammerten ihren Hintern. Dann schob Sam eine Hand von hinten zwischen ihre Körper, und seine Finger glitten zwischen ihre feuchten Schamlippen.

»Herrgott! Du bist so verdammt feucht. Heiß. Für mich.« Seine Stimme klang angespannt. Er hatte sich kaum mehr unter Kontrolle.

»Ich brauche dich«, flüsterte sie und beugte sich nach vorn, um an seinem Ohrläppchen zu knabbern, und fühlte seine rauen Barthaare an ihrer weichen Haut. Dieses Gefühl verstärkte noch die urtümliche Wildheit, die ihren Körper übermannte.

Wild drangen seine Finger in ihre Muschi ein. Sein Atem klang abgehackt und sie konnte ihn heiß auf ihren Brüsten spüren, als er davon abließ, an den Brustwarzen zu lecken und zu knabbern und anfing, ein- und auszuatmen, als würde er versuchen, die Kontrolle über sich zu gewinnen. Eine seiner Hände hielt ihre Pobacken umklammert, während die andere sich aus ihren durchnässten Falten zurückzog und sich zu ihrem After vorarbeitete, wo sie den sternförmigen Eingang mit Maddies eigenen Säften befeuchtete. Sie schnappte nach Luft, als ein sahniger Daumen seinen Weg in ihren After fand. Leicht drang dieser in sie ein und weitete ihren äußeren Schließmuskel.

»Ahh…«, stöhnte sie und warf den Kopf in den Nacken, als Sam ein bisschen tiefer in sie eindrang und dabei eine leichte Pumpbewegung machte. Es tat nicht weh; es war so verdammt erotisch, dass sie beinahe zum Höhepunkt kam.

»Fuck!« Sam zog mit einem Ruck seinen Daumen zurück und sein Brustkorb weitete sich. »Es tut mir leid. Es tut mir leid«, wiederholte er mit heiserer, verwirrter Stimme.

»Was? Was ist los?« Sie warf mit einem Ruck den Kopf nach vorn, um ihm ins Gesicht sehen zu können.

Er schwitzte und die Schweißperlen tropften von seiner Stirn auf sein makellos weißes Hemd. Sein Gesicht war bleich und sein Ausdruck gehetzt. »Es tut mir leid«, wiederholte er noch einmal. Ich tue das eigentlich nicht. Ich hätte dir nicht auf diese Art Gewalt antun sollen«. Er atmete heftig und sein ganzer Körper stand unter Spannung.

Oh. Mist! Offensichtlich praktizierte Sam keinen Analsex… oder *irgendetwas* anales, wohl wegen seiner Erfahrungen in der Vergangenheit. Sie tat es normalerweise auch nicht, aber das Gefühl des Ausgefülltseins war heiß und erotisch. Er war so vorsichtig und sanft vorgegangen, um sie nicht zu verletzen. »Sam, du hast mir nicht wehgetan. Es hat sich gut angefühlt. Es war heiß.«

»Ich hätte es nicht tun dürfen. Nein.« Er schüttelte den Kopf und noch immer tropfte ihm der Schweiß vom Gesicht. »Ich war nur so verdammt besessen davon, in dir zu sein, egal wie, dass ich es vergessen habe.«

Maddie nahm sein Gesicht zwischen ihre Hände und zwang ihn, ihr in die Augen zu blicken. »Es war erotisch. Ich mochte es sehr, dich in mir zu fühlen. Ich bin nicht auf Analsex vorbereitet, aber du hast mich fast zum Kommen gebracht. Du warst sanft. Du. Hast. Mir. Nicht. Wehgetan.« Sie fixierte ihn mit einem liebevollen Blick.

»Du magst es tatsächlich?«, fragte er erstaunt und suchte in ihrem Gesicht nach der Wahrheit.

»Ja. Du hast meine Erlaubnis, in mich einzudringen, wann immer du willst«, antwortete sie heißblütig und drängend. »Bitte, ich brauche dich.« Sie wollte den reumütigen Blick aus seinem Gesicht verbannen und ihn wieder durch Begierde ersetzen.

»Ich muss in dir sein, Maddie. Jetzt«, stöhnte er verzweifelt.

Maddie hob ihren Hintern und Sam griff nach seinem geschwollenen Geschlecht. Sie stöhnten gemeinsam auf, als sein Schwanz in ihren Tunnel glitt. Sie zog sich selbst auf ihn hinab und umklammerte dabei seine Schultern. Sie dehnte ihre Muskeln, um ihn aufnehmen zu können, und fing an zu keuchen, als er sie köstlicherweise bis zu ihrem Fassungsvermögen ausfüllte und dabei fast, aber nicht ganz, bis an die Grenze des Unbehagens gelangte.

Er fasste sie an den Hüften. Sein Kiefer war angespannt und sein Gesichtsausdruck wild und begierig. Sam sah in diesem Augenblick wunderschön aus, denn sein Begehren und seine Besitzgier lagen so nah unter der Oberfläche und sein ganzer Körper war vor Wollust angespannt.

Maddie stöhnte, als er sich ihr entgegendrängte und sich so tief in ihr vergrub, wie er nur konnte. »Ja!«, stieß sie keuchend hervor. Die Luft um sie herum war feucht und schwer und zu gleichen Teilen mit fleischlicher Begierde und seelischem Verlangen durchsetzt. Ihre Muskeln schlossen sich um seinen Schwanz und ihr ganzer Körper zitterte.

Er schaute ihr tief in die Augen und ihre Blicke konzentrierten sich angespannt aufeinander, während er den Vorstoß seines Schwanzes kontrollierte, der sich in ihrer engen Höhlung auf und ab bewegte.

»Ich möchte es langsam tun. Ich will dieses Gefühl auskosten. Aber du fühlst dich so unglaublich an, Sonnenschein. Ich kann es nicht mehr länger aushalten«, flüsterte er mit rauer Stimme.

Maddie fühlte sich, als ob sie verbrennen würde. »Fick mich einfach, Sam! Bitte! Ich liebe das Gefühl, dich in mir zu haben. Ich wünschte, wir könnten für immer so ausharren.« Sie stöhnte, als er kräftiger zustieß. Mit jedem Pumpen seiner Hüften wurden die Kurven ihres Hinterns und Oberschenkels von dem eleganten Stoff seiner Hose liebkost. Ihre Klitoris ritt auf dem offenen Reißverschluss, sodass die aufreizende Reibung sie zum Taumeln brachte. Maddie begab sich voll und ganz in Sams Hände und verlor sich völlig in ihren Empfindungen, während sie die Augen schloss und ihr Kopf hilflos nach hinten kippte.

»Brauche dich, Maddie. Ich brauche dich«, knurrte er und eine seiner Hände glitt über ihren Hintern. »Ich will überall in dir sein. Muss es sein.« Sein Daumen glitt zurück in ihren After, dessen Umgebung schon nass von ihren Säften war. Sanft führte er seinen Daumen in ihr enges kleines Loch ein und zog ihn wieder heraus, während er ihren Tunnel mit den kräftigen Stößen seines Schwanzes bearbeitete.

»Oh Gott, ja! Ja!« Ihre Muschi zog sich so fest um seinen Schwanz zusammen, als wollte sie ihn mit den Kontraktionen melken. Plötzlich erschütterte ein Beben ihren Körper.

»Komm für mich, Maddie!«, knurrte er, griff in ihren Nacken und drückte ihren Mund grob auf seinen. Dann bohrte er sich mit seiner plündernden Zunge zwischen ihren Lippen hindurch und war nun auf jedem möglichen Weg tief in ihr.

Obwohl sie angeblich auf ihm ritt, beherrschte Sam sie auch weiterhin, fordernd, drängend und bestimmend. Das Einzige, was sie tun konnte, war, ihren Unterleib abzusenken und seinen in ihr tiefstes Inneres vordringenden Stößen entgegenzukommen und dann… zu kommen.

Sie riss ihren Mund von seinem und schrie, als der Orgasmus durch ihren Körper jagte wie ein wilder Sturm und sie hilflos in den Nachwehen zurückließ.

»Fuck! Fuck! Fuck!«, stöhnte Sam und stieß seinen pulsierenden Schwanz hart in sie hinein. Dann erleichterte er sich tief in ihre Eingeweide. Unbewusst bearbeitete er mit seinem Daumen immer noch sanft ihren After, während er unter seiner explosiven Erlösung erschauerte.

Sam drehte sich etwas und löste seine Hände von ihrem Hintern und ihrem After. Dann brach er auf der Couch zusammen, sorgte aber dafür, dass Maddie auf ihm liegenblieb, indem er seine Arme fest um ihre Taille schlang. »Du wirst mich noch umbringen«, keuchte er und ganz entgegen der Härte seiner Worte küsste er ihre Stirn, Schläfen und Wangen. Schließlich gab er ihr noch einen zärtlichen Kuss auf die geschwollenen Lippen. »Es tut mir leid. Ich habe es schon wieder getan.«

Maddie musste ihn nicht fragen, was er meinte. »Ich habe dir doch meine Erlaubnis gegeben, Sam. Du tust mir keine Gewalt an. Bitte. Für nichts, was wir gemeinsam tun, müssen wir uns schämen. Ich habe es genossen. Ich wollte es. Ich will dich auf jede Art, überall.«

»Mit dir habe ich keine Kontrolle über mich, Sonnenschein«, gab er traurig zu.

»Das weiß ich. Und ich liebe die Art, wie du mich willst«, flüsterte sie und legte ihren Kopf auf seine Schulter.

»Wirklich, Maddie? Macht es dir niemals Angst? Wenn ich manchmal den Teufel rauslasse?«, fragte er und streichelte ihre Haare.

»Nein, Sam. Ich könnte niemals Angst vor dir haben. Du magst mich vielleicht manchmal verärgern, aber die Art, wie du mich willst, macht mich so heiß, dass ich dir nicht widerstehen kann. Ich will dich genau so sehr, wie du mich willst«, antwortete sie ihm ehrlich.

Er schüttelte den Kopf, sodass seine Barthaare leicht ihre Stirn bürsteten. »Nicht möglich, Liebling«, widersprach er und sein rauer Bariton vibrierte in ihrem Ohr.

»Also würdest du dich lieber kontrollieren können? Ficken ohne Leidenschaft?«, fragte sie neugierig.

»Zur Hölle, nein! Ich habe nicht gesagt, dass ich es nicht wollte. Ich habe nur gesagt, es könnte ein bisschen unbehaglich sein«, antwortete er schroff.

Maddie zog mit ihrem Finger das gestreifte Muster seiner Krawatte nach. »Wir werden uns daran gewöhnen«, sagte sie. »Ich kann nicht glauben, dass ich hier splitterfasernackt liege, während du aussiehst, als ob du gleich ausgehen würdest, um die Welt zu beherrschen.«

»Du solltest dich besser daran gewöhnen. Wir werden heiraten«, brummte er. »Und ich würde viel lieber hierbleiben und dich beherrschen.«

Seine heisere, besitzergreifende Stimme jagte ihr einen Schauer über den Rücken. »Ich habe noch nicht eingewilligt, dich zu heiraten, weil du dir nie die Mühe gemacht hast, mich zu fragen. Du hast es angeordnet. Und da wir gerade über Befehle reden, was unternehmen wir bezüglich des Autos?«

»Was willst du?«, fragte er mit leiser, sanfter Stimme. »Ich hätte gern, dass du es behältst. Es war als ein Geschenk gedacht, ich wollte mich nicht wie ein Arschloch verhalten. Es ist groß, es ist stabil und es hat jede Sicherheitseinrichtung, die verfügbar ist. Ich hätte gern, dass du es fährst, weil ich mich um deine Sicherheit sorge. Nichts darf dir passieren, mein Sonnenschein.« Er seufzte schwer.

Okay... das ist schon besser. Zumindest spielt er nicht mehr das kalte Arschloch.

Maddie seufzte leicht. »Okay. Ich werde es fahren. Siehst du, wie einfach das war? Du fragst höflich und ich antworte auf die Art, wie du es erwartest«, belehrte sie ihn und amüsierte sich dabei.

»Versuchst du, mich zu erziehen, Weib?«, knurrte er spielerisch.

Maddie lachte hell auf, bevor sie antwortete. »Ist das überhaupt möglich?«

»Nein. Aber ich will dir auch nicht wehtun«, brummte er, während seine Hände ununterbrochen besitzergreifend ihren Rücken und ihre Locken streichelten.

Sie hob den Kopf und durchbohrte ihn mit einem stechenden, aber dennoch amüsierten Blick. »Also wirst du versuchen, dich nicht wie ein Höhlenmensch zu betragen?«

»Das hat meine Mutter gesagt«, erwiderte er verärgert.

Maddie hob eine Augenbraue in die Höhe. »Sie hat gesagt, du wärst ein Höhlenmensch?«

»Ja. So ähnlich. Aber das ist nicht wahr«, antwortete er empört.

»Oh, Sam… das ist so verdammt wahr.« Maddie musste so kräftig lachen, dass sie schnaubte.

»Bezüglich des Autos habe ich mich gut benommen«, argumentierte er.

»Nachdem wir heftig darüber gestritten hatten«, erinnerte sie ihn und zog warnend ihre Augenbrauen zusammen. Er sollte es nicht wagen, das abzustreiten.

»Aber wie zur Hölle soll ich dich dann dazu bringen, das zu tun, was ich will?«, fragte er verärgert.

Maddie war gerührt, glitt widerstrebend von seinem Körper und stellte sich neben ihn. »Komm mit mir nach oben und überzeuge mich«, bot sie ihm an und schenkte ihm ihren besten einladenden Blick. »Du wirst diese Methode viel effektiver finden, als mich wie eine deiner Angestellten herumzukommandieren.«

Schnell sprang er auf, ergriff eine Decke von der Couchlehne und bedeckte sie damit. Dann fegte er ihre Füße vom Boden und nahm sie auf seine Arme. »Mit dem System habe ich keine Probleme. Also jedes Mal, wenn ich etwas will, muss ich dich nur ficken, bis du mir zustimmst?«

Oh, Gott! Maddie schüttelte den Kopf. Sie musste lächeln. Das war vielleicht doch kein so guter Plan. Wahrscheinlich konnte er sie so dazu bringen, fast allem zuzustimmen. »Ja«, sagte sie zögernd, weil sie wusste, sie würde das vielleicht bedauern.

Sam grinste. Es war ein teuflisches Grinsen, das sein Gesicht so sexy erscheinen ließ, dass ihre Muschi schon wieder überflutet wurde.

»Ich will eine ganze Menge von dir, Sonnenschein. Ich will alles.« Seine schelmische, tiefe Stimme klang sündhaft und köstlich. »Vielleicht sollte ich noch eine Weile daran arbeiten, dich zu überzeugen.«

Ihr Herz klopfte, als sie seinem smaragdgrünen Blick begegnete. »Ich nehme an, dass ich das aushalten kann.« Sie ließ ihren angehaltenen Atem fahren und lächelte.

»Ich werde dich dazu bringen, darum zu betteln.« Er schoss einen arroganten, versengenden Blick auf sie ab.

Die Wahrheit war, er würde seine Worte wahrscheinlich in die Tat umsetzen und sie würde jeden einzelnen Moment davon genießen. Sie knabberte an seinem Ohrläppchen und besänftigte es dann mit ihrer Zunge. »Ich werde gleich jetzt mit dem Betteln anfangen, wenn du willst«, flüsterte sie ihm mit einer fick-mich Stimme ins Ohr.

»Gottverdammt, Maddie. Mein Schwanz ist schon hart genug, um Diamanten damit zu schneiden«, antwortete er heiser. » Du bist ein verdammter Plagegeist.«

Mit großen Schritten ging er aus dem Zimmer und durchs Haus, dabei war er so schnell, dass sie in seinen Armen hüpfte und lachen musste, als er in sein Schlafzimmer hinauf stürmte. »Ich bin kein Plagegeist, weil ich vorhabe, mich dir auszuliefern«, murmelte sie.

»Trotzdem ein Plagegeist«, stöhnte er. Er legte sie vorsichtig auf dem Bett ab und begann, an seinen Kleidern zu zerren. »Und du wirst mich heiraten. Bald!«, ordnete er an, während er die Knöpfe seines Hemdes beim Ausziehen sprengte.

Maddie seufzte verträumt, als sie Sam dabei beobachtete, wie er sich so wild seiner Kleider entledigte und jeden Zentimeter seines perfekten Körpers enthüllte.

Eines Tages wird er mich doch noch fragen, ob ich ihn heiraten will.

Sie wusste schon, dass sie Ja sagen würde. Wenn sie sich nicht sicher wäre, würde sie keinen ungeschützten Sex mit ihm haben. Sie hatte angefangen, ein Verhütungsmittel zu nehmen, aber es war immer noch ein bisschen riskant, genauso wie der Mann, der gerade auf sie zukam, ein bisschen gefährlich sein konnte.

Herrlich nackt schlich er sich an sie heran, indem er über das Bett kletterte. Er zog die Decke auf eine Weise von ihrem Körper, als würde er ein Geschenk auspacken, und sein hinreißendes Gesicht zeigte einen Ausdruck der völligen Faszination.

»Nenn mir ein Datum. Wir werden verdammt nochmal heiraten. Du gehörst mir«, knurrte er, bedeckte ihren Körper mit seinem und hielt ihr die Arme über dem Kopf zusammen.

Maddie schmolz dahin, als seine glühend heiße Haut die ihre berührte, und die Erleichterung, die sie durch den Haut-an-Haut Kontakt verspürte, ließ sie seine Bemerkung ignorieren. Sein eisiges Verhalten verletzte sie, aber ihr Alpha-Männchen machte sie wahnsinnig und sein herrisches Verhalten machte sie verrückt danach, ihn in sich zu haben.

Sie wusste, sie würde Sam niemals zähmen können, und wollte es eigentlich auch gar nicht. Mit diesem Bewusstsein erwiderte sie seinen fordernden Kuss, als er seinen Mund auf ihren presste, und verlor sich gänzlich in dem Mann, dem ihr Herz, ihr Körper und ihre Seele gehörten... und schon immer gehört hatten.

Kapitel 12

Zwei Abende später saß Maddie in einem der elegantesten Festsäle der Stadt, nippte an ihrem Champagner und versuchte verzweifelt, *nicht* gelangweilt auszusehen. Das Einzige, was sie davon ablenkte, nicht in einen Zustand der völligen Benommenheit zu verfallen, war, Sam dabei zu beobachten, wie er sich so vollkommen in seinem Element befand. Er wirkte charmant und weltmännisch, glatt und sexy, und vollkommen heiß.

Sie versteckte ihr Lächeln in einem eleganten Champagnerkelch, während sie ihn unverfroren anstarrte und noch immer versuchte, die Tatsache zu verinnerlichen, dass er sie wirklich wollte und dass er sie wirklich brauchte. Sie hatte schon gewusst, dass Sam stilvoll einen Smoking tragen konnte, aber sie konnte nicht umhin zu bemerken, dass er sich in dieser eleganten Umgebung völlig heimisch fühlte. Sie befanden sich auf einer schrillen Wohltätigkeitsveranstaltung, zu der er sie eingeladen hatte, ihn zu begleiten.

Sie fühlte sich in ihrem gewöhnlichen, kleinen, schwarzen Cocktailkleid und den hochhackigen Schuhen viel zu schlicht gekleidet – wie ein Fisch auf dem Trockenen. Sie war sich beinahe sicher, dass jede hier anwesende Frau ein traditionelles Abendkleid von einem teuren Designerlabel anhatte, und nicht eine von ihnen trug Modeschmuck.

Aber Sam hat es völlig ernst gemeint, als er mir bestätigte, absolut hinreißend auszusehen. Und er ist der Einzige, der zählt.

Sie seufzte, als Sam einer älteren Frau ein charmantes Lächeln zuwarf, das so kokett und charismatisch wirkte, dass die arme Frau wie ein Teenager errötete. Ja, Sam liebte Frauen jeglichen Alters, und Maddie konnte ein Lied davon singen, wie bezaubert sie von *ihm* waren. Aber sonderbarerweise war sie nicht eifersüchtig. Der Mann, den sie hier sah, war nur ein sehr geringer Teil des Mannes, den sie kannte. Hier verkörperte er das Gesicht der Hudson Corporation, den offiziellen Sam Hudson, den eleganten Milliardär.

Aber er ist so viel... mehr.

Maddie behielt dieses Wissen tief in ihrem Herzen und genoss die Tatsache, dass sie den wirklichen Sam Hudson kannte, das versengend heiße Alpha-Männchen mit einer zärtlichen Seite, das ihr Herz hatte schmelzen lassen, bis sie nicht anders konnte, als zu akzeptieren, dass sie ihn liebte. Immer geliebt hatte. Immer lieben würde.

Für sie gab es nur Sam. Diese elementare und natürliche Verbindung hatte sie schon zusammengeschweißt, als sie sich zum ersten Mal getroffen hatten, und sie war nie in der Lage gewesen, diese Bindung zu lösen. Sie hatte sich mit dem Gedanken abgefunden, dass Sam der Einzige war, dass es für sie in diesem Leben immer nur diesen einzigen Mann gegeben hatte. Sicher, das war beängstigend, aber es war auch ermutigend, ihn wiedergefunden zu haben und zu entdecken, dass er sie all die Jahre genauso sehr vermisst hatte wie sie ihn.

Ich wünschte nur, ich hätte die Wahrheit früher gekannt. Ich wünschte, ich hätte gewusst, wie sehr er in der Vergangenheit leiden musste.

Maddie stieß zitternd den Atem aus und war dankbar für die zweite Chance. Wie nahe sie daran gewesen waren, niemals wieder zusammenzukommen! Obwohl sie eine Frau der Wissenschaft war, musste sie zugeben, dass man manchmal die Launen des Schicksals nicht verleugnen konnte.

Sam ließ seinen Blick durch den Raum schweifen, als ob er sie suchen würde. Ihre Blicke trafen sich. Sein Blick war aufgeheizt und sie wusste, dieser besondere Glanz in seinen Augen war allein für sie gedacht. Ihr stockte der Atem, als er sie offen und besitzergreifend anstarrte und sie an seinem Blick ablesen konnte, woran er gerade dachte. Die stille Kommunikation flutete zwischen ihnen hin und her und die Hitze wurde so unerträglich, dass Maddie sich eine kalte Dusche wünschte.

Angeblich wollte ich die Damentoilette aufsuchen. Er fragt sich, warum ich hier allein herumstehe und ihn beobachte.

Sie war tatsächlich auf dem Weg zu den Toiletten gewesen, hatte dann aber ihr Vorhaben unterbrochen, um einen Drink zu nehmen, und war dann wie hypnotisiert dabei hängengeblieben, ihrem ultraheißen Mann dabei zuzusehen, wie er alle Personen in seiner Umgebung mit seinem Charme verzauberte.

Sie schenkte ihm ein kleines Lächeln, erhob ihr Glas und prostete ihm zu. Dann drehte sie sich herum, um den langen Weg durchs Treppenhaus zu den Toiletten anzutreten.

»Begleitung erwünscht?«, erklang eine tiefe, freundliche Stimme an ihrem Ohr.

Maddie verweilte auf der ersten Stufe. »Max«, antwortete sie erfreut und war glücklich, sein nettes Gesicht zu sehen. Es war ihr unmöglich, sich zu bremsen, und so umarmte sie ihn leicht. »Es freut mich, dich zu sehen.«

Er erwiderte ihre Umarmung und bot ihr mit einem erfreuten Lächeln seinen Arm, den sie gnädig annahm. Gott, sah er gut aus! Da war kein einziger Funke Chemie zwischen ihnen, aber er hatte etwas an sich, das ihr Herz rührte. Ästhetisch gesehen konnte sie ihn betrachten und wusste es zu schätzen, wie gut er aussah und wie gut der schwarze Smoking zu ihm passte. Er war so ein Prachtkerl und so unglaublich nett. Immer noch schien er keine Verabredungen zu treffen. Vielleicht war es noch zu früh für ihn.

»Amüsierst du dich?«, erkundigte sich Max, während er sie die Treppe hinauf begleitete.

»Nicht wirklich«, antwortete sie ehrlich. »Ich weiß wirklich nicht, wie du und Sam das die ganze Zeit aushaltet.«

»Was aushalten?«, fragte er neugierig und hielt mit Maddie am Arm am Ende der Treppe an. Ein befremdlicher Ausdruck lag auf seinem Gesicht.

Sie löste sich von ihm und trat einen Schritt zurück. »Das hier. All das.« Sie deutete auf die Szenerie um sich herum. »Ich glaube, ich bin nicht gerade eine Prominente«, erklärte sie mit weicher Stimme. »Das einzig Gute daran ist, dass man all diese gutaussehenden Männer in ihren Smokings betrachten kann.« Frech zwinkerte sie ihm zu.

»Ganz besonders einen«, gab er amüsiert zurück. »Ich sah die Art, wie du Sam betrachtet hast. Ich bezweifle, dass du noch irgendeinen anderen Mann im Saal wahrgenommen hast.« Ernsthafter fügte er hinzu: »Du siehst glücklich aus. Auch wenn du ein bisschen gelangweilt bist. Nach einer Weile gewöhnst du dich daran.« Er zuckte mit den Achseln. »Es ist einfach eine Pflichtübung, die mit dem Wohlstand einhergeht. Das ist ein fairer Handel.«

Maddie zuckte mit den Achseln. Sie vermutete, dass Max Erklärung der Wahrheit entsprach. Ihr Dasein als Ärztin brachte ebenfalls einiges mit sich, das ihr auch nicht gefiel, aber sie hatte sich daran gewöhnt, damit umzugehen. Und für Sam würde sie beinahe alles tun.

»Ich werde dich später noch einmal aufsuchen, Maddie. Ich muss mit dir über etwas reden«, bemerkte Sam beiläufig, als sie sich trennten.

Sie winkte Max kurz zu und wandte sich nach rechts zu den Damentoiletten, während Max nach links ging, wahrscheinlich, weil er die Herrentoilette aufsuchen wollte.

Maddie benutzte eilig die Toilette. Beim Händewaschen hielt sie jedoch einen Moment inne, um sich im Spiegel zu betrachten. Sie hatte versucht, sich etwas eleganter zu frisieren und ihr Make-up war gelungen, aber sie sah so… gewöhnlich aus. Sie unterschied sich so unglaublich von all den wunderhübschen Frauen, die auf dieser Wohltätigkeitsveranstaltung anwesend waren. Wie auch immer, nachdem sie sich mit einigen von ihnen unterhalten hatte, fühlte sie sich nicht mehr so furchtbar unzulänglich. Sie war Ärztin… sie konnte Fälle plastischer Chirurgie aus einer Meile Entfernung erkennen und einige der Frauen sahen ausgesprochen magersüchtig aus. Obwohl Maddie versucht hatte, an Unterhaltungen teilzunehmen, konnten sich nur sehr wenige der Frauen über irgendetwas anderes unterhalten als soziale Aktivitäten, Mode und ähnliche geisttötende Themen.

Sam braucht mich. Er braucht eine Frau, mit der er am Ende des Tages reden kann. Und er braucht Liebe. Dringend.

Als sie sich die Hände abtrocknete, entfuhr ihr ein kleiner Seufzer, denn sie erkannte, dass Sam vermutlich immer versucht hatte, sich mit Menschen zu umgeben, um seine innere Leere zu kompensieren. Das würde nicht funktionieren. Diesen Trick hatte sie selbst ausprobiert, indem sie die ganze Zeit schuftete und jede einzelne Stunde des Tages mit Arbeit ausfüllte, bis sie völlig erschöpft war. Aber das Vakuum war geblieben, zwar versteckt, aber doch präsent – eine Leere, die nur Sam jemals ausgefüllt hatte.

Sie stieß die Tür auf, betrat die Halle und ging auf die Treppe zu. Als sie gerade die erste Treppenstufe herabsteigen wollte, hörte sie von der gegenüberliegenden Seite der Halle zwei wütende männliche Stimmen, die miteinander stritten.

»Ich weiß, dass du sie angerufen hast. Dass du sie zum Abendessen ausgeführt hast. Ich will, dass du sie, verdammt nochmal, in Ruhe lässt! Sie gehört zu mir. Immer schon. Ich brauche sie, verflucht!« Sams zorniger Bariton war leicht zu erkennen.

»Ich will doch nur ihr Freund sein«, argumentierte Max mit fester Stimme.

»Du willst sie ficken. Du hast eine Schwäche für sie und ich gebe dir nicht einmal die Schuld daran. Aber Maddie gehört mir. Sie war immer dazu bestimmt, mir zu gehören. Ich kann, verdammt nochmal, nicht ohne sie leben. Also finde eine andere Frau für dich!«, grölte Sam in voller Lautstärke.

»Ich will sie nicht ficken«, antwortete Max. Seine Stimme näherte sich der Treppe, offensichtlich entfernte er sich von Sam.

Dann konnte Maddie erkennen, dass sie in ihre Richtung gingen, aber die beiden konnten sie nicht sehen. Die beiden Männer hielten Abstand zueinander und schossen sich verärgerte und unverblümt feindliche Blicke zu.

»Du willst sie in deinem Bett haben, doch das wird nicht geschehen«, polterte Sam.

»Oh, um Gottes willen, Sam! Denk einen Moment mit dem Kopf, anstatt mit dem Schwanz, und hör mir zu. Ich stehe nicht auf Inzest.« Max Kiefer war angespannt und seine Hände ballten sich zu Fäusten, als er hinzufügte: »Maddie ist meine Schwester. Meine Blutsverwandte.«

Sam schien es die Sprache verschlagen zu haben, denn er antwortete nicht. Er starrte nur fassungslos auf Max.

Maddie erstarrte. Die beiden Männer waren höchstens zehn Schritte entfernt von ihr, aber sie waren so in ihre Diskussion vertieft, dass sie sie bis jetzt noch nicht bemerkt hatten.

Max atmete tief aus und fuhr sich mit der Hand durch die rostbraunen Haare. »Wir wurden voneinander getrennt. Ich wurde adoptiert, sie jedoch nicht. Bevor ich sie auf der Hochzeit gesehen habe, wusste ich nicht einmal von ihr. Sie ist das Ebenbild unserer leiblichen Mutter. Und sie und ich haben die gleichen verdammten Augen. Nachdem ich einen genaueren Blick in meine Adoptionspapiere geworfen habe, habe ich herausgefunden, dass sie meine Schwester ist. Ich wollte es ihr sagen. Ich hatte bis jetzt nur noch keine Gelegenheit dazu. Ich wollte es ihr wirklich zuerst sagen.«

Maddie versuchte, die Information zu verdauen, und ihr überfordertes Gehirn kämpfte damit, die Tatsache anzuerkennen, dass sie einen Bruder hatte. Aber der Gedanke war so befremdlich, dass sie nicht wusste, wie sie darauf reagieren sollte.

Freude.

Verwirrung.

Ablehnung.

Sie hatte einen Bruder und sie hatte es nie gewusst. Es gab ein Geschwisterteil, das sie nie kennengelernt hatte.

Max Hamilton ist mein Bruder. Kein Wunder, dass ich mich ihm so verbunden fühle.

Sie keuchte heftig und das Geräusch wurde durch die gewölbte Halle getragen. Beide Männer erhoben ruckartig den Kopf und schauten in ihre Richtung. Die intensiven Gefühle, die auf ihren Gesichtern offen zu Tage kamen, brachten sie zum Schwanken, und einer ihrer Absätze verfing sich in dem luxuriösen Teppichbelag der Treppe.

Sie griff nach dem Treppengeländer, verfehlte es aber, und da ihr Körper schwankte, konnte sie sich nicht vor dem Sturz retten, den sie, wie sie bereits wusste, zu erwarten hatte. Für einen sehr kurzen Augenblick erhaschte sie einen Blick in Sams Augen, in denen sich die Angst ausbreitete.

In ihrer Wahrnehmung ereignete sich alles in Zeitlupe – ein furchterregender Augenblick, an den sie sich für immer erinnern würde. Sie schrie auf, als sie sah, wie Sam auf das Geländer zusprang, das einen Fall auf den sehr viel tiefer gelegenen Boden des unteren Stockwerks verhindern sollte. Als sie zu fallen begann, überwand er mit entschlossener Miene den Abstand zu ihr und sein massiger Körper flog über den heimtückischen Abgrund, was ihn vielleicht töten oder zumindest schwer verletzen würde. Max hatte genau vor Sam gestanden und ihr Bruder hatte nicht bemerkt, dass sie strauchelte. Also hatte Sam den schnellsten Weg zu ihr gewählt, den einzigen Weg, seinen Körper vor den ihren zu bringen. Im nächsten Moment stürzten sie beide die Treppe hinunter, aber Sam hatte sie an sich gezogen und die Arme beschützend um sie geschlungen, um sie mit seinem eigenen Körper abzuschirmen. Der Sturz bis zum Boden war ein Albtraum und Maddie konnte nichts tun, außer gegen seinen Brustkorb zu schreien, während Sam seine Arme um ihren Kopf geschlungen hatte und während ihres fürchterlichen Falls bis zum Ende der Treppe mit seinem Körper alle Verletzungen abfing. Sie fielen in angsterregender Geschwindigkeit und ihre Körper rollten von Stufe zu Stufe, bis sie schließlich brutal gestoppt wurden, als Sams Rücken mit voller Wucht auf die Wand am Fuß der Treppe prallte. Der Rückschlag ließ ihn noch einmal zurückrollen, sodass er am Ende lang ausgestreckt auf Maddie lag.

»Sam! Sam!« Maddies Stimme klang wild und ängstlich, als sie seinen Namen rief. Sie hatte Panik, dass er verletzt sein könnte.

Er bewegte sich nicht und sein Gewicht lastete träge und schwer auf ihr.

Oh, Gott! Was ist, wenn er verletzt ist? Ich darf ihn nicht bewegen. Er könnte Verletzungen an der Wirbelsäule haben. Bitte. Bitte. Lass ihn okay sein!

»Maddie! Sam! Geht es euch gut?« Maddie konnte Max gemurmelte Schwüre hören, als er sich neben sie hockte.

Max ängstliche Stimme durchbrach ihre Panikattacke. Sie musste etwas tun. Sie zitterte am ganzen Körper und keuchte, als ob sie gerade einen Marathon gelaufen wäre, als sie antwortete: »Ich bin okay. Aber ich weiß nicht, was mit Sam los ist. Er bewegt sich nicht. Ich habe Angst, ihn zu bewegen. Ich weiß nicht, welche Art von Verletzungen er erlitten hat.«

Sie versuchte nachzudenken und die grauenhaften Erinnerungen an seinen Sprung über den Abgrund und wie er sie mit seinem eigenen Körper geschützt hatte zu verdrängen. Er hatte nicht einen einzigen Gedanken an seine eigene Sicherheit verschwendet, denn sein einziges Ziel war gewesen, zu ihr zu gelangen und sie vor Verletzungen zu bewahren.

»Oh, Gott. Sam. Rede mit mir. Bitte«, flüsterte sie und flehte ihn an zu sprechen. Ihr ganzer Körper versteifte sich unter der Qual, nicht zu wissen, ob er in Ordnung war. »Ich liebe dich. Ich liebe dich so sehr. Bitte sei okay. Bitte.«

»Vielleicht gefällt mir diese Position einfach zu sehr, Liebling.« Er brachte nur ein heiseres, kaum hörbares Krächzen zustande. Sein warmer Atem liebkoste ihr Ohr und sein Mund ruhte an ihrer Schläfe.

Oh, Jesus, er lebt.

Maddies Herz schlug heftig gegen ihre Brust und klopfte so schnell, dass sie etwas benommen wurde. »Beweg dich nicht! Ich weiß nicht, wie schwer du verletzt bist«, flüsterte sie zurück.

»Der Rettungswagen ist unterwegs«, versicherte Max nachdrücklich in dem Versuch, sie zu beruhigen.

»Er lebt«, antwortete sie und blickte in die Augen ihres neuentdeckten Bruders, die so sehr ihren eigenen ähnelten.

Sam begann, sich zu rühren, und stöhnte, als er versuchte, von ihr herunterzurutschen.

»Ich sagte, du sollst dich nicht bewegen«, befahl sie streng.

»Mein Gott, Liebling… ich liebe dieses herrische, sexy Doktorspiel«, bemerkte er mit angeschlagener Stimme, »aber ich zerquetsche dich.«

»Ist mir egal. Bleib so!«, ordnete sie an. »Warte!«

»Wirst du mir noch einmal sagen, dass du mich liebst?«, fragte er sie und verlagerte etwas von seinem Gewicht auf seine Unterarme.

Um ihn auf seinem Platz zu halten, breitete sie ihre Arme aus und schlang sie nun ihrerseits um Sams Körper. Dann rief sie: »Ich liebe dich! Ich liebe dich! Ich liebe dich, Sam! Und nun lieg still, bis der Rettungswagen kommt.«

»Sonnenschein, ich würde hier für immer liegenbleiben, nur um das zu hören«, murmelte er ihr ins Ohr. »Heiratest du mich?«

Wenn sie nicht so verängstigt gewesen wäre, hätte sie gelächelt. Sam nutzte definitiv die Situation zu seinem Vorteil aus, aber das war ihr scheißegal. Solange er okay war, würde sie alles tun, was er wollte, und ihm alles geben, wonach er verlangte.

»Ja«, willigte sie atemlos ein. »Ich habe immer vorgehabt, Ja zu sagen.«

»Ich wusste ja, dass du ein Scherzkeks bist«, murmelte er verärgert.

»Ich will dich nicht enttäuschen«, informierte sie ihn zärtlich und strich ihm mit der Hand sanft über die Haare, während sie die Erleichterung überwältigte, ihn sprechen zu hören.

»Du tust verdammt gut daran«, grummelte er.

In diesem Moment wusste Maddie, dass Sam wieder zurück war. Die Tränen flossen aus ihren Augen und kullerten unkontrolliert ihre Wangen hinunter, während sie ihn mit den Händen fest an sich klammerte und versuchte, ihn so zu halten, bis die Ambulanz eintraf.

Sam sah ihr tief in die Augen, um sie zu beruhigen. Sein Blick sagte ihr, alles würde gut werden. Er bedeckte ihre Hände mit seinen und hielt sie warm und sanft fest, während Maddie ihrerseits ihn weiterhin fest in den Armen hielt. In dieser Stellung verharrten sie, bis die Sanitäter eintrafen.

Kapitel 13

»Ist das wahr, Max? Bist du wirklich mein Bruder?« Maddies Stimme klang zittrig.

Sam war in die Radiologie gebracht worden, um eventuelle Verletzungen an der Wirbelsäule auszuschließen, während Max und Maddie allein in einem Untersuchungszimmer der Notaufnahme warteten. Sie saßen Seite an Seite und hielten sich an den Händen.

Ihre Hand zitterte leicht, weil die Ereignisse des Abends sie langsam einholten. Es war so fantastisch… schon bevor sie Max diese Frage gestellt hatte, hatte sie bereits gewusst, dass es stimmte. Sie fühlte es in ihrem Innersten und in ihrer Seele. Max Hamilton war wirklich ihr Bruder.

Maddie blickte zu ihm auf und lächelte ihn an. Max hatte Recht. Sie hatten die gleichen Augen, ein ungewöhnliches Haselnussbraun, das ein sonnengesprenkeltes goldenes Muster um die Pupille herum aufwies und von der grünlich-braunen Iris umgeben war. Als sie Sam zum ersten Mal getroffen hatte, hatte er sie aufgrund ihrer besonderen Augen »mein Sonnenschein« genannt, weil ihn das Muster um die Pupille herum an die Sonne erinnerte. Später hatte er gesagt, er würde sie so nennen, weil sie das Licht in seinem Leben verkörperte.

Max drückte ihre Hand ein bisschen fester. »Es ist wahr. Ich wollte mir erst sicher sein, bevor ich etwas sagen würde, aber ich habe es in meinem Bauch gespürt. Ich wusste schon im ersten Moment, als ich dich gesehen habe, dass uns beide irgendetwas verbindet.« Er entzog ihr seine Hand, holte sein Portemonnaie aus der Tasche, durchsuchte es und brachte ein altes Foto zum Vorschein – ein kleines Bild, das einem alten High School Foto ähnelte. »Das ist unsere leibliche Mutter«, erklärte er und reichte Maddie das Foto. »Das ist ihr High School Abschlussfoto. Du siehst ihr so ähnlich.«

Sie nahm das Foto entgegen und studierte das jugendliche Gesicht und das sorglose Lächeln. Die Frau sah genau aus wie sie, hatte flammend rote Haare und haselnussbraune Augen, Maddies eigene persönliche Merkmale. »Lebt sie noch?«, fragte sie neugierig. »Hast du sie mal getroffen?«

Max fuhr sich frustriert durch die Haare. »Nein. Sie starb in den späten achtziger Jahren. Es war ein Autounfall mit ihrem Ehemann Nummer drei, der betrunken am Steuer gesessen hat.«

Maddie hatte die Frau niemals gekannt. Aber immer noch spürte sie ein Gefühl des Verlustes. Vielleicht hatte sie immer die Hoffnung aufrechterhalten, ihre Mutter würde sie eines Tages finden und dass die Frau, die ihr das Leben geschenkt hatte, sie eigentlich gewollt hatte, sie aber hatte verlassen müssen. Da Maddie vor sich selbst zugeben musste, dass sie wahrscheinlich immer auf dieses rosarote Szenario gehofft hatte, wusste sie auch, dass dies der Grund dafür war, warum sie niemals wirklich tief in ihren Unterlagen gegraben oder versucht hatte, ihre leibliche Mutter zu finden. Wenn sie die Wahrheit nicht kannte… gab es immer noch Hoffnung, richtig? In ihrer Jugend hatte die Illusion, dass ihre Mutter eventuell nach ihr suchen würde, sie von Waisenhaus zu Waisenhaus begleitet und sie hatte sich dabei verzweifelt an der Hoffnung festgeklammert, dass ihre Eltern sie eigentlich gewollt und geliebt hatten, sie aber nicht hatten behalten können. Später hatte sie die Wahrheit einfach nicht mehr wissen wollen, weil ihr Herz von zu viel Ablehnung und Schmerz zu viele Wunden davongetragen hatte.

Während sie das Foto betastete, begann Maddie in sanftem Tonfall zu erzählen. »Ich kenne nicht viel mehr als die Tatsache, dass ihr Name Alice Messling und der meines Vaters Victor Dunn lautete. Offensichtlich waren sie nicht verheiratet und beide kaum achtzehn Jahre alt«, sagte sie nachdenklich und starrte auf das Foto ihrer Mutter. »Weißt du noch irgendetwas anderes?«, fragte Maddie. Sie war nun bereit, die Antworten zu hören. Sie hatte jetzt Sam… und Max. Was auch immer in der Vergangenheit geschehen war, würde ihr nun nicht mehr wehtun.

Max nahm wieder ihre Hand und antwortete: »Als du geboren wurdest, waren sie nicht verheiratet, aber sie waren es, als ich zur Welt kam. Du warst zwei Jahre alt und ich noch ein Baby, als unser Vater starb. Er wurde eines Morgens auf dem Weg zur Arbeit von einem Auto angefahren und ließ unsere Mutter mit nichts weiter außer zwei Kindern zurück, ohne Geld und eine Chance zu überleben.« Er seufzte tief, bevor er fortfuhr: »Aufgrund der Informationen, die ich zusammenstellen konnte, musste sie uns aufgeben. Ich bevorzuge zu glauben, dass sie dabei nur an unser Wohlergehen gedacht hat. Sie hat dann noch zweimal geheiratet, vielleicht, weil es für sie der einzige Weg war zu überleben.«

Er wandte sich in Maddies Richtung und fügte mit reumütiger Miene hinzu: »Ich wusste nichts, Maddie. Wenn ich etwas von dir gewusst hätte, hätte ich Himmel und Erde in Bewegung gesetzt, um dich zu finden. Ich hatte Glück. Ich wurde fast sofort adoptiert. Meine Eltern waren wohlhabend und ich wurde maßlos verwöhnt, während du in den Waisenhäusern herumgereicht wurdest. Es tut mir so verdammt leid.« Vor Mitgefühl und Reue brach seine Stimme. »Ich dachte, ich wäre allein, nachdem meine Eltern gestorben waren.«

Maddie schaute ihm in die zerknirschten Augen. Ihre Brust wogte. Sie dachte an all die ungeweinten Tränen. »Ich habe es auch nicht gewusst. Das ist nicht dein Fehler, Max. Ich bin nur froh, dass du jetzt hier bist.« Und sie war wirklich glücklich; ihr Herz floss über vor Freude.

Sie hatte Sam, sie hatte einen Bruder und sie hatte Freunde, die sich um sie sorgten. Für eine Frau, die sich einst ungewollt gefühlt hatte, war das alles, was sie jemals brauchen würde.

»Ich auch, Maddie. Ich möchte dich kennenlernen und dir ein Bruder sein. Wirst du das zulassen?«, fragte Max zögernd.

Ihr rannen die Tränen die Wangen herunter, als sie ihren mitfühlenden und besorgten Bruder anschaute, der immer noch gut aussah, obwohl sein Smoking etwas gelitten hatte. »Natürlich. Ich habe mir immer Geschwister gewünscht«, sagte sie wehmütig, ließ seine Hand los und schlang ihm die Arme um den Nacken. Sie klammerte sich an ihn, als ob die Bindung schon besiegelt worden wäre. Vom ersten Tag an hatte Max sowohl ihren Beschützerinstinkt als auch das Bedürfnis geweckt, ihn in seinem Schmerz zu trösten. Vielleicht würde das nicht heute oder morgen geschehen, aber sie war fest entschlossen, ihn in Zukunft wieder glücklich zu sehen.

Maddie seufzte, als Max Arme sie ungestüm umfingen und sie in eine Umarmung zogen. »Ich habe niemals damit gerechnet, dich zu finden, aber ich bin dankbar dafür. Ich wünschte nur, ich hätte dich früher gefunden. Ich hasse es, daran zu denken, was du in deiner Kindheit durchgemacht hast. Das kann nicht leicht für dich gewesen sein.«

Sie klammerte sich an ihn und Tränen strömten ihr die Wange herunter. Sie spürte bereits jetzt, dass Max ein Mann mit tiefen Gefühlen war.

Oh, Max! Du musst geheilt werden. Ich kann so viel Schmerz in dir fühlen.

Maddie konnte Max Einsamkeit in der Verzweiflung seiner Umarmung spüren. Ihr Bruder wurde von Schmerzen gepeinigt, aber sie konnte nichts anderes tun, als ihn fest in ihren Armen zu halten. Sie hoffte, dass ihre Freude, ihn gefunden zu haben, irgendwie seine leere Seele berühren würde.

»Hey… nimm deine schmutzigen Pfoten von meiner Verlobten!« Sams neckender Bariton erklang aus Richtung der Tür. Max und Sam tauschten ein Grinsen aus und beide Männer wirkten erleichtert, dass sie nun nicht mehr miteinander streiten mussten.

Maddie löste sich von ihrem Bruder und wandte sich mit einem besorgten Stirnrunzeln Sam zu. »Hat der Arzt dir erlaubt herumzulaufen?«, erkundigte sie sich mit einem ermahnenden Tonfall.

Maddies Herz hüpfte vor Freude, als sie Sam betrachtete, der unter dem Krankenhauskittel immer noch seine Smokinghose trug. Er war übersät mit Beulen und Prellungen, hatte aber nie so gut ausgesehen wie in diesem Moment. Sein Lächeln wirkte noch etwas gequält und sein normalerweise forscher Gang wurde durch die schmerzenden Verletzungen beeinträchtigt, aber er sah verdammt gut aus, insbesondere, weil sie befürchtet hatte, er sei schwer verletzt worden oder gar Schlimmeres.

Er zeigte ihr ein freches, etwas schiefes Grinsen. »Ja, Frau Dr. Anspruchsvoll. Er hat es mir erlaubt. Ich habe ihn dazu veranlasst, umgehend in die Radiologie zu kommen, um sich das Röntgenbild anzusehen. Ich wollte nicht länger als nötig auf diesem verdammten Röntgentisch festgeschnallt bleiben.« Langsam ging er auf sie zu und gab ihr einen ausgedehnten Kuss auf die Wange.

Maddie stockte der Atem und sie wunderte sich, wie ein unschuldiger Kuss sich so sinnlich anfühlen konnte.

Weil jede Berührung von Sam so innig und vertraut ist, dass er immer an meiner Seele rührt. Schlimm.

»Also wirfst du wieder mit deiner auf Geld basierenden Macht um dich und lässt das medizinische Personal nach deiner Pfeife tanzen?«, erwiderte Maddie und versuchte, ihre Belustigung nicht durchklingen zu lassen. Sie war sich ziemlich sicher, dass Sam den Arzt keineswegs freundlich gebeten hatte. Sam hatte angeordnet… und weil er die medizinische Einrichtung mit großzügigen Spenden unterstützte, bekam er, was auch immer er wollte.

»Du bist Ärztin und bei dir hat das noch nie funktioniert«, beschwerte er sich verärgert.

Maddie verschränkte die Arme vor der Brust, zog eine Augenbraue in die Höhe und suchte seinen Blick. »Das kommt daher, weil ich dich seit Jahren kenne. Dein charmantes Lächeln wirkt bei mir nicht«, belehrte sie ihn und versuchte, ernst dabei zu bleiben.

Tatsächlich konnte sie sich kaum davon zurückhalten, sich in seine Arme zu werfen und sich an ihn zu klammern, bis sie sich davon überzeugt hatte, dass er sich wieder erholen würde. Immer wieder verfolgte sie die Erinnerung wie ein schrecklicher Albtraum, wie Sam auf das Geländer und über den heimtückischen Abgrund gesprungen war, um sie mit seinem Körper zu schützen. Welcher Kerl machte so etwas?

Ein Mann, der sich mehr um mich als um sein eigenes Leben sorgt.

»Du liebst mich. Du weißt, dass du das tust«, sagte Sam heiser mit einem neckenden, aber dennoch verletzbaren Ton in der Stimme und streichelte mit dem Handrücken ihre Wange, während er sprach.

Maddie lächelte. Sie konnte sich nicht dagegen wehren. Sie hatte so oft gehört, wie Simon und Sam sich neckten, und sie hatte gehört, wie Sam genau dieselben Worte zu seinem Bruder gesagt hatte. Simons Antwort auf diese spezielle Bemerkung lautete fast immer…

»Nicht heute.«

Maddie nahm seine wandernde Hand und drückte sie gegen ihre Brust. Mit rasendem Herz antwortete sie sanft:»Ja, da es nun einmal eine Tatsache ist, gebe ich es zu. Ich liebe dich in jedem Augenblick eines jeden Tages.« Wirklich, wie könnte sie ihm eine andere Antwort geben? Sam brauchte Liebe und sie würde niemals wieder abstreiten, dass er für sie die Welt bedeutete. Sie hatte ihre Gefühle verborgen und nicht preisgegeben, wie sie empfand. Er hatte ihr heute Nacht eine Heidenangst eingejagt. Das Leben war zu kurz, um mit ihren Gefühlen hinter dem Berg zu halten.

Seine Augen wurden feucht und funkelten wie die Farbe des auserlesenen Edelsteins, dem sie so sehr ähnelten. »Verdammt, Liebling… mir gefällt deine Antwort so viel besser als Simons«, erwiderte er gerührt mit krächzender Stimme. Dabei versenkte er seinen Blick tief in ihren und seine Augen sprachen Bände. »Weißt du überhaupt, wie lange ich darauf gewartet habe, diese Worte von dir zu hören?«

Maddie schüttelte den Kopf und brachte kein Wort heraus.

»Schon immer«, antwortete er mit Nachdruck und umschlang ihre Hand so fest mit seinen Fingern, dass es fast schmerzte. »Lass uns nach Hause gehen!«

»Du wurdest noch nicht entlassen und du wirst hierbleiben, bis ich mit dem Arzt gesprochen habe!«, befahl sie. Auf keinen Fall würde Sam hier weggehen, bevor sie nicht über jede noch so kleine seiner Verletzungen Bescheid wusste.

»Tyrannin«, beschimpfte er sie mit einem charmanten Lächeln. »Das ist ziemlich heiß. Willst du Doktor spielen, wenn wir zu Hause sind?«

Maddie erschauerte. Der Gedanke, Sams Körper im Detail zu untersuchen, hätte sie angemacht, wenn er nicht so verdammt angeschlagen wäre. Sie ignorierte seine sexuelle Anspielung und antwortete: »Immer mit der Ruhe. Dir wird alles wehtun.«

Sam runzelte die Stirn und wollte gerade den Mund zu einer Entgegnung öffnen, als der diensthabende Arzt der Notaufnahme den Raum betrat.

Maddie kannte den älteren, grauhaarigen Arzt und trat näher an ihn heran, um die nötige Behandlung und Versorgung von Sams Verletzungen zu besprechen. Sie konnte aus dem Augenwinkel heraus beobachten, wie Max Sam in sein Hemd half, die Jacke aber bequemlichkeitshalber wegließ. Sam meckerte herum, weil er sich von allem gestört fühlte, das ihn aufhielt.

In dem Moment, als der Arzt den Raum verließ, wandte sich Sam zielstrebig zur Tür.

»Wow… wir müssen noch auf dein Rezept warten und dann musst du noch deine Entlassungspapiere unterschreiben, Sam.«

Sie hielt ihn vorsichtig an seinem Hemdrücken fest, aber er schnappte ihre Hand und versuchte, sie aus dem Krankenhaus zu zerren.

»Wir gehen«, krächzte er und zog an ihrer Hand, während Max hinter ihr herlief.

Sie warf einen Blick zurück auf ihren Bruder, dessen Gesicht von einem Grinsen erhellt wurde, als er beobachtete, wie Sam dickköpfig der Tür zustrebte.

Max zuckte mit den Schultern und Maddie antwortete mit einem Augenrollen. Glücklicherweise trafen sie an der Tür auf die Krankenschwester und Sam nahm einen Stift entgegen. Er kritzelte seine Unterschrift unter die Entlassungsbedingungen, wobei er kaum einen Moment stillstand. Maddie nahm die Papiere an sich und griff nach dem Rezept. Dann lächelte sie der Krankenschwester zu und folgte glücklich ihrem Sam.

»Ich brauche keine verdammten Pillen. Alles, was ich brauche, bist du«, polterte er und strebte dem Ausgang zu, wobei er seinen Griff um ihre Hand verstärkte.

Das war nicht gerade romantisch oder zärtlich, aber da es von Sam kam, wirkte dieser Kommentar herzerfrischend auf Maddie und veranlasste sie zu einem Seufzer.

Zwanzig Minuten später waren sie zu Hause.

»Warum hast du mich nicht entjungfert, als wir jünger waren?«, fragte Maddie, als sie so dicht neben Sam in seinem riesigen Bett lag, wie sie es wagte. Er hatte dauernd versucht, sie näher an sich heranzuziehen, aber sie war von ihm weggerutscht, weil sie Angst hatte, ihm Schmerzen zuzufügen.

Sams Rücken und Beine hatten Prellungen davongetragen und er hatte sich einige Muskeln gezerrt. Glücklicherweise war nichts gebrochen, aber er hatte fast am ganzen Körper Schmerzen. Sie konnte es an seinem Gang und dem schmerzverzerrten Gesicht erkennen. Sie hatte ihn bis auf die seidenen Boxershorts entblößt und ihn dann ins Bett gebracht. Dann hatte sie sich ein seidenes Nachthemd übergezogen und ihm praktisch zwangsweise eine seiner Schmerztabletten eingeflößt, bevor sie zu ihm ins Bett gestiegen war und sich neben ihn gelegt hatte.

»Ich konnte es nicht tun«, antwortete er schroff und zögerlich und raufte sich mit einer Hand die Haare, als ob er frustriert und unsicher wäre, wie er antworten sollte.

Vielleicht hätte Maddie zu einem früheren Zeitpunkt seine Antwort als Ablehnung aufgefasst. Aber jetzt nicht mehr. Nicht, nachdem so viel zwischen ihnen passiert war. Sie kannte zwar die Antwort nur zu gut, wollte sie aber von ihm hören. »Warum?«, fragte sie sanft. »War es, weil du angegriffen und sexuell belästigt worden bist?« Sie war es leid, um den heißen Brei herumzureden.

»Du weißt davon?«, fragte er leise. Seine leise Stimme klang erstaunt.

»Ich habe deine Gesundheitszeugnisse gelesen, Sam. Erinnerst du dich? *Jene* Berichte waren auch darunter«, gab sie zu und wanderte mit ihrer Hand abwärts, um seine zu ergreifen und ihm Mut zuzusprechen.

»Fuck!«, krächzte er, während sich sein ganzer Körper anspannte und er ihre Hand fast zerquetschte. »Ich wollte nicht, dass du es jemals erfährst. Ich war besudelt und deiner nicht wert. Ich war ein Straßenköter, der anderen Männern erlaubt hat, seinen Körper zu benutzen.« Seine Stimme klang heiser und aufgebracht.

»Du wurdest sexuell belästigt«, widersprach Maddie mit Nachdruck. »Das ist nichts, wofür du dich schämen musst, Sam. Das war nicht dein Fehler.« Sie stützte sich auf einen Ellbogen, weil sie im Mondlicht nur sein Gesicht, aber nicht seine Augen erkennen konnte. Sam lag unbeweglich auf dem Rücken und sein Körper war zu Eis erstarrt.

»Ich wurde nicht belästigt. Ich habe es zugelassen«, antwortete er entschieden.

»Um Simon zu schützen«, fügte sie hinzu. »Damit sie von ihm abließen.«

»Der Grund spielt keine Rolle. Ich habe meine Zustimmung gegeben«, antwortete er hartnäckig.

»Es spielt eine Rolle, Sam«, sagte sie sanft und zog eine Hand unter der Decke hervor, um seine Wange zu streicheln. »Erzähl mir etwas darüber«, bat sie.

Wie konnte sie ihm begreiflich machen, dass es sogar besonders mutig von ihm gewesen war, sich für Simon zu opfern? Er hatte sich dem Schmerz und der Erniedrigung ergeben, um seinen Bruder davor zu bewahren, das Opfer zu werden, während sein Vater mit

Drogen und Alkohol für die Benutzung des Körpers seines eigenen Sohnes bezahlt worden war.

Sam stieß einen männlichen Seufzer aus. »Eines Nachts hörte ich, wie die Männer versuchten, mit meinem Vater etwas auszuhandeln. Es war eine Bande kranker Schweine von der Organisation, die ihren Spaß daran hatten, kleine Jungs zu missbrauchen. Sie wollten Simon, weil er jung und hilflos war. Mein Vater wollte darauf eingehen und zulassen, dass sie Simon das antaten. Gottverdammt! Wie kann ein Mann sein Kind auf diese Weise opfern, aus welchem Grund auch immer?« Sams Brustkorb hob und senkte sich, als er fortfuhr. »Simon besuchte noch die verdammte Grundschule und war noch so unglaublich jung und unschuldig. Ich drohte meinem Vater damit, ihn umzubringen, falls er Simon anfassen würde, aber er sagte, er hätte bereits zugestimmt und wir wären alle in Gefahr, wenn er sich nicht an die Vereinbarung halten würde. Also habe ich dem Schwein erlaubt, stattdessen mich auszuliefern.«

Maddie ließ ihre Hand sanft über seine Wange und durch seine Locken gleiten. Ihr süßer, beschützender, mutiger Mann hatte sich furchtlos für seinen jüngeren Bruder geopfert. »Sie haben dir wehgetan«, flüsterte sie und ihre Augen füllten sich mit Tränen.

»Ich wollte nicht, dass du es erfährst, Maddie«, würgte er hervor. Seine Qual, über dieses Thema zu reden, war offensichtlich. »Du hast mich einmal gefragt, woher die Narben auf meinem Rücken stammen. Ich habe sie, weil ich mich gewehrt habe, als es zu wehgetan hat. Ich habe sie es tun lassen, aber die meiste Zeit mussten sie mich schlagen, um mich zu unterwerfen.«

»Mein armer Sam. Ich liebe dich, Baby. Ich hasse den Schmerz, den du ertragen musstest, und wenn ich diese Männer finden würde, würde ich sie wahrscheinlich umbringen und meinen hippokratischen Eid vergessen«, antwortete sie zornig. »Es war nicht dein Fehler. Du warst wahrhaft heldenhaft und tapfer. Und du wurdest sexuell belästigt, vergewaltigt und angegriffen. Es spielt eine große Rolle, dass du deine Einwilligung nur gegeben hast, weil du Simon diese Qualen ersparen wolltest. Das macht es nur noch herzzerreißender.« Den rührseligen Kommentar am Schluss hatte sie einfach nicht unterdrücken können.

»Weine nicht. Bitte! Das ist vor langer Zeit passiert«, antwortete Sam stockend, ließ ihre Hand fahren, schlang einen muskulösen Arm um sie und zog sie näher an seine Seite.

»Tu das nicht. Du hast doch Schmerzen«, warnte Maddie ihn streng.

»Es wird mir mehr wehtun, wenn du dich wehrst«, erwiderte er. »Und noch weher tut es, wenn ich dich nicht nahe bei mir habe.«

Maddies Herz schmolz dahin und sie versuchte, so ruhig wie möglich neben ihm zu liegen. »Weiß Simon darüber Bescheid?«, fragte sie zögernd.

»Nein. Niemand weiß es, außer meinem psychologischen Berater, und nun weißt du es auch. Meine Mutter würde sich dafür hassen und Sam würde genauso reagieren.«

»Hat die Therapie geholfen?«

»Ja. Bei den meisten Problemen. Ich glaube, dass ich nur nicht darüber hinweggekommen bin, nicht berührt werden zu wollen. Normalerweise habe ich immer mit aller Kraft versucht, die Frauen so zu befriedigen, dass es sie nie wirklich gekümmert hat, ob sie mich auch berühren konnten oder nicht«, gab er ehrlich zu.

»Mich kümmert es. Ich will dich berühren, Sam. Ich will dich befriedigen«, gestand Maddie mit liebender, warmer Stimme.

»Damals, als wir jünger waren, war ich so verwirrt. Ich dachte, du wolltest mich, aber du hast niemals mit mir geschlafen.«

»Ich wollte dich«, brummte er und zog sie eng an sich. »Ich habe es ernst gemeint, als ich sagte, dass ich jahrelang davon geträumt habe. Du warst das Beste, was mir jemals begegnet ist, aber ich fühlte mich schmutzig und befleckt und deiner nicht wert.«

»Und jetzt?«, fragte sie, stützte sich auf einem Arm ab und wanderte mit ihrer Hand zärtlich über seine muskulöse Brust.

»Jetzt kann ich mich, verdammt nochmal, nicht dagegen wehren. Du hast deine Chance gehabt, einen besseren Mann zu finden. Jetzt bleibst du bei mir!«, antwortete er, strich mit seiner Hand durch ihre Locken und massierte ihr die Kopfhaut. »Du hast eingewilligt, mich zu heiraten.«

»Es gibt keinen besseren Mann für mich, Sam. Maddie ließ ihren Finger leicht an seinem Brustkorb herabgleiten und zeichnete Schmetterlinge auf seinem Bauch nach.

»Entweder hörst du damit auf, mich zu berühren, oder du liegst in fünf Sekunden flach auf dem Rücken«, warnte Sam sie mit einer Stimme voller Verlangen.

»Hast du keine Schmerzen?«, fragte sie, während ihre leichte Berührung an dem Hosenbund seiner Boxershorts innehielt.

»Das Einzige, das wirklich schmerzt, ist mein Schwanz, in eben diesem Moment. Und das kommt nicht davon, dass ich die Treppe heruntergefallen bin. Jesus, Maddie! Ich muss nur an dich denken, dich riechen und deine Berührung genießen. Und schon bin ich bereit, in dir zu sein«, stöhnte Sam. Seine Hand bewegte sich abwärts, um sich auf ihre zu legen.

»Du wirst gerade jetzt keinen Sex haben. Du bist zu sehr angeschlagen. Das würde kein Vergnügen sein«, bemerkte sie ernsthaft.

»Es wird die Hölle sein, wenn ich es nicht tue«, scherzte er. »Ich brauche dich zu verdammt dringend.«

»Ich will dich berühren«, flüsterte sie, löste ihre Hand aus seiner und schlüpfte damit in seine Boxershorts. »Wirst du mich lassen? Bitte! Ich möchte doch nur, dass du einfach liegenbleibst und dich ruhig verhältst. Ich werde mich um dich kümmern. Kannst du das tun?«

Maddie hielt den Atem an; sie wusste, entweder würde er ihr vertrauen oder nicht. Doch bei seiner Vergangenheit würde das nicht leicht sein, das war ihr klar.

»Wenn du mich berührst, bezweifle ich, dass ich ruhig bleiben kann«, warnte er sie mit erzwungener Fröhlichkeit. Aber er zog seine Hand weg und verschränkte beide Hände hinter dem Kopf. »Aber ich werde es versuchen. Ich vertraue dir, Sonnenschein.«

Sie ließ ihren Atem in einem hörbaren Seufzer entweichen, während ihre Hand tiefer in seine Unterwäsche glitt, um sich mit seinem steinharten Schwanz zu verbinden. Sie streifte mit ihren Fingern über die samtene Weichheit der Haut, die sein großes

Geschlecht umhüllte, und benutzte ihren Zeigefinger, um sanft einen Tropfen Feuchtigkeit auf der empfindsamen Zone um die Spitze herum zu verteilen.

Maddie spürte Sams Körperspannung, daher berührte sie ihn nur ganz leicht, während sie Küsse entlang seines Haaransatzes verteilte und in sein Ohr flüsterte: »Du fühlst dich so gut an. So hart. So männlich. Schon so lange wollte ich dich berühren.«

»Fuck! Maddie«, brummte er gequält.

»Ja?« Sie atmete sanft in sein Ohr.

»Deine Berührung fühlt sich so gut an. So anders«, würgte Sam rau hervor. »Keine Schmerzen.«

»Niemals«, stimmte Maddie zu. »Nur Vergnügen.« Sie bewegte sich weiter nach unten, griff nach dem Elastikband seiner Boxershorts und zog sie sanft bis auf seine Oberschenkel herunter.

Sam hob seine Hüfte an, um es ihr leichter zu machen.

»Beweg dich nicht zu viel«, erinnerte sie ihn, während ihre Hand wieder seinen Schwanz umschloss und sich gefühlvoll entlang seines Schaftes bewegte.

»Gut.« Er hob ihrer streichelnden Hand sein Becken entgegen.

Während sie weiter nach unten rutschte, bis ihr Gesicht an seiner Hüfte lag, fragte sie: »Darf ich dich schmecken? Bitte!«

Es gab nichts, das sie lieber tun wollte, als seine Essenz zu schmecken, aber sie wollte es nicht ohne sein Einverständnis tun. Nicht bevor er daran gewöhnt war, dass er mit Liebe, anstatt mit Gewalt und Bösartigkeit berührt wurde.

»Wird es sich so verdammt gut anfühlen wie mit deinen Fingern?«, fragte er und seine Stimme hörte sich verblüfft an.

»Besser«, antwortete sie mit einem Lächeln.

»Dann, um Gottes Willen, nimm mich in deinen Mund!«, gebot er ihr.

Maddie entspannte sich und näherte sich mit ihrem Mund seinem Schwanz. Sie war fest dazu entschlossen, dies zu einer guten Erfahrung für Sam zu machen.

Sie seufzte und öffnete den Mund, um endlich seinen Schwanz zu schmecken.

Sam erschauerte, als Maddie ihn zwischen ihre Lippen nahm. Ihre Zunge wirbelte um die Spitze herum, bevor sie sein Geschlecht in die heiße feuchte Höhle ihres Mundes eintauchen ließ. Die so ausgelösten Empfindungen ließen ihn beinahe kommen, bevor sie überhaupt begonnen hatte. *Maddie. Maddie. Alles, was ich immer wollte, ist, dass du mich für immer in Besitz nimmst.*

Es gab keine Geister aus der Vergangenheit mehr, die ihn verfolgten. Er wusste, wer ihn gefangen hielt und wessen süße, weiche Lippen um seinen Schwanz gewickelt waren und ihn vor lauter Verlangen beinahe den Verstand verlieren ließen.

Sein zerschundener Körper hätte vielleicht schmerzen sollen, aber das Einzige, das er fühlen konnte, war das köstliche, irre, erotische Vergnügen von Maddies Zunge, die entlang der empfindlichen Spitze seines Schwanzes streichelte, abwärts wirbelte und schließlich ausgiebig an ihm saugte, als ob sein Schwanz ein Lutscher wäre.

Jesus! Wie habe ich ohne das leben können? Wie habe ich ohne sie überleben können?

Die Wahrheit war, er hatte kaum ohne sie existieren können, sondern verbrachte jeden Tag im Überlebensmodus, vertiefte sich in seine Arbeit und baute seine Macht aus. Er kontrollierte sich so sehr, dass er niemals wieder verletzbar werden würde.

Nur gegenüber dieser speziellen Frau war er je verletzbar gewesen und war es noch. Kümmerte ihn das? *Oh, zur Hölle, nein!* Er brauchte sie, verdammt noch mal! Und als er früher an diesem Abend in dem Treppenhaus sein ganzes Leben riskiert hatte, hatte er erkannt, dass er es nicht durchstehen würde, sie noch einmal zu verlieren.

Sam stützte sich auf seine Ellbogen und beobachtete sie. Ihre glänzenden Haare schimmerten im Mondlicht, während sie sich auf ihm auf und ab bewegte. Der Schweiß rann ihr in Strömen über das Gesicht, als sie leckte und saugte und seinen ganzen Körper in

Brand setzte. Er erschauerte, als ihre Bewegungen schneller wurden und ihre Lippen sich fester um ihn schlossen.

Mit einem Stöhnen fiel Sam rückwärts gegen die Kissen und konnte nicht anders, als seine Finger in ihrem Haar zu vergraben und ihren Mund an seinem Schwanz auf und ab zu führen, als ihn die erotische Erregung zu sprengen drohte. Er war verloren, hin- und hergerissen zwischen dem Verlangen, sie hochzureißen und sich in ihr zu verlieren, um sie in Besitz zu nehmen, und der Begierde, sich von ihrem Mund bis zur Besinnungslosigkeit treiben zu lassen.

Mein.

Keine andere Frau hatte ihn jemals so befriedigen wollen, mit keiner anderen Motivation als Liebe.

Sie liebt mich. Jesus. Ich bin ein verdammt glücklicher Hurensohn.

Sein Schwanz pulsierte und er stöhnte ergeben, als ihre süßen Lippen ihn peinigten, auf und ab, bis er verrückt vor Verlangen war.

Nachdem er einmal so weit gekommen war, zuckte er nicht einmal zurück, als ihre zarten Finger seine Hoden liebkosten, langsam zu seinem Hintern wanderten und ein Finger sanft in seinen After glitt. Sie ging nicht sehr weit, nur weit genug, um ihn auf die Spitze zu treiben. Die sanfte Liebkosung mit ihrer Fingerspitze war so erotisch, dass sein Kopf beinahe explodierte, als sein warmes Sperma in ihren Mund flutete.

»Maddie. Fuck!«, ächzte er völlig weggetreten. Seine Frau hatte ihn trockengesaugt und er zuckte unter seinem explosiven Orgasmus.

Keuchend zog er sie hoch und versuchte, sie auf sich zu ziehen. Er sehnte sich verzweifelt danach, ihren warmen Körper auf dem seinen zu spüren.

»Nein, Sam. Ich will dir nicht wehtun«, sagte sie und wehrte sich. Sie legte sich neben ihm nieder mit einer Hand leicht auf seiner Stirn und strich ihm die Haare von seiner feuchten Haut.

»Dann verlass mich niemals. Das würde mich umbringen«, antwortete er und versuchte, Luft in seine Lungen zu bekommen.

Irgendwie kam es Sam so vor, als hätte jeder Moment seines Lebens ihn bis hierher geführt, bis zu diesem Augenblick, in dem sie endlich ganz zu ihm gehörte.

»Immer mit der Ruhe. Entspann dich! Deine Rippen sind geprellt«, antwortete Maddie mit beunruhigter Stimme.

Sie hatte gerade seine Welt auf den Kopf gestellt und erwartete nun von ihm, dass er sich entspannte? »Es gab nicht einen Augenblick, seitdem wir uns getroffen haben, in dem ich dich nicht gewollt hätte, Sonnenschein. Nicht einen. Danach wollte ich dich zurückhaben, aber ich fühlte mich nicht gut genug für dich.«

Sie seufzte leicht. »Ich habe dich auch damals schon geliebt. So wie du warst, Sam.«

Sams Herz donnerte gegen die Wand seiner Brust und er fragte sich, ob er sich jemals daran gewöhnen würde, dass sie diese Worte zu ihm sagte. Irgendwie bezweifelte er das. »Sag es mir noch einmal!«, forderte er. »Sag es!«

»Ich liebe dich, Sam Hudson! Ich habe dich immer geliebt«, antwortete sie mit einem Lächeln.

»Wir werden heiraten. Bald!« Er zog sie enger an sich und stöhnte vor Befriedigung, als ihr warmer Körper mit ihm verschmolz. »Beweg dich nicht!«

»Ich glaube, du bist der dickköpfigste Mann auf diesem Planeten«, sagte sie ungehalten.

»Du liebst mich. Du weißt, dass du mich liebst«, brummte er.

»Ja. Das tue ich.« Sie atmete sanft gegen seine Schulter.

Verdammt. Ihre Antwort ist so viel besser als Simons.

Sam gähnte und schloss seine flatternden Augenlider. Er konnte fühlen, wie Maddies Atem an seiner Schulter langsamer wurde, und wusste, sie war eingeschlafen. So lag er für einen Moment mit geschlossenen Augen da und genoss das Gefühl des Glücks und des inneren Friedens.

Kapitel 14

Einige Tage später betrat Sam Maddies stilles Haus und
knipste das Licht an. Er war fest entschlossen, zu seinem
Haus zurückzukehren, bevor sie von der Arbeit nach Hause
kommen würde. Er würde ein besonderes Abendessen für sie kochen
und er hatte endlich den perfekten Ring für sie gefunden, einen
herzförmigen Diamanten, der von kleineren Steinen umgeben und
in Platin gefasst war. Er hatte ihn heute beim Juwelier abgeholt und
wartete begierig darauf, ihn ihr an den Finger zu stecken und sie so
für immer als die seine zu zeichnen.

Als er in ihrem schnuckligen Heim um sich blickte, konnte er
beinahe spüren, wie die Wärme ihrer Persönlichkeit durch das
Wohnzimmer schwebte, und war sich sicher, ihren Duft in der Luft
zu wittern.

Dieses Haus fühlt sich nach Maddie an.

Er wanderte für einen Moment durchs Gebäude und betrachtete
die Andenken und die Figürchen, die sie über die Jahre angesammelt
haben musste. Diese Gegenstände würden bald in seinem Haus ihren
Platz finden.

Durch sie fühlt sich mein Haus wie ein Zuhause an.

Maddie war seit dem Unfall bei ihm geblieben und kümmerte sich um all seine Bedürfnisse, außer dem dringlichsten. Er brauchte sie so dringend und sehnte sich so verzweifelt danach, sich in ihrer Wärme zu vergraben, dass er schon völlig ruhelos und kribbelig war. Sein Körper war geheilt. Obwohl er an manchen Stellen noch schwarze und blaue Flecken hatte, tat es nicht mehr weh. Das Einzige, das schmerzte, war sein Schwanz, und Madeline war die einzige Person, die dieses spezielle Leiden heilen konnte, was er für heute Abend geplant hatte, bevor er noch den Verstand verlieren würde.

Auf dem Weg in ihr Schlafzimmer steckte er Maddies Tagesplaner und einige Ohrringe aus ihrer Schmuckkassette ein. Es gab da noch einige persönliche Gegenstände, die sie hatte haben wollen, bevor die Umzugshelfer am nächsten Tag kamen, und er spürte jedes einzelne davon auf. Dabei gelangte er in ein kleines Schlafzimmer, das notdürftig als Büro und Bibliothek eingerichtet war. Er griff nach dem Roman, den sie gerade las, und wandte sich zum Gehen, als seine Aufmerksamkeit von einer umfangreichen Sammlung unbetitelter Bücher auf einem der Regale erregt wurde. Neugierig zog er eines hervor und betrachtete den Umschlag.

Madelines Tagebuch – 1998

Er klappte den Buchumschlag auf und betrachtete die Schrift, von der er wusste, sie stammte von Maddies Hand. Er hatte nicht gewusst, dass Maddie ein Tagebuch führte, obwohl sie diese Gewohnheit offensichtlich schon über Jahre hinweg beibehalten hatte. Auf den Regalen standen mindestens dreißig Tagebücher. Die Einträge waren sporadisch. Manchmal hatte sie mehrere Monate gar nichts geschrieben und manchmal hatte sie jeden Tag etwas eingetragen. Er war schon dabei, das Buch zu schließen, als sein Blick von einem besonderen Eintrag angezogen wurde.

Heute habe ich meine Unschuld verloren. Lance und ich sind nun schon seit fünf Monaten zusammen und ich hatte wirklich den Eindruck, als könnte ich ihn nicht länger zurückweisen. Ich wünschte jedoch, ich hätte das getan. Es hat wehgetan und obwohl es nur fünf Minuten gedauert hat, kam es mir endlos vor. Ich habe nur dagelegen und gebetet, diese ganze Erfahrung wäre schon vorüber. Lance hat mir nicht gesagt, dass er mich liebt. Das hat er nicht nie getan und ich glaube, er wird es auch nie tun. Warum halte ich diese Beziehung aufrecht? Versuche ich so verzweifelt, Sam zu vergessen? Bin ich so unglaublich einsam, dass ich mich auf etwas einlasse, das ich in Wahrheit gar nicht will? Ich fühle mich so verdammt verwirrt. Ich hasse Sam Hudson, aber während ich nur auf ein schnelles Ende meiner ersten sexuellen Erfahrung gehofft habe, *konnte ich nur daran denken, dass sie mit Sam hätte stattfinden sollen.*

Sams Kiefer verspannte sich, als er das las. Seine Finger krallten sich an dem Tagebuch fest, während er den nächsten Eintrag las, den sie zwei Wochen später vorgenommen hatte.

Ich habe mit Lance Schluss gemacht. Ich konnte es nicht aushalten. Andere Frauen denken, ich sei verrückt, weil er gut aussieht, reich ist und auf dem Campus beliebt ist, aber das interessiert mich nicht. Ich weiß nur, dass ich es nicht mehr ertragen kann, wenn er mich berührt. Ich muss erst vollkommen betrunken sein, um ihn überhaupt an mich ranlassen zu können. Es fühlt sich nicht richtig an. Es ist nicht richtig. Vielleicht ist Sex gut für andere Frauen, denn die meisten meiner Klassenkameradinnen schwärmen davon, aber für mich ist das nichts. Lance meinte, ich wäre keine sexuell empfindsame Frau, ich wäre kalt und frigide. Vielleicht hat er Recht, aber ich kann mich nicht des Gedankens erwehren, dass er einfach nur nicht der richtige Mann ist. Wie auch immer, ich habe mit Sex abgeschlossen. Bevor ich nicht einen Mann finde, der mich das Gleiche fühlen lässt, was Sam bei mir ausgelöst hat, werde ich keinen Sex mehr haben. Das lässt mich noch einsamer und hoffnungsloser empfinden, das ist noch schlimmer, als einfach nur allein zu sein.

Sam klappte das Tagebuch zu. Er war im Augenblick unfähig, noch mehr über Maddies Qualen und Verwirrung zu lesen. Das ähnelte so sehr seinen eigenen sexuellen Erfahrungen der Vergangenheit. Wenn er Sex mit Frauen gehabt hatte, hatte er sich vorstellen müssen, es sei Maddie, um es auch nur durchzustehen. Der Akt verschaffte ihm körperliche Erleichterung, aber ließ ihn auch mit einer innerlichen

Leere zurück, sodass er manchmal sehr lange Zeitspannen ohne Sex überbrückt hatte, weil er es nicht ertragen konnte, mit einer Frau zusammen zu sein, die nicht Maddie war.

Offensichtlich hatte sie es nie wieder versucht und in all den Jahren seit ihrer Trennung niemals einen Mann gefunden, mit dem sie zusammen sein wollte.

Sie war enthaltsam und ich habe versucht, etwas vorzutäuschen, und beide haben wir uns in verschiedenster Hinsicht elend gefühlt. Sam stellte das Tagebuch zurück auf seinen Platz auf dem Regal und nahm den nächsten Band heraus. Er zwang sich dazu, die Einträge zu lesen, die sie vorgenommen hatte, seitdem sie wieder zusammen waren. Frustriert fuhr er sich mit der Hand durchs Haar, während er las. Als er lesen musste, wie ihr der Vorfall mit Kate das Herz gebrochen hatte, schmerzte ihm die Brust. Es war nicht so, als ob er das nicht gewusst hätte, aber ihre handgeschriebenen Worte versetzten ihn in die Vergangenheit zurück und ließen ihren Schmerz, aber auch seinen, viel realistischer erscheinen.

An jenem Tag wäre beinahe seine Seele gestorben. Ehrlich, er hatte gedacht, alles wäre komplett verloren, bis er Maddie wiedergetroffen und sie tief in ihm gegraben hatte, um alles wieder zum Leben zu erwecken. Die Erinnerungen hatten sich niemals verflüchtigt und seit damals hatte er mit seinen Taten leben müssen. Ununterbrochen, immer und immer wieder, nun schon seit Jahren, hatte er sich selbst gequält mit Gedanken an den Schmerz, den er Maddie zugefügt hatte, und den gequälten Ausdruck auf ihrem Gesicht. Jeden Tag hatte er sich selbst verachtet und sich gefragt, ob er das Richtige getan hatte. Dabei hatte er sich selbst gehasst, weil er ihr Vertrauen in ihn erschüttert hatte. Sein einziger Trost hatte in dem Wissen bestanden, dass sie geschützt und unverletzt war.

Aber das war ein schwacher Trost im Vergleich dazu, jeden Tag den gebrochenen Ausdruck auf ihrem hübschen Gesicht zu sehen und die Erfahrung Tag für Tag wieder zu durchleben und sich selbst dafür zu hassen, der Mann zu sein, der ihr blindes Vertrauen gebrochen hatte.

Als er den Band zuklappte, musste er um Atem ringen und erlaubte sich, erneut die Einsamkeit und Trostlosigkeit zu fühlen, die solange ein Teil von ihm gewesen waren. Bis er Maddie wiedergesehen hatte. Bis sie ihn geheilt und wieder zum Leben erweckt hatte. Die Verletzlichkeit, die sie in ihm auslöste, mochte ihn höllisch erschrecken, aber der Gedanke, ohne sie auskommen zu müssen, war weit höllischer, als sich durch seine Ängste zu kämpfen.

Zerstreut nahm er den jüngsten Band aus dem Regal und blätterte darin herum, bis er zur letzten beschriebenen Seite gelangte. Es war der jüngste Eintrag, den sie nur einige Tage zuvor geschrieben hatte.

Sam hat mir immer noch nicht gesagt, dass er mich liebt. Ich weiß, er muss mich lieben, weil ich nicht glaube, dass ich so fühlen könnte, wie ich es tue, wenn er nicht das Gleiche empfinden würde. Er beweist seine Liebe auf so vielerlei Art und ich kann sie in seinen Berührungen spüren. Ich glaube manchmal, ich wünsche mir einfach nur, er würde es aussprechen. Das wäre tatsächlich das erste Mal in meinem ganzen Leben, dass jemand mir diese Worte sagen würde, und mehr als alles andere wünsche ich mir, sie zuerst von Sam zu hören.

Sam stellte das Buch mit mehr Schwung als nötig an seinen Platz im Regal zurück.

»Fuck! Ist das wahr? Habe ich ihr das nie gesagt?« Sein Kiefer verspannte sich und seine Augenbrauen zogen sich zusammen, als er wütend die letzten Wochen überdachte. Er hatte ihr gesagt, wie sehr er sie brauchte… was stimmte. Aber Liebe? Hatte er jene Worte wirklich nicht zu ihr gesagt?

»Egoistisches Schwein!«, schalt er sich murmelnd selbst. Sie selbst hatte es ihm so oft gesagt, manchmal auf seine Veranlassung hin, manchmal aber auch aus eigenem Antrieb. Maddie hatte sich ihm gegenüber vollkommen geöffnet und seiner Seele mit ihren Worten Trost gespendet. Und er hatte ihre Liebeserklärung niemals erwidert.

Sein Herz sank, als er realisierte, dass sie nie jemanden gehabt hatte, der ihr gesagt hatte, dass er sie liebte. Nicht einen. Niemals. Zur Hölle, sogar er hatte es von seiner Mutter und manchmal von seinem Bruder zu hören bekommen und nun von der Frau, die ihm mehr bedeutete als alles andere auf der ganzen Welt.

»Ich liebe dich, Madeline«, flüsterte er mit heiserer Stimme in den leeren Raum und hoffte, sie könnte es über die Entfernung hinweg spüren.

Sam dachte daran, es ihr zu schreiben, aber das war etwas, das sie von Angesicht zu Angesicht hören musste. Immer und immer wieder. Es war nicht so, dass er sie nicht lieben würde. Vielleicht bestand das Problem darin, dass er sie so verdammt maßlos liebte, dass die Worte unzulänglich erschienen.

Überall standen Umzugskartons herum, alles war schon für die Umzugshelfer bereitgestellt, die morgen kommen und anfangen sollten, Maddies Sachen zu packen und in sein Haus zu bringen. Er stellte ein paar der Kisten vor die Bücherregale und packte ihre Tagebücher vorsichtig hinein. Dann versiegelte er diese mit Klebeband. *Das ist privat. Maddies niedergeschriebene Gefühle.*

Nachdem er sich vergewissert hatte, dass die Kisten so gut verklebt waren, dass es eines Wunders bedurft hätte, sie zu öffnen, markierte er sie mit einem Filzstift als persönliche Bücher. Er wollte sie nicht von irgendjemand anderem einpacken lassen, der vielleicht einen Blick hineinwerfen könnte. Das waren die Chroniken ihres gebrochenen Herzens, ihres Leids, ihrer Gedanken und ihrer Siegesfreuden. *Mein. Ich liebe sie. Sie gehört, verdammt nochmal, zu mir. Das hat sie schon immer und wird sie für immer.*

Als er durch die Tür ging, erinnerte er sich an Simons Kapitulation in ihrem Büro, als sein kleiner Bruder endlich zugegeben hatte, dass er Kara liebte. Sam schüttelte den Kopf, während er die Tür von Maddies Haus abschloss. Schließlich wusste er genau, wie sich sein Bruder zu jener Zeit gefühlt hatte. Sam war auf eine irrationale Art mit Maddie verbunden, eine besitzergreifende Besessenheit, die diejenige, die Simon mit Kara verband, noch bei weitem übertraf. Er und Simon mochten vielleicht verschieden sein, aber tief in ihrem Inneren glichen sie sich sehr, wenn es die einzige Frau in ihrem Leben betraf, die sie völlig aus der Bahn werfen konnte.

»Sie macht mich glücklich, wahnsinnig, besitzergreifend, verrückt, verzückt, wild… alle Gefühle gleichzeitig«, stellte er verdutzt fest, während er in seinen Bugatti stieg. »Wie zur Hölle ist das möglich?«

Seltsam, aber es störte ihn wirklich überhaupt nicht. Es erweckte ihn zu neuem... Leben.

Als er die Auffahrt zu Maddies Haus verließ, blickte er kurz auf die Uhr und sein Grinsen wurde breiter. Er hatte noch Zeit, noch einmal beim Juwelier vorbeizufahren, um noch eine einzige Sache zu erledigen, bevor er nach Hause fuhr.

Heute Abend wollte er Maddie mehr Liebe geben, als sie verkraften konnte... auf mehr als eine Art.

»Er hat dir noch nicht gesagt, dass er dich liebt? Das ist nicht gerade ein Schocker. Simon hat eine Weile gebraucht, bis er es sagen konnte. Ich glaube, die Hudson-Männer scheinen uns für telepathisch zu halten.« Karas empörte Stimme kam aus Maddies Freihand-Telefonverbindung in ihrem neuen Mercedes SUV. »Aber du weißt, dass er dich liebt.«

Maddie seufzte, während sie eine leichte Rechtswende ausführte, die sie schneller nach Hause bringen würde.

Nach Hause. Sams Zuhause. Unser Zuhause. Wenn meine Sachen morgen herübergebracht worden sind, werde ich ständig mit Sam zusammen sein.

»Machst du Witze? Der verrückte Mann ist beinahe in seinen Tod gesprungen, um mich davor zu bewahren, zerschrammt und verletzt zu werden. Ich bezweifle es nicht. Nicht einen Moment«, erklärte Maddie nachdrücklich und sprach lauter als es vielleicht nötig war, weil sie wusste, dass ihre Freundin sich gerade in einem anderen Land aufhielt.

»Ich bin so glücklich, dass du eingewilligt hast, ihn zu heiraten«, sagte Kara ernst. »Er liebt dich, Maddie. Ich glaube, das hat er immer schon getan.«

»Das weiß ich.« *Ich wünschte nur, er würde es aussprechen. Nur einmal.* »Wie geht es meinem zukünftigen Patenkind?«

»Ihm geht es gut. Wir beide essen nur zu viel«, antwortete Kara. Ihr Gelächter und Simons Knurren flutete über den Lautsprecher in den Wagen. »Simon, ich habe dir gesagt, es wird ein Junge.« Karas Stimme klang gedämpft, da die letzte Bemerkung an ihren Ehemann gerichtet war, der wahrscheinlich direkt neben ihr saß. »Wann ziehst du bei Sam ein?«, erkundigte sich Kara, die ihre Aufmerksamkeit wieder Maddie zugewendet hatte.

»Grundsätzlich bin ich das schon, aber offiziell erst morgen. Meine Sachen werden von Spediteuren gepackt und zu Sam gebracht.«

Kara schickte einen Pfiff durch die Telefonleitung. »Er verliert keine Zeit, oder?«

Maddie rollte mit den Augen. Sam hatte die Spedition bereits einen Tag nach ihrem Treppensturz angerufen und alles mit nur einem Anruf geregelt.

»Nein. Aber ich habe auch nicht wirklich protestiert«, gab sie zu. Sie wollte nicht mehr woanders sein als Sam. Sie waren schon lange genug getrennt gewesen.

»Ich kann immer noch nicht glauben, dass Max dein Bruder ist. Obwohl jetzt, da ich es weiß, kann ich sehen, dass ihr beide die gleichen ungewöhnlichen Augen habt, und die Ähnlichkeit wird deutlich«, bemerkte Kara nachdenklich.

»Ich kann es selbst immer noch nicht glauben, aber ich bin glücklich. Ich wünschte nur, er wäre nicht so traurig. Er muss seine Frau sehr geliebt haben«, antwortete Maddie.

»Ich denke, dass es so war, aber genau weiß ich das nicht. Sie starb, bevor Simon und ich zusammenkamen«, antwortete Kara grübelnd.

In dem Versuch, die Unterhaltung aufzuheitern, fragte Maddie: »Also, wann kommt ihr nach Hause?«

»Nächsten Donnerstag. Und im Anschluss habe ich noch ein freies Wochenende. Also können wir einkaufen gehen, da du ja nicht mehr an den Wochenenden in deiner Praxis arbeiten darfst«, antwortete Kara neckend.

Maddie lächelte. Sam wollte sie an den Wochenenden zu Hause haben und sie hatte zugestimmt. Sie würden beide von montags bis freitags ihren Beschäftigungen nachgehen. Schon jeden einzelnen

Wochentag in ihrer Praxis verbringen zu können, genügte, um sie überschwänglich glücklich zu machen. Samstags würde für die Patienten, die während der Woche nicht in die Praxis kommen konnten, ein Arzt anwesend sein, aber das würde nicht sie sein. Wie auch immer, sie konnte die Wochenendprotokolle durchsehen und am Ende würden alle *ihre* Patienten sein.

Sie hatte gerade ihre letzte Schicht im Krankenhaus hinter sich gebracht. Am Montag würde sie endlich wieder zurück in ihrer Praxis sein und ihre Arbeit wiederaufnehmen.

»Muss ich wirklich einkaufen gehen?«, fragte Maddie Kara mit verärgerter Stimme. »Es gibt nicht ein verdammtes Teil, das Sam mir nicht gekauft hätte, einschließlich dieses nagelneuen SUVs. Er muss damit aufhören.«

»Hm… ich hasse es, dich daran zu erinnern… aber warst nicht du es, die mir einen Vortrag darüber gehalten hat, dass ich mich mit der Tatsache abfinden müsste, einen der reichsten Männer der Welt zu heiraten? Ich glaube, du hast sogar gesagt, ich solle ihn sein Geld für mich ausgeben lassen, weil es ihm das Gefühl gäbe, mich zu beschützen«, erinnerte Kara Maddie schalkhaft.

»Verdammt. Ja. Das habe ich gesagt«, murmelte Maddie. Sie hatte Kara diesen Rat erteilt, aber es fühlte sich so anders an, wenn Sam es war, der *sie* mit Geschenken überhäufte.

»Ich hoffe, dass wir zurück sind, bevor ihr das Flugzeug für eure Flitterwochen braucht. Bei dem Tempo, das Sam an den Tag legt, seid ihr vielleicht morgen schon verheiratet«, witzelte Kara.

»Er würde sich einfach noch einen anschaffen«, sagte Maddie und brach in Gelächter aus. »Er ist außerordentlich fähig, all das zu bekommen, was er haben will.«

»Ich nehme an, du würdest nicht protestieren«, sagte Kara mit einem leisen Lachen.

Während sie in die Straße einbog, in der Sams Haus lag, antwortete sie: »Nein. Ehrlich. Ich glaube nicht, dass ich etwas dagegen einzuwenden hätte.« Das war die Wahrheit. Sie wollte Sam so sehr. Sie würde ihn mit dem nächsten Herzschlag heiraten.

»Heiratet nur nicht ohne uns«, warnte Kara sie. »Wir wollen dabei sein.«

»Ich denke, dass wir warten können«, antwortete Maddie und lächelte.

»Das ist gut so. Und nächstes Wochenende werden wir einkaufen gehen.«

»Okay, okay. Wir werden einkaufen gehen«, bestätigte Maddie ihrer Freundin glücklich, während sie in Sams lange Auffahrt einbog.

»Viel Spaß und pass gut auf mein Patenkind auf!«

»Es ist wunderbar hier«, sagte Kara mit einem Seufzer. »Aber ich vermisse unser Zuhause und ich vermisse dich.«

»Du fehlst mir auch, Kara«, erwiderte Maddie leise.

»Bis Donnerstag!«

»Könnt ihr vorbeikommen?«, fragte Maddie, während sie ihr Fahrzeug zum Stehen brachte.

»Machst du Witze? Wir werden bei euch sein, sobald wir zu Hause angekommen sind. Wir haben Nachholbedarf. Bis später, Freundin!«

»Bis später«, erwiderte Maddie, trennte die Verbindung und stellte den Motor ab.

Sams Bugatti parkte in der Auffahrt, daher wusste Maddie, dass er zu Hause war. Ihr Herz hüpfte vor freudiger Erregung. Sie konnte es kaum noch erwarten, sein schönes Gesicht zu sehen und sich in der Wärme seiner Anwesenheit zu sonnen.

Als sie aus ihrem SUV stieg, dachte sie darüber nach, wie sehr sich ihr Leben in einer so kurzen Zeitspanne verändert hatte. Bisher hatte sie sich vor dem Heimkommen gefürchtet. Davor, ihr leeres Haus zu betreten und in ihr leeres privates Leben zurückzukehren. Jetzt konnte sie nicht schnell genug nach Hause kommen, konnte nicht schnell genug zu Sam zurückkommen, um ihr Bedürfnis zu befriedigen, ihn zu sehen.

Ich bin nicht mehr allein.

Maddie wusste, ihr Leben war endlich vollkommen.

Sie sprang die marmornen Treppenstufen hinauf, schloss die Tür auf, öffnete sie und fühlte, dass sie endlich zu Hause angekommen war.

Kapitel 15

Maddie stieg mit einem entzückten Seufzer in die Dusche und ließ ihren ganzen Körper von den luxuriösen Düsen massieren. Sie war in Versuchung, den Aufenthalt in der Dusche noch länger auszudehnen, aber ihr Bedürfnis, Sam zu sehen, war stärker als das Vergnügen zu fühlen, wie das heiße Wasser ihren Körper entspannte. Die Versuchung, zuallererst in die Küche zu gehen, war fast unwiderstehlich gewesen. Sie hatte einen köstlichen Geruch wahrgenommen und gewusst, er war dort. Aber sie hatte im Krankenhaus nicht geduscht und musste den Gestank und die Keime entfernen, die sich während ihres langen Arbeitstages angesammelt hatten, bevor sie ihn sah. Also war sie auf Zehenspitzen durchs Haus und ins Badezimmer geschlichen.

Nachdem sie sich schnell ihre unbändigen Haare gewaschen hatte, hatte sie gerade begonnen, Duschgel auf ihrem Körper zu verteilen, als sie die harte, unnachgiebige Gegenwart von Sams Körper spürte, der sich an ihren Rücken presste. Er drehte sie herum, sodass sie sich mit dem Rücken gegen die Wand lehnte, und zwei muskulöse Arme hielten sie gefangen. Seine Handflächen lagen rechts und links von ihr an den Duschwänden.

Als sie zu ihm aufblickte, begann Maddies ganzer Körper zu beben. Ihr Blick wanderte von seinem leidenschaftlichen Gesichtsausdruck zu seinen Augen, die so intensiv und begehrlich glühten, dass ihr Körper beinahe zerschmolz, um ihm in einem Häufchen flüssiger Hitze zu Füßen zu liegen.

Er war so groß, so heiß und gehörte nur ihr.

»Ich liebe dich, Maddie! Ich liebe dich so sehr, dass ich manchmal kaum atmen kann.« Seine heisere Stimme klang heiser und gefühlvoll, barsch und rau. »Ich hätte diese Worte schon vor Jahren sagen sollen. Ich weiß nicht, warum ich es nicht getan habe. Gott weiß, dass du etwas Besseres verdienst, aber dir gehört alles von mir, alles, was ich besitze, und alles, was ich bin. Ich weiß nicht, ob das gut oder schlecht ist… aber es ist die Wahrheit. Ohne dich existiere ich nicht.«

Maddie musste schwer schlucken und blickte ihm gebannt in die Augen. Das war Sam, unverfälscht und ungeschliffen, der innere Kern des Mannes, den sie liebte. Und er war niemals so glühend heiß gewesen wie in diesem Moment, in dem er sein Inneres unverhüllt vor ihr ausbreitete.

Tränen flossen aus Maddies Augen und vermischten sich mit dem Wasser aus der Dusche. Sie hob eine Hand und streichelte mit der Handfläche über Sams Wange. »Ich liebe dich auch! Immer schon! Ich habe dich niemals vergessen und ich glaube nicht, dass jemals ein Tag vergangen ist, an dem ich nicht an dich gedacht habe«, gab sie ehrlich zu.

Sam sagen zu hören, dass er sie liebte, ließ sie fast zusammenbrechen. Ja, sie wusste, dass er sie liebte, aber diese primitive Liebeserklärung zu hören, ließ ihr Herz in einem unregelmäßigen Rhythmus flattern. Sie atmete heftig ein und aus und die Luft entwich in abgehackten Stößen ihren Lippen.

»Ich liebe dich, mein Sonnenschein. Ich liebe dich! Ich schwöre, ich werde jedes Mal, an dem ich es dir nicht gesagt habe, wiedergutmachen, indem ich es dir so oft sage, bis du es leid bist«, flüsterte er mit seiner heiseren Stimme neben ihrem Ohr, als er seinen Kopf neigte, um an ihrem Ohrläppchen zu knabbern.

Das ist unmöglich. Maddie wusste, sie würde es niemals leid werden, von Sam zu hören, wie sehr er sie liebte. Sie konnte die Tatsache nicht leugnen, dass sie diese besonderen Worte bisher noch nie von jemandem gehört hatte und dass Sam der Erste war, der sie von sich gegeben hatte, und das erschien ihr fast unwirklich.

Sein Mund bedeckte ihren und nahm ihr den Atem. Er beherrschte ihre Lippen und bohrte seine Zunge zwischen ihre Zähne. Sams Wirkung auf Maddie bestand darin, dass er ihr jeden kleinsten vernünftigen Gedanken, den sie vielleicht hatte, umgehend aus dem Kopf vertrieb.

Sie waren umgeben von aufsteigendem Dampf und pulsierende Wasserstrahlen attackierten ihre Körper, aber außer Sam und seinem unbarmherzigen Angriff auf ihren Körper fühlte Maddie nichts. Während er ihren Mund erforschte, schlang sie ihm in dem Versuch, in näher an sich heranzuziehen, die Arme um den Hals. Alle Gefühle, die sie jemals verborgen hatte, lagen offen zu Tage, als er ihren Kopf in seine Hände nahm, um ihn für seine verzweifelte Umarmung in dieser Stellung zu halten. Sie krallte ihre Hände in seine nassen Haare, während ein würgender Schluchzer sich zwischen ihren vibrierenden Lippen hervordrängte.

Er löste seine Lippen von ihrem Mund und lehnte sich zurück. »Maddie. Was ist los? Was habe ich getan?« Sams Stimme klang besorgt.

»Nichts«, würgte sie hervor. »Ich bin nur so glücklich. Ich brauche dich so sehr.«

Er legte ihr eine Hand an die Wange und hob mit der anderen ihr Kinn. Als ihre Blicke sich trafen, konnte sie all seine Gefühle offen in seinen Augen lesen.

Verlangen.

Bedürfnis.

Liebe.

Sein Gesichtsausdruck zeigte all das und mehr.

»Ich will, dass du mich liebst und mich brauchst, mein Sonnenschein. Wenn du das nicht tust, weiß ich nicht, was ich tun werde. Wahrscheinlich würde ich verloren sein. Brauche mich, Maddie! Bitte!«

Dann wanderten seine Hände zwischen ihre Körper, umschlossen ihre Brüste und wogen sie in den Handflächen, während seine Daumen gegen ihre Brustwarzen schnippten und sie in harte Kiesel verwandelten.

Maddie stöhnte vor Lust und ihre Muschi wurde von wilder Hitze überflutet. Die Begierde, Sam in sich zu spüren, verbrannte sie. »Sam! Bitte!«

»Ich habe dich beim Duschen unterbrochen. Das werde ich jetzt zu Ende bringen und danach werde ich dich zum Ende bringen«, kündigte er frech an und füllte seine Hände mit Duschgel. Dann zog er sie behutsam aus der Reichweite der Düsen, damit er die glitschige Flüssigkeit auf ihrer Haut verteilen konnte. Seine Finger tanzten und streichelten, massierten und neckten und umkreisten ihre Brustwarzen, bis sie ihre Brüste in seine Handflächen drückte, um nach mehr zu betteln.

Er hielt ihren Rücken an die Wand gedrückt und sie stützte sich mit ihren Handflächen daran ab. Sie versuchte, auf den Füßen stehen zu bleiben, als seine glitschigen Finger zwischen ihre Schenkel schlüpften und die durchnässten Falten ihrer bettelnden Muschi reizten.

»Ja! Bitte!« Sie wimmerte, als er mit einem Finger zwischen ihren Schamlippen auf und ab fuhr, und ihre Begierde zu fühlen, wie er sie in Besitz nahm, unerträglich wurde.

»Du bist so heiß, Sonnenschein. Ich liebe diese begehrlichen Geräusche, die du für mich machst. Nur für mich. Ich liebe es, dass ich dich zum Höhepunkt bringen kann und kein anderer Mann es jemals zuvor geschafft hat. Das stimmt doch, oder?«, fragte er.

»Nein. Niemals.« Fuck! Maddies Körper stand in Flammen, ihr Verlangen nach Sam hatte völlig die Kontrolle übernommen. »Fick mich, Sam! Bring mich zum Orgasmus! Ich brauche es! Ich brauche dich!«

Eine Hand spielte mit ihren Brüsten, wechselte von einer zur anderen und reizte sie mit erotischen Quälereien. Seine andere Hand streichelte über ihren Venushügel und seine Finger drangen langsam tiefer und tiefer in ihre warmen, feuchten Falten ein.

»Fester! Bitte!«, bettelte Maddie. Sie wollte, dass er aufhörte, sie zu reizen, und fester und schneller zustieß.

»Ich liebe dich, Maddie! Ich liebe dich«, sagte er mit rauer Stimme, als seine Finger tiefer in sie eindrangen und sein Zeige- und Mittelfinger tief in ihrem gierigen Tunnel versanken, während gleichzeitig sein Daumen ihre Klitoris massierte.

»Ja. Mehr. Bitte!« Maddies Hüften wiegten vor und zurück und bettelten nach ihm.

Seine Finger pumpten auf und ab und sein Daumen verstärkte die Reibung an ihrer pochenden Klitoris. »Komm für mich! Ich will dich bei deinem Vergnügen beobachten. Nimm es dir!«, kommandierte er.

Ihr ganzer Körper erbebte und sie zersprang. Ihre Muskeln verkrampften sich um seinen Finger herum, als er sie ausfüllte, immer und immer wieder.

Maddie war so vollständig verloren in ihrer Hingabe, dass sie noch einmal dem Höhepunkt zutrieb, als Sam sie mit seinen Händen unter ihrem Hintern hochhob und sie mit seinem Schwanz aufspießte.

»Fuck! Ja! Du wirst noch einmal für mich kommen! Diesmal um meinen Schwanz herum«, krächzte er und seine tiefe Stimme vibrierte vor Verlangen. »Schling deine Beine ganz um mich herum!«

Maddie hatte instinktiv ihre Beine angehoben und ihre Arme um seinen Nacken gelegt, als er sie hochgehoben hatte. Jetzt schlang sie sie noch enger um ihn. Sie liebte das glitschige Gefühl, mit dem ihr Fleisch aneinander glitt. Das Gel war noch immer auf ihrem Körper. »Sam, oh Gott, du fühlst dich so gut an.«

Sein Schwanz füllte sie komplett aus und sie zitterte bei dieser sensationellen Empfindung. Von Hitze und Dampf umgeben, ihre Körper gierig, stöhnten sie beide vor erotischer, urtümlicher Wollust auf, als er begann, in sie hineinzustoßen.

Er nahm sie mit einer Kombination aus urtümlichem Verlangen und roher Besitzgier, die sie atemlos machte. Jeder Stoß war eine Inbesitznahme, eine Brandmarkung ihres Körpers, und seine Dominanz allein ließ sie fast schon zum Orgasmus kommen.

»Sag, dass du mich brauchst! Sag mir, dass du mir gehörst!«, knurrte er, während er sie mit jedem Stoß noch heißer und gieriger machte.

»Ich liebe dich. Ich werde dich immer brauchen«, bestätigte sie ihm mit einem Wimmern, während sich ihr Leib zusammenzog und sie fühlte, wie ihr Orgasmus sich mit furchterregender Intensität aufbaute und sich in schwindelerregende Höhen schraubte.

»Fuck! Es gibt nichts Besseres, als in dir zu sein. Du gehörst mir, Sonnenschein. Das war schon immer der Fall«, polterte er mit wilder Stimme.

Maddie keuchte, als er mit einer Leidenschaft, die beinahe an Wahnsinn grenzte, in sie hineinstieß und wieder hinausfuhr – eine fleischliche Leidenschaft, die sie in einem Höhepunkt explodieren ließ, der mit solcher Kraft durch ihren Körper stürmte, dass sie ihren Kopf in den Nacken warf und laute Schreie ausstieß.

Während er mit einem muskulösen Arm ihren Hintern festhielt, beschleunigte er seinen brutalen Rhythmus noch weiter und ließ sich von ihrem Orgasmus den Schwanz massieren. Er krallte seine andere Hand in ihre nassen Haare und unterdrückte ihren Schrei, indem er seine Zunge in ihren Mund bohrte und ihre Verzückung so ganz ihm gehörte.

Tief vergrub er seinen Schwanz in ihr, als seine eigene heiße Erlösung in ihrem Leib explodierte. Nun entließ er selbst einen gequälten Seufzer an ihren Lippen.

Keuchend stellte Maddie ihre Füße auf dem Boden ab, hielt aber ihre Arme um Sams Nacken geschlungen, um ihre wackligen Beine zu unterstützen.

Sie blieben für einige Zeit so stehen und waren unfähig zu denken oder zu sprechen, während ihre Körper noch miteinander verbunden waren.

Schließlich flüsterte Maddie mit zittriger Stimme: »Das war ja fast zum Fürchten.«

Sam kuschelte sie eng an sich, senkte seinen Mund an ihr Ohr und entgegnete ebenfalls flüsternd: »Nein, Liebes. Das war absolute

Perfektion.« Seine Stimme klang heiser und hatte einen Hauch von ehrfürchtigem Unterton.

Maddie seufzte und dachte, sie hätte es nicht besser ausdrücken können.

»Wir werden bald heiraten«, knurrte Sam und nahm einen Schluck Wein, während er Maddie mit einem unbarmherzigen Blick durchbohrte.

Maddie war so zufrieden, dass sie sich kaum bewegen konnte. Sie hatte gerade ihren Teller leergegessen und genoss ihr Glas Wein am Tisch. Sam hatte sie mit Linguini, einer fantastischen Alfredo Soße und Shrimps gefüttert. Wirklich, der Mann konnte kochen, und das hatte etwas wirklich Heißes an sich – ein Mann, der eine Küche beherrschen konnte.

Ich finde auch, dass es heiß ist, wenn er mich beherrscht. Mist. Sam war einfach rundum… heiß.

Maddie starrte ihn nun ihrerseits mit einem zufriedenen Lächeln an. »Wie bald?«

»Morgen«, sagte er hoffnungsvoll. »Wir könnten nach Las Vegas fliegen.«

»Deine Mutter, Max, Kara und Simon würden uns das niemals verzeihen«, sagte Maddie nachdenklich, aber ihr Herz raste bei dem Gedanken, endlich ganz zu Sam zu gehören.

»Es geht dabei um uns, Sonnenschein. Nicht um sie. Und ich habe lange genug gewartet. Ich wollte dich schon in dem Augenblick besitzen, an dem ich dich das erste Mal gesehen habe«, antwortete er mit heiserer Stimme. »Habe ich dir schon gesagt, dass ich dich liebe?«

Ja. Bestimmt hundert Mal, seit wir geduscht haben. Aber ich zähle nicht nach. Und jedes Mal bringt es mein Herz zum Jubeln.

»Mmmm… ich bin mir nicht sicher. Vielleicht solltest du es mir noch einmal sagen«, murmelte sie.

»Ich könnte es dir auf hundert verschiedene Arten sagen und es dir auf so viel mehr Arten zeigen, aber ich habe eine dauerhafte Gedächtnisstütze für dich, nur für den Fall, dass du es vergisst«, antwortete er und zog eine kleine Schatulle aus der Tasche seiner Jeans.

Maddies Blick blieb einen Moment auf der Schatulle ruhen, bevor sie sich selbst einen Ruck gab und die Hand danach ausstreckte. Sam bewegte sich, ging vor ihr in die Knie und nahm ihre dargebotene Hand. Dann öffnete er selbst die Schachtel. »Ich liebe dich bis in alle Ewigkeit, Maddie. Bitte heirate mich.«

Fassungslos starrte Maddie auf den wunderschönen Ring in dem Bett aus schwarzem Samt. Das Schmuckstück war so wunderschön und perfekt, dass sie fast Angst hatte, es zu berühren. Niemals hatte sie so etwas Schönes besessen, aber es war nicht der Wert der Diamanten, sondern der Gedanke dahinter. Der herzförmig geschliffene Diamant war auserlesen, aber sie wusste, es gab eine tiefere Bedeutung, die Sam mit diesem Juwel ausdrücken wollte.

»Du solltest jetzt eigentlich Ja sagen«, stellte Sam mit brüchiger Stimme fest.

»Ja«, antwortete sie atemlos und hob ihm ihr Gesicht entgegen, das ein zittriges Lächeln zeigte. Sie konnte sich nicht der Tränen erwehren, die ihr die Wangen herunterflossen, als sie diesen Mann anstarrte, der ihr Schicksal bedeutete. Es war schwierig, in diesem Augenblick nicht an eine Vorbestimmung zu glauben. Zwei Seelen, die füreinander bestimmt waren, hatten irgendwie zueinandergefunden, obwohl sich einst alle Chancen gegen sie gestellt hatten.

Sam nahm den Ring aus der Schatulle, warf diese auf den Tisch und überreichte ihr den Ring. »Ich habe etwas eingravieren lassen.«

Vorsichtig nahm sie den Ring entgegen und hielt die Rundung zur Seite geneigt, sodass sie sehen konnte, was darin zu lesen war.

Als Erster und für *immer… Ich liebe dich*

Sie schluckte den Kloß in ihrer Kehle herunter und fragte: »Woher wusstest du, dass du der Erste bist, der das zu mir sagt?«

»Gestern habe ich deine Tagebücher gefunden. Ich habe einige Einträge gelesen. Ich hätte es nicht tun dürfen, aber ich tat es«, gab er schüchtern zu.

Maddie musste lächeln, sie konnte nicht anders. Sie liebte seine Ehrlichkeit und die Art, wie er damit herausgerückt war und ohne Zögern zugegeben hatte, was er getan hatte. Nein. Er hätte ihre Tagebücher nicht lesen dürfen, aber sie hatte vor Sam nichts zu verbergen und würde es auch niemals haben. »Ich habe sie vergessen. Ich führe schon seit Jahren Tagebuch. Ich hätte sie wahrscheinlich besser selbst einpacken sollen.«

»Das habe ich getan. Ich wollte nicht, dass irgendjemand außer mir etwas Derartiges über dich weiß«, sagte er eifersüchtig und steckte ihr den Ring an den Finger. »Nun sag mir, dass du mich morgen heiraten wirst!«, forderte er und stand auf, um sie in seine warme Umarmung zu ziehen.

»Sam, wir können nicht –«

»Oh doch. Wir können.« Er schwang sie hoch in seine Arme.

Maddie quietschte und schlang die Arme um seine Schultern. »Sam, was –«

»Genug geredet. Es ist Zeit für Überzeugungsarbeit«, brummte er.

Maddie unterdrückte ein Lachen, weil sie sich daran erinnerte, dass sie ihm gesagt hatte, er sollte sie überzeugen, statt sie herumzukommandieren.

Sie entspannte sich an seinem warmen, muskulösen Körper und saugte seinen einzigartigen Körpergeruch tief in sich hinein.

Irgendwie… hatte sie das Gefühl, sie würde den morgigen Tag verheiratet beenden, wenn sie Sam seinen Willen ließe. Und als sie seinen entschlossenen Blick sah, wusste sie, sie würde niemals in der Lage sein, Nein zu sagen. Ehrlich… sie wollte es auch gar nicht. Sie und Sam hatten so lange darauf gewartet, zusammen zu sein.

Als er mit großen Sätzen die Treppe hinaufsprang, hätte Maddie beinahe Ja gesagt, aber sie konnte sich gerade noch zurückhalten, bevor ihr die Worte über die Lippen kamen.

Bin ich verrückt? Der heißeste Mann der Welt ist gerade dabei, mich ins Bett zu tragen und mich zu überzeugen, dass ich ihn morgen heirate.

Maddie entschloss sich, noch zu warten und ihn seine sinnliche Überredungskunst ausüben zu lassen. Das Jawort war eine beschlossene Sache, aber das konnte später gegeben werden… viel später.

Epilog

Sam und Maddie heirateten am nächsten Abend. Es war eine sehr private Zeremonie. Ihre Hochzeit war die glückliche Vereinigung zweier Seelen, die schon immer füreinander bestimmt gewesen waren – Seelenfreunde, die endlich Frieden gefunden hatten, da sie schließlich, nach so vielen Jahren der Trennung, des Leidens und der Trostlosigkeit Seite an Seite beieinander sein konnten.

Sam hatte problemlos ein Flugzeug auftreiben können, das sie nach Las Vegas geflogen hatte. Er hatte Max angerufen und sein Freund hatte seines umgehend zur Verfügung gestellt, ohne auch nur eine Frage zu stellen.

Maddie hatte nur geringfügig protestiert. Wirklich, die Zeremonie wirkte wie eine private Heilung. Es war eine Erfahrung, die so viel bedeutet hatte nach all den Jahren des Schmerzes und der Trennung, die sie und Sam durchgestanden hatten.

Später würden sie einen großen Empfang geben, ein Ereignis, das Kara schon plante, während Maddie noch in den Armen ihres frischgebackenen Ehemannes lag und Geist und Seele sich noch an der Vereinigung mit Sam erquickten.

»Ich kann immer noch nicht glauben, dass wir verheiratet sind.«
Sie atmete leise und ihre Stimme war voller Verwunderung und
Ehrfurcht.

»Du gehörst mir. Für immer«, antwortete Sam brummend und
zog sie enger an sich. Sie lagen in dem riesigen Bett ihrer Hotelsuite.
Morgen würden sie nach Tampa zurückfliegen. Sam wollte sie auf
eine lange Reise in die Flitterwochen entführen, aber das würden
sie später tun, nach dem Empfang.

Wirklich, alles, was ich mir jemals gewünscht habe, ist schon in
Erfüllung gegangen. Sam ist mein Ehemann.
Sie kuschelte sich an seinen warmen, nackten Körper und seufzte
glücklich.

»Danke für die wunderbare Zeremonie. Ich weiß nicht, wie du das
organisiert hast, aber es war wundervoll.«

Sie hatten in einer privaten Kapelle in einem der schönsten
Hotels an der Hauptstraße von Las Vegas geheiratet. Sam hatte
einen Smoking getragen und auf sie hatte bereits ein perfektes Kleid
gewartet, als sie im Umkleidezimmer ankam. Ihr Mann hatte alles
bis ins kleinste Detail arrangiert, angefangen bei den wunderschönen
Blumen bis hin zu der reizenden, im Kerzenlicht erstrahlenden
Kapelle. Das ganze Erlebnis war rundum… magisch.

»Du hättest etwas Besseres verdient«, grummelte er. »Ich konnte
nur nicht länger warten, mein Sonnenschein. Wir haben so lange
gewartet. Ich habe so dringend danach verlangt, dass du endlich zu
mit gehörst. Ich werde es in den Flitterwochen wiedergutmachen.«

Maddie lächelte an seiner Schulter. »Ich dachte, wir würden gerade
unsere Flitterwochen verleben.« Sam hatte sie nur ein paar Minuten
zuvor mit solcher Wildheit geliebt, dass es ihr den Atem geraubt
hatte. Ihr Herz war immer noch damit beschäftigt, sich davon zu
erholen.

»Wir fahren zusammen weg. Für einige Wochen. Direkt nach
diesem Empfang, auf den Mom und Kara bestanden haben. Ich
möchte dich überall dorthin bringen, wohin auch immer du willst,
Maddie. Ich will die verlorene Zeit wieder aufholen«, erklärte er mit

heiserer Stimme. Dann bedeckte er ihre Hand mit seiner und legte ihre ineinander verschlungenen Finger auf seine Brust.

»Ich bin mir nicht sicher, ob wir irgendetwas aufholen müssen, Sam. Vielleicht geschehen die Dinge so, wie es sein muss. Alles fühlt sich jetzt so richtig an. Ich werde das, was wir jetzt haben, niemals als selbstverständlich betrachten, weil ich weiß, wie weh es tut, von dir getrennt zu sein.« Maddie seufzte. »Ich habe mich so viele Jahre lang erst auf die Schule und dann auf meinen Arztberuf konzentriert und du warst damit beschäftigt, die Welt zu erobern. Vielleicht war es damals für uns einfach noch nicht der richtige Zeitpunkt. Ich würde alles genauso noch einmal tun und die gleiche Einsamkeit über Jahre ertragen, nur um genau dort anzukommen, wo ich gerade bin.«

»Aber ich habe dir wehgetan. Und ich habe mich seit jenem Tag dafür gehasst«, erwiderte Sam und seine Stimme brach.

»Du hast getan, was du tun musstest, Sam. Ich habe es überlebt. Du musst dir selbst vergeben. Es gibt wirklich nichts, das eine Vergebung meinerseits erfordern würde. Du hast versucht, mich zu schützen. Ich hätte genau das Gleiche getan, wenn ich dich hätte schützen müssen, egal, wie schwer es mir gefallen wäre«, gab sie zu.

»Das hättest du, Sonnenschein?«

»Ja«, antwortete sie nachdrücklich. »Ohne den geringsten Zweifel. Wenn du es wieder tun müsstest… würdest du das Gleiche tun?«

Sam blieb ein paar Augenblicke still, bevor er antwortete. »Jetzt? Zur Hölle, nein! Ich würde dich an mich binden und dich selbst verteidigen. Aber damals hatte ich weder die Möglichkeiten noch die Verbindungen, die mir heute zur Verfügung stehen. Also ja… ich würde wahrscheinlich das Gleiche tun, wenn ich in der gleichen Situation wie damals wäre. Deine Sicherheit kommt vor allem anderen.«

Seine Antwort war so ehrlich und so ernst gemeint, dass es Maddie die Tränen in die Augen trieb. Wie konnte sie nur das Glück haben, die Liebe eines solchen Mannes wie Sam zu besitzen? »Ich liebe dich so sehr, dass es mir Angst macht«, flüsterte sie.

»Hab keine Angst! Liebe mich einfach so viel und so oft du willst. Für mich wird es niemals genug sein«, brummte er und zog ihren Körper auf sich, noch während er sprach.

»Keine Reue mehr, Sam. Für keinen von uns. Jetzt sind wir an der Reihe. Alles Leid der Vergangenheit hat uns zu diesem Moment geführt«, erklärte sie wehmütig.

»Dann ist es das alles wert gewesen, weil du mich so verdammt glücklich machst, dass ich durchs Feuer gehen würde, um mit dir zusammen zu sein«, antwortete er schroff, während er ihren Hintern liebkoste und ihren Unterleib gegen seine brennende Erektion drückte. »Ich werde dich glücklich machen, Maddie. Das schwöre ich«, versprach er ernsthaft.

Tränen strömten aus ihren Augen. Er hatte diesen Schwur ausgesprochen wie ein Gelübde, für das er eher sterben würde, als es zu brechen. »Oh, Sam… du hast mich schon glücklich gemacht.«

Eine einsame Träne landete sanft auf seinem Gesicht. »Weine nicht, Maddie. Bitte! Ich will dich niemals wieder weinen sehen«, sagte er mit einem verzweifelten Tonfall.

»Das sind Tränen des Glücks«, klärte sie ihn auf und wischte sich mit einer Hand übers Gesicht.

»Egal. Ich mag das nicht«, grummelte er und strich mit der Hand tröstend ihren Rücken hinauf und herunter. »Viel lieber würde ich hören, wie du vor Vergnügen stöhnst.«

Maddie lächelte und fuhr ihm mit den Händen durchs Haar, deren seidige Beschaffenheit ihre Finger liebkoste. Sie seufzte. »Irgendwie wäre mir das auch lieber.« Ihr Innerstes heizte sich auf und wurde von Feuchtigkeit überflutet bei dem Gedanken daran, dass er sie nehmen würde. Noch einmal.

Er rollte sich hinüber und hielt sie unter sich gefangen. Sein muskulöser Körper bedeckte ihren vollkommen. »Ich kann dich in Sekunden soweit bringen, dass du diese verlangenden, niedlichen Geräusche von dir gibst«, prahlte er auf arrogante Weise und mit einem aufreizenden Ton in der Stimme.

Sie biss sich auf die Lippe, um ein Lachen zu unterdrücken, denn es amüsierte sie, wie schnell er sich von einem zärtlichen Liebhaber in einen Alpha-Höhlenbewohner verwandeln konnte. »Ja, ich denke, das könntest du versuchen«, gab sie neckend zurück.

»Ich versuche es nicht. Ich tue es«, grollte er. »Ich werde dich dazu bringen, darum zu betteln.«

Ihre Brustwarzen verhärteten sich und ihr Tunnel zog sich zusammen, denn sein herrischer Tonfall erregte sie. »Neandertaler«, beschimpfte sie ihn, aber ihr Körper war mehr als bereit dazu, sich von ihm zum Betteln bringen zu lassen.

»Du liebst mich. Du weißt, dass du das tust«, sagte er zuversichtlich, aber mit einem Hauch von Verletzlichkeit.

»Oh ja. Das tue ich definitiv«, antwortete sie sofort.

»Ich liebe dich auch, mein Sonnenschein«, entgegnete er zärtlich und vergrub seine Hand in ihren Haaren, um ihren Mund auf seinen hinunterzuziehen, damit sie sich in einem hungrigen, gierigen Kuss vereinigen konnten.

Weitere Worte waren überflüssig, als ihre Körper in primitiver Kommunikation aufeinandertrafen und ihre Liebe auf dem elementarsten, urtümlichsten und fleischlichsten Weg in ihrer Vereinigung, die Worte nicht beschreiben konnten, ihre Vollendung fand.

Augenblicke, bevor Maddie sich völlig in dem Wahnsinn von Sams wilder Begierde verlor, erkannte sie, dass manchmal… Liebe alle Schmerzen wert war.

Das war der letzte zusammenhängende Gedanke, den Maddie fassen konnte, bevor sie sich dem einzigen Mann hingab, den sie je geliebt hatte, auf den sie immer gewartet hatte und den sie für immer behalten wollte, wohl wissend, dass Sam das Warten wert gewesen war.

Ende

Ich hoffe, Sie hatten Spaß bei der Lektüre von Sams Geschichte, »Das Herz des Milliardärs«. Freuen Sie sich auf den dritten Teil der Serie, die Geschichte von Max, »Die Erlösung des Milliardärs«, die ab Ende Juni 2016 erhältlich sein wird.

Biografie

J.S. Scott ist eine Bestsellerautorin pikanter Liebesromane. Sie ist eine begeisterte Leserin von Büchern und Literatur jeglicher Art. J.S. Scott schreibt, was sie selbst gern liest, und das sind zeitgenössische sowie paranormale erotische Liebesgeschichten. Sie handeln meistens von einem Alphamännchen und haben ein Happyend, denn so schreibt sie sie einfach am liebsten!

Besuchen Sie mich auf:
http://www.authorjsscott.com
https://www.facebook.com/J.S.ScottGermany/

Oder senden Sie eine E-Mail an:
J.S. Scott_author@hotmail.com

Sie finden mich ebenfalls auf Twitter:
@AuthorJSScott

Bitte tragen Sie sich auf meiner E-Mail-Liste ein, um über Neuigkeiten, neue Veröffentlichungen und exklusive Textauszüge informiert zu werden:
http://eepurl.com/b2DuYn

Bücher von J.S. Scott:

Ein Milliardär voller Leidenschaft - Die Serie:
Entfesselte Leidenschaft

Das Herz des Milliardärs:
Ein Milliardär voller Leidenschaft ~ Sam (Buch 2)

Die Erlösung des Milliardärs:
Ein Milliardär voller Leidenschaft ~ Max (Buch 3)

www.ingramcontent.com/pod-product-compliance
Lightning Source LLC
Chambersburg PA
CBHW022108170626
46808CB00002B/656